La prophétie des Andes

JAMES REDFIELD

La prophétie des Andes   *J'ai lu* 4113/4
Les leçons de vie de la
prophétie des Andes

James Redfield

La Prophétie des Andes

À LA POURSUITE DU MANUSCRIT SECRET DANS LA JUNGLE DU PÉROU

Roman

TRADUIT DE L'AMÉRICAIN
PAR BERNARD WILLERVAL

ÉDITIONS J'AI LU

A Sarah Virginia Redfield

Titre original :

THE CELESTINE PROPHECY
Warner Books, New York

Les sages resplendiront comme la splendeur du firmament et ceux qui ont enseigné la justice à un grand nombre seront comme les étoiles, pour toute l'éternité. Toi, Daniel, cache ces paroles et scelle ce livre jusqu'au temps de la fin. Beaucoup le scruteront, et la connaissance augmentera.

Daniel, 12, 3-4

NOTE DE L'AUTEUR

Depuis plus d'un demi-siècle, une nouvelle conscience s'est fait jour dans l'esprit humain, une conscience que l'on ne peut qualifier que de transcendante, de spirituelle. Si vous êtes en train de lire ce livre, vous ressentez sans doute déjà ce qui se passe, vous le sentez au-dedans de vous-même. Nous sommes, à ce moment précis de notre histoire, tout particulièrement en harmonie avec le processus de la vie, et savons accueillir ces événements qui surviennent comme par hasard juste au bon moment, nous font croiser les individualités adéquates et impriment une nouvelle direction et une nouvelle inspiration à notre existence. Sans doute plus qu'aucune autre communauté à aucune autre époque, nous avons l'intuition que ces événements mystérieux recèlent un sens caché plus élevé. Nous comprenons que le sens de la vie réside dans un dévoilement progressif de l'élément spirituel — aventure magique et enchanteresse qu'aucune religion, aucune philosophie n'ont encore pu mener à terme.

Et nous savons aussi ceci : lorsque nous aurons saisi ce qui se passe vraiment, que nous saurons comment provoquer ces coïncidences et intensifier leurs conséquences, le monde des hommes franchira un bond véritablement sidéral vers un nouveau mode de vie que l'humanité essaie d'atteindre depuis toujours.

L'histoire qui suit est une contribution à cette évolution. Si elle parvient à vous toucher, si elle cristallise en vous quelque chose que vous avez perçu dans votre vie, alors n'hésitez pas, faites partager votre expérience à quelqu'un d'autre. Je pense en effet que cette conscience nouvelle du spirituel se propage exactement ainsi, non à travers les modes, mais par les contacts personnels, par une sorte de contagion psychologique entre les hommes.

Il suffit de mettre nos doutes et nos errements entre parenthèses assez longtemps pour que le miracle se produise et que cette réalité devienne la nôtre.

1

UNE MASSE DÉCISIVE

J'ai roulé jusqu'au restaurant, je me suis garé et je suis resté un moment au volant pour réfléchir. Je n'ignorais pas que Charlène était déjà à l'intérieur et qu'elle m'attendait pour discuter. Mais de quoi ? Je n'avais pas eu de nouvelles d'elle depuis six ans au moins. Pourquoi fallait-il qu'elle se manifeste maintenant, au moment même où je m'étais mis au vert pour une semaine ?

Je suis descendu du 4 × 4 et j'ai marché vers le restaurant ; derrière moi, les dernières lueurs du couchant projetaient des rayons ambrés sur le parking encore luisant de pluie. Un court orage avait tout détrempé une heure plus tôt, rendant l'air frais et transparent — presque irréel dans cette lumière évanescente. Une demi-lune venait d'apparaître.

Tandis que je marchais, des images anciennes de Charlène me revenaient en mémoire. Était-elle toujours aussi belle ? aussi passionnée ? Le temps l'aurait-il transformée ? Et que fallait-il penser de ce manuscrit qu'elle avait mentionné, de ce vieux texte déniché en Amérique du Sud dont elle voulait me parler sans délai ? « J'ai deux heures d'attente à l'aéroport, m'avait-elle dit au téléphone, pouvons-nous dîner ensemble ? Je suis sûre que tu aimeras beaucoup ce manuscrit... c'est le genre de mystère que tu adores ! »

Le genre de mystère que j'adore ? Que voulait-elle dire par là ?

Le restaurant était bondé. Plusieurs couples attendaient qu'une table se libère. L'hôtesse me dit que Charlène s'était déjà installée et me dirigea vers une mezzanine dominant la salle principale.

Alors que je montais l'escalier, mon regard fut attiré par un petit groupe de gens qui entouraient l'une des tables. Parmi eux je distinguai deux agents de police. Ils pivotèrent brusquement et foncèrent dans l'escalier, manquant me renverser au passage. Quand le groupe se dispersa, je reconnus la personne qui avait été au centre de l'intérêt des autres — une femme, restée assise à sa place... Charlène ! Je courus jusqu'à elle.

« Charlène ! Qu'est-ce qui se passe ? Tu as des ennuis ? »

Elle redressa la tête, feignant l'exaspération, et se leva, me révélant un sourire que je connaissais bien. Sa coiffure avait peut-être changé, mais son visage était resté tel que dans ma mémoire : des traits fins et délicats, une bouche généreuse, de très grands yeux bleus.

« Tu ne vas pas me croire, me dit-elle en me donnant un baiser amical, je suis allée aux toilettes il y a quelques minutes, et pendant mon absence quelqu'un a volé mon porte-documents.

— Que contenait-il ?

— Oh, rien d'important, des journaux et des revues que j'avais achetés pour l'avion. C'est complètement idiot. Selon les voisins de table, un type est arrivé, a pris le porte-documents et il est sorti avec ; ils ont fait son portrait aux flics qui sont partis fouiller le secteur.

— Tu veux que j'aille les aider ?

« — Non, non, n'y pensons plus. Je n'ai pas beaucoup de temps et je voudrais te parler. »

J'acquiesçai, et Charlène me proposa de m'asseoir. Un garçon nous a apporté la carte et nous avons passé notre commande. Une dizaine de minutes s'écoulèrent en conversation générale ; j'essayais de ne pas donner d'importance au relatif isolement que je m'étais imposé à la campagne, mais Charlène ne fut pas dupe. Elle se pencha vers moi en me gratifiant à nouveau de son fameux sourire.

« Alors ? Qu'est-ce qui t'arrive, vraiment ? »

Je contemplai ses yeux et remarquai l'intensité de son regard.

« Tu veux vraiment tout savoir ?

— Comme toujours.

— Eh bien, la vérité, c'est que j'ai pris quelques jours pour moi tout seul et que je les passe près du lac. Je viens de vivre une période de travail très dure et je veux réfléchir à mon avenir.

— Je me souviens que tu parlais souvent de ce lac. Je croyais que ta sœur et toi aviez été obligés de le vendre.

— Ce n'est pas encore fait... Le problème, c'est la taxe foncière. Comme la propriété est proche de la ville, les impôts grimpent tous les ans. »

Elle acquiesça.

« Alors, qu'est-ce que tu veux faire maintenant ?

— Je ne sais pas encore. Quelque chose de nouveau. »

Elle me regarda d'un air mystérieux.

« On dirait que tu ne tiens pas plus en place que le reste des gens.

— Sans doute. Pourquoi me dis-tu tout ça ?

— Il y a un rapport avec le Manuscrit. »

Le silence s'installa un bref instant tandis que je lui rendais son regard.

« Parle-moi de ce Manuscrit. »

Elle se laissa aller en arrière sur sa chaise, comme pour mieux rassembler ses idées, puis me regarda intensément.

« Je crois t'avoir dit au téléphone que j'avais quitté le journal, il y a quelques années, pour une société d'études ; elle est spécialisée dans l'analyse des transformations sociales et culturelles, et travaille pour les Nations unies. Ma dernière mission s'est déroulée au Pérou.

« Pendant mon séjour là-bas, à l'université de Lima, je n'ai pas cessé d'entendre des rumeurs concernant la découverte d'un manuscrit très ancien ; mais personne ne pouvait m'en apprendre plus, même pas les archéologues ou les anthropologues. Dans les cabinets gouvernementaux, on a nié être au courant de quoi que ce soit.

« Quelqu'un m'a appris que le gouvernement souhaitait faire disparaître le document, sans pouvoir me dire pourquoi. Mais cette personne-là n'avait pas non plus de source sûre.

« Tu me connais, poursuivit-elle, j'ai toujours été curieuse. Après la fin de ma mission, j'ai décidé de rester quelques jours de plus pour voir si je pourrais dénicher quelque chose. Au début, toutes les pistes se sont révélées des impasses. Mais, un jour où je prenais mon déjeuner dans un restaurant de Lima, j'ai remarqué qu'un prêtre m'observait. Au bout d'un moment, il s'est approché et m'a confié qu'il avait appris que j'enquêtais à propos du Manuscrit. Il a refusé de me dire son nom, mais il a accepté de répondre à toutes mes questions. »

Elle hésita encore un peu, sans cesser de me regarder intensément, avant de reprendre.

« Il m'a indiqué que l'écriture du Manuscrit remontait à environ 600 ans avant Jésus-Christ et que le texte prédisait une transformation radicale de la société.

— Qui devrait commencer quand ?

— Dans les dernières décennies du XXᵉ siècle.

— Donc maintenant ?

— Oui, maintenant.

— Et de quelle transformation s'agit-il ? »

Elle parut gênée quelques instants et finit par déclarer avec force :

« Le prêtre m'a affirmé que ce serait une sorte de renaissance de la conscience, une renaissance qui s'opérerait sur une certaine durée. Elle ne serait pas d'essence religieuse, mais spirituelle. Nous sommes en train de découvrir quelque chose de neuf sur la vie humaine, sur le sens de notre existence, et, selon le prêtre, cette découverte va changer profondément notre culture. »

Elle s'interrompit avant d'ajouter :

« Le prêtre m'a dit que le Manuscrit était découpé en sections ou chapitres. Chacun d'eux est consacré à une révélation particulière sur la vie. Le Manuscrit déclare que, pendant la période qui s'ouvre, les êtres humains vont commencer à bénéficier de ces révélations l'une après l'autre, et que, de la culture actuelle, nous passerons à une culture entièrement spirituelle. »

Je secouai la tête et levai les sourcils d'un air cynique.

« Tu prends vraiment tout ça pour argent comptant ?

— Eh bien... je pense que...

— Regarde, dis-je en montrant du doigt les gens qui étaient attablés sous la mezzanine du restaurant, le monde réel, c'est ça. Tu as vu des changements là-dedans récemment ? »

J'avais à peine prononcé ces mots qu'une remarque furieuse se fit entendre d'une table située près du mur ; je ne parvins pas à la comprendre, mais la voix avait été assez forte pour que toute conversation cesse dans le restaurant. Je crus d'abord qu'il s'agissait d'un autre vol, mais je m'aperçus que ce n'était qu'une dispute. Une femme âgée d'une trentaine d'années s'était levée et regardait avec colère un homme assis en face d'elle.

« Non, s'écria-t-elle, le problème, c'est que notre relation ne se passe pas comme je le voudrais ! Est-ce que tu comprends ce que je dis ? Ça ne marche pas ! » Elle se reprit, jeta sa serviette sur la table et quitta la salle.

Charlène et moi nous sommes regardés, surpris que cet éclat fût survenu au moment même où nous parlions des gens de la salle du bas. Charlène finit par indiquer d'un signe de tête l'homme qui était resté seul à la table et dit :

« Le monde réel est en train de changer, tu vois.

— Comment ça ? dis-je, pas encore remis de ma surprise.

— La transformation commence avec la première révélation, et, selon le prêtre, cette révélation fait toujours surface de manière inconsciente ; au début elle se manifeste par une inquiétude.

— Une inquiétude ?

— Exactement.

— Et qu'est-ce que nous recherchons ?

— Justement. Au début, nous n'en sommes pas trop sûrs. Selon le Manuscrit, nous vivons d'abord une sorte d'expérience alternative... des instants de notre vie nous paraissent différents, plus intenses, mais nous ne pouvons pas identifier ce sentiment ni le faire durer ; lorsqu'il disparaît, nous sommes insatisfaits, inquiets face à une vie redevenue commune et ordinaire.

— Tu penses que la colère de cette femme était due à ce genre d'inquiétude ?

— Oui, elle est comme nous tous. Nous cherchons à nous réaliser davantage, et nous nous révoltons contre tout ce qui nous en empêche. Cette quête anxieuse explique l'incroyable égocentrisme qui a caractérisé les années récentes ; elle touche tout le monde, les grands de ce monde comme l'homme de la rue.

« Et, lorsqu'il s'agit de relations humaines, nous sommes tellement exigeants que nous les rendons presque impossibles », dit-elle en me regardant intensément.

Sa remarque me remit en mémoire mes deux dernières expériences sentimentales. Toutes deux avaient commencé merveilleusement et n'avaient pas passé le cap de la première année. Je regardai Charlène ; elle attendait patiemment la suite.

« Dis-moi, qu'est-ce qui arrive donc à nos relations amoureuses ?

— J'ai parlé au prêtre très longuement de ça. Il m'a expliqué que, lorsque les deux partenaires sont trop exigeants, lorsque chacun des deux s'attend à ce que l'autre partage son monde et participe à chacune de ses activités, un combat s'engage fatalement entre deux égoïsmes. »

Son discours me frappa. Mes deux dernières aventures s'étaient en effet achevées sur des luttes de pouvoir. Nous nous étions trouvés à chaque fois devant un conflit d'emploi du temps ! Tout avait été trop rapide. Nous avions eu trop peu de temps pour nous mettre d'accord sur ce que nous aimions vraiment, nos loisirs, etc. A la fin, décider de l'organisation de la journée s'était révélé impossible.

« A cause de cette lutte de pouvoir, poursuivit Charlène, le Manuscrit dit qu'il nous sera toujours difficile de rester durablement avec la même personne.

— Tout ça ne me paraît pas tellement "spirituel", dis-je.

— C'est exactement ce que j'ai dit au prêtre,

15

répliqua-telle, et il m'a répondu que, si la plupart des maux dont souffre la société trouvaient leur source dans cette inquiétude, ce n'était qu'un problème temporaire. Nous finirons par prendre conscience de ce que nous recherchons réellement, de la vraie nature de cette autre expérience, différente et plus enrichissante. Lorsque nous aurons vraiment pris conscience de cela, nous aurons accédé à la première révélation. »

On a servi notre repas, et nous nous sommes arrêtés de parler quelques instants pendant que le garçon versait le vin ; puis nous avons goûté nos plats. En prenant un petit morceau de saumon dans mon assiette, Charlène plissa le nez et se mit à rire. Je m'aperçus que sa présence me faisait du bien.

« D'accord, dis-je, quelle est donc cette expérience que nous recherchons ? Qu'est-ce que c'est que la première révélation ? »

Elle hésita, ne sachant visiblement par où commencer.

« C'est difficile à dire, mais voici ce que le prêtre m'a expliqué. Il a précisé qu'on avait la première révélation lorsque l'on prenait conscience des coïncidences dans nos vies. »

Elle se pencha vers moi.

« As-tu déjà eu l'intuition de quelque chose dont tu avais vraiment envie ? D'une direction que tu voulais donner à ta vie ? Est-ce que tu t'es jamais demandé comment faire pour que cela arrive ? Et puis, après avoir à moitié oublié, t'es-tu trouvé nez à nez avec quelqu'un, ou bien as-tu lu quelque chose ou encore es-tu allé dans un endroit qui t'a justement apporté cette chance que tu attendais ?

« Eh bien, dit-elle, selon le prêtre, ces coïncidences se produisent de plus en plus fréquemment et, lorsqu'elles surviennent, elles semblent représenter beaucoup plus que de la chance pure. Elles semblent prédestinées, comme si notre vie était guidée par une force inconnue. Cette expérience apporte une part de mystère, et grâce à elle nous nous sentons plus vivants.

« Selon le prêtre, voilà l'expérience que nous avons entraperçue et que nous voudrions vivre sans interruption. De plus en plus de gens sont convaincus de la réalité de ce phénomène, et qu'il se passe quelque chose sous la surface de la vie quotidienne. Cette conscience-là, c'est la première révélation. »

Elle me regarda avec l'air d'attendre une réponse, mais je restai muet.

« Tu ne vois donc pas ? dit-elle. La première révélation nous amène à reconsidérer ce mystère qui entoure la vie de chacun d'entre nous sur la terre. Nous vivons ces coïncidences mystérieuses, et, même sans les comprendre, nous savons qu'elles signifient quelque chose. Nous recommençons à sentir — comme dans notre enfance — qu'il y a un autre côté de la vie à découvrir, un autre processus qui se déroule en coulisse. »

Charlène se penchait vers moi et faisait de grands gestes.

« Tu es vraiment plongée là-dedans, n'est-ce pas ? demandai-je.

— Je me souviens d'une époque, dit-elle sévèrement, où tu parlais toi aussi de ce genre d'expériences. »

Sa remarque me fit sursauter. Elle avait raison. Il y avait eu, en effet, une époque dans ma vie où j'avais vécu ces expériences-là et où j'avais tenté de leur donner une explication psychologique. En cours de route, j'avais changé d'avis. J'avais fini par mettre ces expériences au compte de l'immaturité et de l'irréalisme, et j'avais même cessé de m'y intéresser.

Je fis face à Charlène et lui rétorquai sur la défensive :

« C'est sans doute qu'à l'époque je lisais la philosophie orientale ou les mystiques chrétiens. Tu dois te souvenir de ça. En tout cas, Charlène, on a déjà beaucoup écrit sur ce que tu appelles la première révélation. Qu'est-ce qu'il y a de neuf aujourd'hui à son sujet ? En quoi la perception de coïncidences mystérieuses peut-elle conduire à une transformation culturelle ? »

Charlène regarda la table un instant et se tourna vers moi.

« Ne te méprends pas. Bien sûr, ces expériences ont déjà été décrites. En fait, le prêtre a spécialement insisté là-dessus. Les individus ont ressenti de telles coïncidences tout au long de l'histoire, et ce fait même a été la base de beaucoup d'œuvres philosophiques ou religieuses. Mais ce qu'il y a de nouveau, ce sont les chiffres ! Selon le prêtre, la transformation survient à cause du grand nombre d'individus qui vivent cette expérience en même temps.

— Qu'est-ce qu'il a voulu dire exactement ?

— D'après lui, le Manuscrit annonce que le nombre de gens conscients de ces coïncidences doit croître énormément au cours de la sixième décennie du xxᵉ siècle et cette croissance doit se poursuivre jusqu'au début du siècle suivant. Alors nous arriverons à un nombre précis d'individus, un nombre que je qualifierais de masse décisive.

« Le Manuscrit prédit que, lorsque nous aurons atteint cette masse décisive on commencera à reconnaître, d'un point de vue culturel, ces coïncidences et à les traiter sérieusement. Nous nous mettrons à nous demander, non plus individuellement, mais globalement, quel est le sens caché de la vie humaine. Et c'est cette question, posée par suffisamment de gens en même temps, qui amènera la découverte des autres révélations puisque le Manuscrit affirme qu'il suffit qu'assez de gens s'interrogent pour que nous commencions à obtenir des réponses. Les autres révélations nous seront données… l'une après l'autre. »

Elle s'interrompit pour avaler une bouchée.

« Quand nous aurons connaissance des autres révélations, notre culture changera ? demandai-je.

— C'est ce qu'a dit le prêtre. »

Je la regardai sans rien dire, tout en réfléchissant à cette idée nouvelle de masse décisive, et je lui dis :

« Tout ça me paraît bien sophistiqué pour un Manuscrit écrit en l'an 600 avant J.-C.

— Je sais, je me suis fait la même réflexion. Mais le prêtre m'a dit que les érudits qui ont traduit le Manuscrit étaient absolument certains de son authenticité. Avant tout parce qu'il est rédigé en araméen, la langue même, pour l'essentiel, de l'Ancien Testament.

— De l'araméen en Amérique du Sud ? Mais comment a-t-il pu arriver là à cette époque ?

— Le prêtre n'en savait rien.

— Est-ce que son Église reconnaît l'authenticité du Manuscrit ?

— Non, il a même dit qu'une très large majorité du clergé souhaitait la disparition du Manuscrit ; c'est pour cela qu'il n'a pas voulu dire son nom. Rien que de parler du Manuscrit pouvait être très dangereux pour lui.

— Est-ce qu'il t'a expliqué pourquoi tant de dignitaires de l'Église voulaient le faire disparaître ?

— Oui, parce qu'il apporte un défi au caractère universel de leur religion.

— Comment cela ?

— Je ne sais pas… il n'a pas voulu en parler en détail ; mais j'ai compris que les autres révélations poussaient très loin certaines des conceptions traditionnelles de l'Église d'une manière qui fait peur aux prêtres les plus âgés, qui trouvent que les choses sont bien comme elles sont.

— Je vois.

— Le prêtre pense que les affirmations du Manuscrit ne vont pas à l'encontre des grands principes de l'Église. Qu'il apporte tout au plus des clarifications à certaines vérités spirituelles. Il est persuadé que les chefs de l'Église n'auraient aucune peine à voir les choses sous cet angle s'ils voulaient seulement bien considérer que la vie est un mystère avant de prendre connaissance des autres révélations.

— Sais-tu combien de révélations il y a ?

— Non, mais il m'a parlé de la seconde. C'est une interprétation plus juste de l'histoire récente, qui explique mieux la transformation de notre culture.

— Il n'a rien dit d'autre ?

— Non, faute de temps. Il était pressé d'aller régler une affaire… Nous sommes tombés d'accord pour que je le retrouve chez lui l'après-midi même, mais il n'y était pas lorsque je suis arrivée. Trois heures plus tard, il n'était toujours pas là, et j'ai dû filer prendre mon avion.

— Donc, tu n'as pas pu lui parler depuis ce matin-là ?

— Absolument, je ne l'ai jamais revu.

— Et le gouvernement ne t'a jamais donné confirmation de l'existence du Manuscrit ?

— Jamais.

— Tout ça remonte à quand ?

— Environ un mois et demi. »

Nous avons mangé en silence plusieurs minutes. Enfin Charlène s'est tournée vers moi et a dit :

« Alors, que penses-tu de tout ça ?

— Je ne sais pas encore. »

D'un côté mon esprit résistait à l'idée que les êtres humains puissent réellement changer. Mais d'un autre côté j'étais fasciné à l'idée qu'un tel Manuscrit existe.

« Est-ce qu'il t'a montré un exemplaire du texte ?

— Non, je n'ai rien d'autre que les notes que j'ai prises. »

Nous sommes restés silencieux.

« Tu sais, reprit-elle, je croyais que ces idées allaient te mettre en transe ! »

Je la regardai.

« Pour cela il me faudrait une preuve de la véracité de ce qu'avance ce Manuscrit. »

Elle me fit un large sourire.

« Qu'est-ce qu'il y a ? lui demandai-je.

— C'est exactement ce que j'ai dit moi aussi.

— A qui ? Au prêtre ?

— Oui.

— Et quelle a été sa réponse ?

— Il a répondu que la preuve se ferait par l'expérience.

— Ce qui veut dire ?

— Que notre expérience confirme les affirmations du Manuscrit. Lorsque nous analysons vraiment nos sentiments, le cours réel de notre vie au moment précis de l'histoire que nous sommes en train de vivre, nous comprenons que les idées du Manuscrit sont pleines de bon sens, qu'elles sont vraies. »

Elle hésita.

« Tu me comprends ? »

Je réfléchis quelques instants. Tout cela avait-il un sens ? Chacun était-il aussi « inquiet » que moi, et, si c'était le cas, cette inquiétude venait-elle de la simple intuition — une intuition appuyée sur trente ans d'expérience dans mon cas — qu'il y avait un sens caché à la vie ?

« Je ne sais pas, dis-je finalement, je crois qu'il me faut un peu de temps pour mettre de l'ordre dans mes idées. »

Je sortis dans le jardin du restaurant et restai debout derrière un banc de cèdre qui faisait face à la montagne. Je voyais, à ma droite, les lumières clignotantes de l'aéroport et j'entendais le rugissement des réacteurs d'un jet prêt au décollage.

« Que ces fleurs sont belles », dit Charlène derrière moi. Je me retournai pour la regarder s'avancer dans l'allée tout en admirant les rangées de pétunias et de bégonias qui entouraient le banc. Elle vint à mes côtés et je passai mes bras autour d'elle. Des souvenirs envahissaient mon esprit. Des années auparavant lorsque nous vivions l'un et l'autre en Virginie, à Charlottesville, nous passions régulièrement des soirées entières à discuter. Le plus souvent, nous ne parlions que de théories intellectuelles et de psychologie. La conversation et la personnalité de l'autre nous fascinaient. Mais notre relation était restée étonnamment platonique.

« Je ne peux pas te dire à quel point c'est bon de te revoir, confia-t-elle.

— Bien sûr, répondis-je, te revoir fait resurgir tant de souvenirs.

— Je me demande pourquoi nous ne sommes pas restés en contact », poursuivit-elle.

Sa question me ramena en arrière. Je me souvenais de notre dernière rencontre. Elle me disait au revoir à la portière de ma voiture. A l'époque, j'étais tendu vers l'avenir et revenais dans ma ville natale pour m'occuper d'enfants traumatisés. Je croyais savoir comment ces enfants pourraient surmonter les réactions primitives, les obsessions suicidaires, qui les empêchaient de vivre. Mais, au fur et à mesure, je devais découvrir que ma méthode ne fonctionnait pas. Je dus admettre mon ignorance.

Comment les humains pouvaient se libérer de leur passé restait à ce jour une énigme pour moi.

A la réflexion, je pensais pourtant que ces six années avaient constitué une expérience intéressante. Pourtant, je ressentais maintenant le besoin d'autre chose. Mais où ? mais quoi ? J'avais pensé de temps en temps à Charlène depuis l'époque où elle m'avait aidé à mettre en ordre mes idées sur les traumatismes de l'enfance, et voilà qu'elle faisait de nouveau irruption dans ma vie. Le plaisir de nos conversations resurgissait, intact.

« Je crois que je me suis laissé complètement absorber par mon travail, dis-je.

— Moi aussi. Au journal, c'était un papier après l'autre. Pas le temps de réfléchir... J'oubliais tout le reste. »

Je lui pressai le bras.

« Tu sais, Charlène, j'avais oublié comme il est agréable de parler avec toi. Tout est si naturel, si spontané entre nous deux. »

Son sourire et son regard confirmèrent mon impression.

« Oui, nos conversations me donnent de l'énergie. »

J'allais poursuivre quand je vis Charlène regarder fixement l'entrée du restaurant et pâlir.

« Qu'y a-t-il ? » demandai-je en regardant dans cette direction. Plusieurs personnes se dirigeaient vers le parking, en parlant avec naturel, mais rien ne me parut bizarre. Je regardai de nouveau Charlène, elle était toujours tendue et inquiète.

« Qu'est-ce que tu as vu ? interrogeai-je.

— Là-bas, après la première rangée de voitures, tu as remarqué cet homme à la chemise grise ? »

Je regardai dans la direction indiquée. Un autre groupe de gens sortaient du restaurant.

« Quel homme ?

— Je crois qu'il n'est plus là », dit-elle.

Elle me regarda fixement.

« Mes voisins de table ont décrit le voleur de mon porte-documents comme un homme avec une barbe, des cheveux clairsemés et une chemise grise. Je crois que c'est lui que j'ai vu, qui nous regardait. »

Une sourde inquiétude m'envahit. Je dis à Charlène que j'allais revenir tout de suite et je filai vers le parking, attentif à ne pas trop m'éloigner. Personne ne correspondait à la description.

Revenu vers le banc, j'entendis Charlène me dire :

« Tu crois que cette personne pense que je détiens le Manuscrit ? Qu'il a volé mon porte-documents pour cela, le récupérer ?

— Je ne sais pas, mais je vais appeler de nouveau la police et leur raconter ce que tu as vu. Je vais aussi leur demander de vérifier la liste des passagers de ton vol. »

Nous avons appelé la police. Les policiers passèrent une vingtaine de minutes à vérifier les voitures du parking, et me dirent qu'ils ne pouvaient pas faire plus. Mais ils allaient vérifier la liste des passagers.

Après leur départ, Charlène et moi nous sommes retrouvés au même endroit près du banc.

« Et que disions-nous, demanda-t-elle, avant que je n'aperçoive ce type ?

— Nous parlions de nous. Charlène, pourquoi est-ce moi que tu as appelé pour me raconter cette histoire ? »

Elle me regarda avec perplexité.

« Quand j'étais au Pérou en train de parler avec le prêtre, tu ne cessais de m'apparaître.

— Vraiment ?

— Je n'y ai pas prêté attention sur le moment, mais après mon retour en Virginie, chaque fois que je pensais au Manuscrit, je pensais à toi. J'ai voulu plusieurs fois t'appeler, mais j'ai oublié. Puis le journal m'a donné cette mission à Miami où je me rends aujourd'hui, et j'ai découvert, après le décollage, qu'il y avait une escale ici ; après l'atterrissage, j'ai cherché ton numéro et, malgré le disque sur ton répondeur qui conseillait de ne t'appeler au lac qu'en cas d'urgence, j'ai décidé de te joindre. »

Je la regardai un instant, ne sachant trop quoi penser :

« Je suis heureux que tu l'aies fait. »

Elle consulta sa montre.

« Il se fait tard, il faut que je file à l'aéroport.

— Je te conduis. »

Nous avons roulé vers le terminal principal, et nous sommes dirigés vers la zone d'embarquement. J'observais les alentours à la recherche de n'importe quel signe inhabituel. L'embarquement avait déjà commencé et l'un des policiers que nous avions rencontrés examinait attentivement chaque passager. Il nous expliqua qu'il avait scruté chacun des passagers enregistrés et qu'aucun ne correspondait à la description que nous lui avions communiquée. Nous l'avons remercié et, après son départ, Charlène s'est tournée vers moi en souriant.

« Je crois qu'il faut que j'y aille, dit-elle en se penchant pour me prendre par le cou. Voici les numéros où tu peux me joindre. J'espère que cette fois on ne se perdra pas de vue.

— Écoute, je veux que tu sois très prudente ; si tu remarques quelque chose d'anormal, appelle la police !

— Ne t'inquiète pas pour moi, ça ira. »

Nous nous sommes regardés un instant, les yeux dans les yeux.

« Qu'est-ce que tu vas faire à propos de ce Manuscrit ? demandai-je.

— Je ne sais pas encore. Pour commencer, je vais lire les dépêches d'agence.

— Et si on le fait disparaître ? »

Après un nouveau grand sourire, elle répondit :

« Je m'en étais doutée ! Te voilà pris au jeu ! Je t'avais prévenu. Et toi, qu'est-ce que tu vas faire ? »

Je haussai les épaules.

« Sans doute voir si je peux en apprendre plus, je suppose.

— Bon. Si tu trouves quoi que ce soit, appelle-moi. »

Nous nous sommes dit de nouveau au revoir, et elle s'en est allée ; je l'ai vue disparaître après m'avoir fait un petit signe. J'ai filé vers mon 4 × 4 et suis reparti vers le lac, ne m'arrêtant que pour prendre de l'essence.

Une fois arrivé, je me suis assis sur une chaise à bascule sous la véranda. L'air bruissait de criquets et de grenouilles, et au loin j'entendais chanter un merle. De l'autre côté du lac, la lune s'était encore inclinée davantage vers l'ouest, et un léger friselis de clarté réfléchie sur la surface de l'eau semblait se diriger vers moi.

La soirée avait été passionnante, mais je demeurais sceptique quant à la possibilité d'une transformation culturelle radicale. Comme beaucoup de mes contemporains, je m'étais laissé prendre par l'idéalisme social des années soixante et soixante-dix et même par la curiosité spirituelle des années quatre-vingts. Il était difficile de juger de ce qui se passait vraiment sous nos yeux. Quel type d'information nouvelle pouvait bien suffire à transformer le monde ? Cela paraissait idéaliste et un peu délirant. Après tout les hommes vivaient sur cette terre depuis bien longtemps. Pourquoi aurions-nous eu soudain accès à une vision nouvelle de l'existence à cet âge avancé de l'histoire de l'humanité ? Je contemplai encore le lac quelques instants avant d'éteindre les lampes de la véranda pour aller lire dans ma chambre.

Le lendemain matin, je m'éveillai brusquement, un rêve encore très présent à l'esprit. Je fixai le plafond pendant une ou deux minutes, me le rappelant parfaitement. Je marchais dans la forêt, cherchant quelque chose. La forêt était vaste et remarquablement belle.

Pendant ma recherche, je me trouvais successivement placé dans des situations où j'étais complètement perdu et stupéfait, incapable de prendre la moindre décision. Chose étrange, à chaque fois une personne sortait de nulle part pour m'indiquer le bon choix. Je ne parvins jamais à identifier l'objet de la quête, mais je me réveillai plein de confiance en moi.

Je m'assis et remarquai un rai de soleil qui passait par la fenêtre et traversait la pièce. Des particules de poussière brillaient dans le rayon. Je me levai pour aller tirer les rideaux. La journée commençait bien avec un grand soleil et un ciel bleu. Une brise légère faisait se balancer doucement le feuillage des arbres. Le lac devait être brillant de lumière et le vent frais sur la peau d'un nageur.

Quittant la maison, je plongeai dans le lac et nageai jusqu'au milieu, me retournant pour contempler mes montagnes favorites. Le lac était niché au creux d'une vallée profonde où convergeaient trois chaînons montagneux ; c'est mon grand-père qui avait découvert le site dans son enfance.

Il y avait maintenant un siècle qu'il avait arpenté ces crêtes : enfant explorateur prodige, il avait grandi dans un monde où vivaient encore les couguars, les sangliers et les Indiens Creeks qui habitaient des cabanes primitives sur la crête nord. Il s'était juré de vivre un jour dans cette vallée parfaite avec ses arbres millénaires et ses sept sources, et il avait tenu parole, barrant la vallée pour créer le lac, édifiant une maison... J'avais fait avec lui des centaines de promenades dans ce lieu béni. Je n'avais jamais entièrement compris ce qui fascinait mon grand-père dans cette vallée, mais j'avais tout mis en œuvre pour la préserver, même lorsque la civilisation s'en était rapprochée jusqu'à l'encercler.

Depuis le milieu du lac, je voyais un rocher qui se détachait de la crête nord. La veille, respectant les traditions familiales, j'avais grimpé la crête jusqu'à ce rocher pour trouver un peu de paix dans la vue, les parfums et le bruit du vent qui agitait la cime des arbres. Et là, assis à regarder le lac et les frondaisons denses de la vallée sous-jacente, je m'étais senti progressivement mieux, comme si la perspective offerte parvenait à décomposer quelque bloc coincé dans mon cerveau. Quelques heures plus tard, je retrouvais Charlène et nous parlions du Manuscrit.

Je revins à la nage jusqu'à la rive, et me hissai sur la jetée de bois devant la maison. Je savais que tout cela était incroyable. J'étais là, caché dans cette vallée, me sentant en total désaccord avec ma vie, lorsque, sortie de nulle part, Charlène était apparue, m'avait expliqué les causes de mon inquiétude. Et m'avait parlé d'un Manuscrit qui promettait la révélation du secret de la vie humaine...

Je savais aussi que l'arrivée de Charlène était justement l'une des coïncidences dont parlait le Manuscrit, une coïncidence trop parfaite pour être accidentelle. Ce vieux grimoire pouvait-il dire vrai ? Le monde avait-il su, malgré ses faiblesses et son cynisme, produire une vraie « masse décisive » de gens conscients de ces coïncidences ? Les humains étaient-ils maintenant capables de comprendre le vrai but de la vie ? Et que serait le grand secret ? Les révélations encore à découvrir dans le Manuscrit nous le livreraient-elles ?

J'étais placé devant un choix. A cause du Manuscrit, je sentais qu'une nouvelle direction s'ouvrait à moi. Mais que faire ? Je pouvais en rester là ou chercher un moyen d'aller plus loin. La question du danger se posa à moi. Qui avait volé le porte-documents de Charlène ? Quelqu'un cherchait-il à supprimer le Manuscrit ? Comment le savoir ? Je réfléchis longuement aux risques possibles. Mais mon optimisme l'emporta. Je décidai de ne pas m'inquiéter. Je serais prudent et je prendrais mon temps. Je rentrai dans la maison et téléphonai à l'agence de voyages, qui faisait paraître l'annonce la plus importante dans les pages jaunes de l'annuaire. Je pouvais obtenir un billet pour le Pérou. Il y avait même par hasard une annulation dont je pouvais profiter, et le billet comportait des réservations d'hôtel à Lima ! Je pouvais en plus bénéficier d'un prix intéressant... mais il fallait partir dans trois heures ! trois heures...

2

DANS UNE VASTE PERSPECTIVE

Après la hâte pour faire mes bagages puis la course sur l'autoroute, j'arrivai à l'aéroport juste à temps pour prendre mon billet et embarquer pour Lima. En m'installant à l'arrière près d'un hublot, je sentis la fatigue m'envahir.

J'étais tenté de faire un petit somme, mais j'eus beau fermer les yeux et me détendre, rien n'y fit. Je commençais à me laisser gagner par le doute et l'inquiétude au sujet de ce voyage. N'était-ce pas pure folie de partir ainsi sans avoir rien préparé ? Où irais-je à mon arrivée ? Que ferais-je à Lima ?

La vague de confiance en moi que j'avais ressentie près du lac faisait place à toutes ces questions... L'idée de transformation culturelle et le contenu de la première révélation me paraissaient irréalistes et fous. Et la seconde révélation me paraissait soudainement plus folle encore. En quoi une interprétation plus juste de l'histoire pourrait-elle nous aider à percevoir ces coïncidences ? Je m'étirai encore et pris une grande inspiration. Peut-être serait-ce un voyage inutile, conclus-je, un simple aller et retour, un gaspillage d'argent, mais il n'y avait pas de mal à ça.

L'avion bondit en avant et roula vers la piste d'envol. Je fermai les yeux et ressentis un vague vertige lorsqu'il atteignit la vitesse de décollage et s'envola vers une épaisse couverture nuageuse. A l'altitude de croisière, je me détendis et finis par m'endormir. Une trentaine de minutes plus tard, je fus réveillé par des turbulences et décidai d'aller aux toilettes.

En descendant le couloir, je remarquai un homme de haute taille avec des lunettes rondes qui parlait avec le steward. Il me jeta un bref coup d'œil et reprit sa conversation. Il avait des cheveux brun foncé et paraissait environ quarante-cinq ans. Je crus d'abord le reconnaître, mais, après l'avoir bien observé, je conclus que je ne l'avais jamais vu. En passant près de lui, je glanai quelques bribes de conversation.

« Merci en tout cas, disait l'homme ; j'avais pensé, comme vous faites très souvent cette ligne, que vous aviez entendu parler du Manuscrit. »

Il fit demi-tour et se dirigea vers l'avant de l'appareil.

J'étais stupéfait. Parlait-il du même Manuscrit ? J'entrai dans les toilettes et me demandai comment réagir. Devais-je oublier ce que j'avais entendu ? Il parlait sûrement d'autre chose, d'un autre livre.

Je regagnai mon siège et fermai de nouveau les yeux, heureux d'oublier cet incident. J'avais été bien inspiré de ne pas demander à cet homme de quoi il parlait. Cependant, sur mon siège, je repensai à l'enthousiasme ressenti près du lac. Et si cet homme avait vraiment des informations sur le Manuscrit ? Qu'arriverait-il alors ? Si je ne lui demandais rien, je n'aurais jamais la réponse.

J'hésitai encore un peu puis me levai et pris la direction de l'avant, où je le découvris à mi-hauteur de l'allée. Derrière lui se trouvait un siège vacant. Je fis demi-tour et informai un steward de mon envie de changer de siège, rassemblai mes affaires et m'installai. Quelques minutes plus tard, je donnai à l'homme une petite tape sur l'épaule.

« Pardonnez-moi, dis-je, je vous ai entendu mentionner un Manuscrit. Parliez-vous de celui qui a été découvert au Pérou ? »

D'abord surpris, puis méfiant, il dit :

« Oui. »

Je me présentai et lui expliquai qu'une amie avait récemment visité le Pérou et m'avait informé de l'existence de ce Manuscrit. Il se détendit et se présenta sous le nom de Wayne Dobson, professeur d'histoire à l'université de New York.

Tandis que nous parlions, je remarquai que mon voisin immédiat paraissait très irrité. Il s'était laissé aller en arrière et tentait de dormir.

« Avez-vous vu le Manuscrit ? demandai-je au professeur.

— Seulement des passages. Et vous ?

— Non, mais mon amie m'a expliqué la première révélation. »

Mon voisin changea de position. Dobson le regarda et dit :

« Pardonnez-nous, monsieur, nous vous dérangeons. Voulez-vous changer de siège avec moi ?

— Cela serait mieux, en effet », acquiesça l'homme.

Nous nous sommes levés et Dobson s'est installé à côté de moi.

« Dites-moi ce que vous avez entendu sur la première révélation », interrogea Dobson.

Je tentai de rassembler mes idées.

« Je crois que la première révélation est la conscience des coïncidences mystérieuses qui changent nos vies, le sentiment qu'un autre processus se déroule. »

Je me sentis idiot en parlant ainsi.

Dobson s'en aperçut et avança, comme pour m'aider :

« Et que pensez-vous de cette révélation ?

— Je n'en sais rien.

— Elle ne cadre guère avec notre bon sens quotidien, n'est-ce pas ? Est-ce que vous ne préféreriez pas oublier tout ça et vous occuper de choses plus matérielles ? »

Je ris et approuvai d'un signe de tête.

« Eh bien, c'est notre tendance à tous. Nous avons beau avoir parfois la révélation fugitive de choses inconnues qui affectent nos vies, nous préférons juger cela dérisoire et oublier même que nous en avons eu conscience. C'est pourquoi la seconde révélation est nécessaire. Une fois que nous situons cette prise de conscience dans sa perspective historique, cela semble plus plausible. »

J'approuvai.

« Donc, en tant qu'historien, vous jugez exacte cette prédiction d'une transformation globale faite dans le Manuscrit ?

— Oui.

— En tant qu'historien ?

— Oui, mais il faut regarder l'histoire correctement. »

Il aspira une grande bouffée d'air.

« Croyez-moi, je dis cela en homme qui a passé des années à étudier et à enseigner l'histoire à l'envers ! Je m'intéressais seulement aux réalisations technologiques des civilisations, et aux grands hommes.

— Qu'y a-t-il de mal dans cette façon de voir ?

— Rien, en soi. Mais ce qui compte en réalité c'est la vision que chaque période donne d'elle-même, de ce que les gens faisaient et ressentaient. Il m'a fallu du temps pour comprendre cette vérité simple. L'histoire doit fournir une connaissance du

34

contexte qui entoure la période que nous vivons. Elle ne peut se résumer à l'évolution des techniques. Elle est l'évolution de la pensée. En comprenant la réalité des gens qui nous ont précédés, nous comprenons notre vision actuelle du monde, et comment nous pouvons contribuer au progrès futur. Nous pouvons savoir, pour ainsi dire, quel rôle nous avons à jouer dans l'évolution des civilisations. »

Il s'interrompit avant d'ajouter :

« L'effet de la seconde révélation est d'apporter justement cette sorte de perspective historique, du moins du point de vue de la pensée occidentale. Elle place les prédictions du Manuscrit dans un contexte plus vaste qui les rend non seulement plausibles, mais inévitables. »

Je demandai à Dobson combien de révélations il avait pu lire, et ce n'étaient que les deux premières. Il les avait découvertes, dit-il, après qu'une rumeur sur le Manuscrit l'avait poussé à faire un voyage au Pérou il y avait trois semaines.

« Une fois arrivé, ajouta-t-il, j'ai rencontré deux personnes qui m'ont confirmé l'existence du Manuscrit, mais semblaient effrayées d'en parler. On m'a dit que le gouvernement était devenu un peu parano à ce sujet et menaçait physiquement quiconque en avait des copies ou le faisait connaître. »

Il se fit grave.

« Cela m'a rendu nerveux. Plus tard, un garçon d'étage de l'hôtel m'a indiqué qu'un prêtre qu'il connaissait parlait souvent du Manuscrit. Le prêtre luttait contre la volonté du gouvernement de faire disparaître le Manuscrit. Je n'ai pas pu résister à l'envie de me rendre dans une maison où ce prêtre était censé passer le plus clair de son temps. »

Je dus montrer ma surprise, car il demanda :

« Qu'y a-t-il ?

— Mon amie, celle qui m'a parlé du Manuscrit, ne le connaissait que par un prêtre. Il n'a pas voulu lui dire son nom, mais elle a parlé de la première révélation avec lui. Elle avait un second rendez-vous, mais il ne s'est pas présenté et elle ne l'a plus revu.

— C'est peut-être le même homme, dit Dobson, car je ne l'ai pas trouvé non plus. La maison était fermée à clé et semblait abandonnée.

— Vous ne l'avez pas vu ?

— Non, mais j'ai décidé de jeter un œil. Il y avait un vieux hangar derrière la maison, et je suis entré voir ce qu'il contenait. Derrière de vieux cartons, sous une planche mal arrimée de la cloison, j'ai trouvé des traductions de la première et de la seconde révélation. »

Il me regarda d'un air sage.

« Vous les avez trouvées par hasard ?

— Oui.

— Avez-vous apporté ces textes ? »

Il secoua la tête. « Non, j'ai préféré les étudier attentivement et les donner à quelques collègues.

— Pourriez-vous me résumer la seconde révélation ? »

Il y eut un long silence et Dobson reprit :

« Je crois que c'est pour cela que nous sommes ici.

« La seconde révélation place notre conscience dans une perspective historique. Au terme des années quatre-vingt-dix, non seulement nous aurons fini le XXe siècle, mais aussi un millénaire. Nous aurons liquidé le second millénaire. Mais, avant que nous autres Occidentaux ayons compris où nous en sommes, où nous allons, il nous faudra comprendre ce qui s'est vraiment passé pendant ces mille ans.

— Que dit le Manuscrit à ce sujet ?

— Qu'à la fin du second millénaire, c'est-à-dire maintenant, nous pourrons voir d'un seul coup d'œil cette période entière et que nous pourrons reconnaître une préoccupation qui s'est développée dans la dernière moitié de ce millénaire, celle qu'on appelle les Temps modernes. La conscience des coïncidences que nous ressentons aujourd'hui représente la fin de cette préoccupation.

— Et quelle est cette préoccupation ? »

Il me sourit avec malice. « Êtes-vous prêt à revivre ce millénaire ?

— Bien sûr, dites-moi tout.

— Cela ne suffira pas. Souvenez-vous de ce que je vous ai dit ; pour comprendre l'histoire, vous devez comprendre comment votre vision du quotidien s'est formée, comment elle a été façonnée par la réalité de vos prédécesseurs. Il a fallu mille ans pour fabriquer une vision moderne ; aussi, pour savoir où vous en êtes aujourd'hui, il faut reculer de mille ans, et retraverser mentalement tout ce millénaire comme si vous aviez vécu une vie tout entière de mille ans.

— Et je fais ça comment ?

— Je vous servirai de guide. »

J'hésitai un instant, contemplant les terres visibles par le hublot. Le temps n'avait déjà plus la même valeur.

« J'essaierai, déclarai-je enfin.

— D'accord, approuva-t-il. Alors imaginez-vous vivant en l'an mil, ce que nous appelons le Moyen Âge. Ce sont les hommes forts de l'Église chrétienne qui décident de ce qui est réel et de ce qui ne l'est pas. Ils ont, par leur situation, une énorme influence sur la populace. Le monde qu'ils décrivent comme le monde réel est en fait un monde spirituel. Ils recréent une réalité qui met l'idée d'un regard divin sur l'homme au centre de la vie.

« Voyez bien ceci, poursuivit-il. Vous êtes de la classe sociale de votre père, paysan ou aristocrate, et vous savez que vous y resterez toujours. Mais, quelle que soit la classe sociale à laquelle vous appartenez, cela est secondaire, car la réalité spirituelle de la vie définie par l'Église est ce qui compte.

« La vie est une sorte de test spirituel. Les hommes d'Église expliquent que Dieu a placé l'humanité au centre de cet univers, entouré du cosmos tout entier, et cela dans un seul but : pour qu'il gagne ou perde son salut. Et dans cette épreuve, on a le choix entre deux forces opposées : Dieu et la tentation du Démon.

« Mais sachez que vous n'êtes pas seul dans cette épreuve. En tant qu'individu, vous n'êtes pas qualifié pour définir votre situation dans cette affaire. C'est le domaine des hommes d'Église : ils sont là pour interpréter les Écritures et vous dire à chaque pas si vous êtes en accord avec Dieu ou trompé par Satan. Si vous les écoutez, vous êtes assuré d'une vie de récompense dans l'au-delà ; sinon, vous encourez l'excommunication et une damnation certaine. »

Dobson me regarda intensément.

« Le Manuscrit affirme que l'essentiel est de comprendre que tout le Moyen Âge est défini en termes d'au-delà. Tous les phénomènes naturels, tremblements de terre, orages, récoltes, mort d'un être cher procèdent soit de la volonté de Dieu soit de la méchanceté du Diable. Il n'y a ni temps, ni géologie, ni science horticole, ni maladie. Tout cela viendra plus tard ; pour l'instant, vous vous contentez de croire l'Église. »

Il s'interrompit et me regarda :

« Vous suivez ?

— Oui, je crois que je vois cette réalité que vous décrivez.

— Eh bien, imaginez-la maintenant en train de commencer à se désagréger.

— Comment cela ?

— La vision médiévale du monde, la vôtre, commence à se défaire aux XIVe et XVe siècles. Les hommes d'Église eux-mêmes ne sont plus les mêmes : ils violent secrètement leur vœu de chasteté, ou ils acceptent de l'argent ou du pouvoir pour fermer les yeux quand les hommes d'État violent les Écritures.

« Cette attitude vous inquiète, car ces hommes se disent être le seul lien entre Dieu et vous. Ils sont les seuls interprètes de l'Écriture et les seuls arbitres du salut.

« Vous voilà en plein milieu d'une vraie rébellion. Un groupe conduit par Martin Luther veut rompre complètement avec la papauté ; les hommes d'Église sont corrompus, dit-il, et leur règne sur les esprits doit s'achever. De nouvelles Églises se constituent sur l'idée que chaque individu doit avoir un accès direct à l'Écriture divine et l'interpréter selon sa conscience, sans intermédiaire.

« Vous observez tout cela avec stupeur, mais la rébellion l'emporte. Pendant des siècles ces hommes ont défini la réalité, et voilà que sous vos yeux ils perdent leur crédibilité. Donc le monde entier est mis en cause. Le consensus ancien sur la nature de l'univers et le but de l'humanité s'effondre, vous laissant — vous Occidentaux — dans une situation précaire.

« Vous avez été habitué, n'est-ce pas, à laisser une autorité extérieure définir pour vous la réalité, et sans elle vous vous sentez perdu. S'ils ont tort, alors qu'est-ce qui est vrai ? »

Il s'interrompit puis ajouta :

« Voyez-vous clairement l'influence de cet effondrement sur les gens qui vivent aujourd'hui ?

— Je pense que cela a dû créer un grand déséquilibre.

— C'est le moins qu'on puisse dire. Il y a eu un vrai tremblement de terre ! L'ancienne vision du monde était attaquée de toutes parts. En fait, vers 1600, les astronomes avaient prouvé sans erreur possible que le soleil et les étoiles ne tournaient pas autour de la terre comme l'affirmait l'Église. La terre n'était qu'une planète en orbite autour d'un petit soleil dans une galaxie qui contenait des milliards d'étoiles semblables. »

Il se pencha vers moi.

« Cela est capital. L'humanité a perdu sa place centrale dans l'univers de Dieu. Vous imaginez l'impact de cette nouvelle ? Lorsque vous voyez quelqu'un mourir, ou une plante pousser, ou un orage, vous n'éprouvez plus qu'une grande perplexité. Autrefois, c'était la faute du Diable ou grâce à Dieu... Cette certitude disparaît avec le Moyen Âge. Tout ce que vous preniez pour allant de soi doit être redéfini, surtout la nature de Dieu et votre relation à Lui.

« C'est avec cette conscience que commence l'époque moderne. Il y a un esprit démocratique grandissant et une méfiance massive à l'égard du pape et du roi. Les définitions du monde fondées sur la spéculation ou la foi dans les Écritures ne sont plus reçues comme allant de soi. Cependant, malgré la fuite des certitudes, nous refusons de prendre le risque qu'un nouveau groupe d'hommes forts remplace les gens d'Église. Si vous aviez été là, vous auriez participé à la création d'un nouveau mandat pour la science.

— Un quoi ? »

Il rit.

« Vous auriez fait comme les autres, vous auriez regardé l'univers environnant et vous auriez considéré, comme les penseurs de l'époque, que vous aviez besoin d'un nouveau système consensuel pour expliquer le monde, d'une méthode d'exploration de l'univers. Et vous auriez baptisé cette méthode la méthode scientifique, qui n'est rien d'autre que la mise à l'épreuve d'une idée sur le fonctionnement de l'univers, une idée qui amène à une conclusion. Une conclusion que l'on propose à la communauté scientifique pour avoir son aval.

« Puis, reprit-il, vous auriez préparé des explorateurs à la conquête du monde, avec pour arme la méthode scientifique, et vous leur auriez donné une mission historique : explorer le monde et comprendre comment il fonctionne, pour déterminer quel est le sens de notre vie sur terre.

« Vous saviez que vous aviez perdu vos certitudes sur un univers régi par Dieu, et peut-être même vos certitudes sur l'existence de Dieu Lui-même. Mais vous pensiez avoir trouvé une méthode pour établir un nouveau consensus, une méthode permettant même d'arriver à découvrir la nature des choses et de Dieu et le but de l'existence. Vous avez donc envoyé ces explorateurs et attendu leur rapport. »

Il s'interrompit et me regarda.

« Le Manuscrit dit que c'est à ce moment-là que nous nous sommes mis à éprouver la préoccupation dont nous commençons tout juste à nous défaire aujourd'hui. Nous avons envoyé ces explorateurs, mais l'univers était si complexe qu'ils n'ont pas pu revenir tout de suite.

— Quelle était la nature de cette préoccupation ?

— Reportez-vous en pensée à cette époque. La méthode scientifique ne pouvant apporter une explication concernant Dieu et l'objet de la vie humaine, il s'ensuivit un grand vide dans la culture occidentale. Nous avions besoin d'une nouvelle initiative. Et alors s'est présentée la solution la plus logique. Puisque nos explorateurs ne nous ont pas encore indiqué quelle est notre véritable situation spirituelle, pourquoi ne pas faire en attendant un pacte avec ce monde tel qu'il est ? Nous apprenons tout de même suffisamment de choses sur lui tous les jours pour le modifier à notre profit. Alors améliorons notre niveau de vie et notre sécurité ! »

Il me regarda et rit.

« Et c'est ce qui s'est passé. Il y a quatre siècles ! Nous nous sommes débarrassés de notre sentiment d'incompréhension en prenant ce monde à bras-le-corps, en conquérant la terre, en utilisant ses ressources pour améliorer notre situation. C'est seulement aujourd'hui, à la fin de ce millénaire, que nous comprenons ce qui s'est passé. Notre simple intérêt de départ s'est transformé en véritable préoccupation ; il nous a fallu la sécurité économique et la sécurité physique pour remplacer la sécurité spirituelle perdue. La question de la raison de notre existence a été graduellement réprimée et a disparu. »

Il me regarda intensément et poursuivit :

« Œuvrer pour instaurer un mode de vie plus confortable est devenu une raison de vivre en soi et nous avons graduellement oublié la question originelle : nous ne savons toujours pas pourquoi nous survivons. »

Par le hublot je vis une grande ville sous les ailes de l'avion. A en juger par la direction suivie, je pensai que c'était Orlando en Floride. J'étais frappé par le plan géométrique des rues, l'organisation méthodique que les hommes avaient élaborée. Je jetai un coup d'œil vers Dobson. Les yeux fermés, il paraissait dormir. Il m'avait parlé encore pendant une heure de la seconde révélation, puis le plateau-repas avait été servi et je lui avais raconté mes retrouvailles avec Charlène et la raison de mon voyage. Ensuite, j'ai voulu rester silencieux pour regarder les nuages et réfléchir à ce qu'il m'avait dit.

« Alors, intervint-il soudain, me regardant d'un air encore endormi, avez-vous réfléchi ? Avez-vous bien compris la seconde révélation ?

— Je n'en suis pas sûr. »

Il indiqua d'un geste les autres passagers.

« Pensez-vous avoir maintenant une vision plus claire du monde des hommes ? Voyez-vous ce qui nous a tous préoccupés ? Cela explique beaucoup de choses. Combien de gens connaissez-vous qui sont obsédés par leur travail, victimes de maladies psychosomatiques, stressés en permanence et qui n'arrivent pas à ralentir leur rythme. Ils ne le peuvent pas parce que leur train-train quotidien qui réduit l'existence à des considérations pratiques, est une sorte de distraction. Et la distraction permet d'oublier que nous sommes ignorants de nos fins dernières.

« La seconde révélation éclaire notre conscience de l'histoire et du temps historique. Elle nous montre comment observer la culture au-delà de notre époque, sur tout un millénaire. Elle nous révèle la nature de notre préoccupation et donc nous élève au-dessus d'elle. Vous venez d'expérimenter cette histoire plus vaste, vous vivez donc dans un présent plus vaste ; lorsque vous observerez le monde maintenant, vous verrez clairement son obsession absolue du progrès économique.

— Qu'est-ce qu'il y a de mal à cela ? N'est-ce pas ce qui a rendu le monde occidental si fort ? »

Il rit bruyamment.

« Bien sûr, vous avez raison. Personne ne dit que c'était une erreur. Le Manuscrit dit au contraire que c'était une préoccupation nécessaire, une étape dans l'évolution humaine. Maintenant, cependant, nous avons passé assez de temps à prendre possession de ce monde. Il est temps de se réveiller, d'oublier le quotidien et de nous retourner vers la question originelle. Qu'y a-t-il derrière la vie ? Pourquoi sommes-nous là ? »

Je le regardai longuement et dis :

« Pensez-vous que les autres révélations répondent à cette question ? »

Dobson inclina la tête.

« Je crois qu'elles valent la peine d'être lues. J'espère que personne ne détruira le reste du Manuscrit avant que nous n'ayons eu la chance de le lire.

— Comment le gouvernement péruvien a-t-il pu croire qu'il pouvait détruire un document si important et s'en tirer sans dommage ?

— Oh, il le ferait en douce, le discours officiel étant tout simplement de nier l'existence du Manuscrit.

— La communauté scientifique ne prendrait-elle pas les armes ? »

Il me regarda d'un air résolu.

« C'est ce qui est en train de se passer. C'est pour cela que je retourne au Pérou. Je représente dix savants connus qui exigent la publication du Manuscrit original. J'ai écrit aux chefs des départements ministériels concernés à Lima pour annoncer mon arrivée et demander leur coopération.

— Je vois, je suis curieux de connaître leur réponse.

— Il y aura sans doute des dénégations, mais au moins, ce sera un commencement de démarche officielle. »

Il se détourna, perdu dans ses pensées, et je

regardai par le hublot. Je me dis que l'avion qui nous hébergeait représentait quatre siècles de progrès ; nous avions beaucoup appris sur la manipulation des ressources terrestres. Combien de gens, combien de générations fallait-il pour créer la matière et l'intelligence nécessaires à l'existence de cet appareil ? Et combien passaient leur vie entière sur un seul menu détail technique, sans jamais lever la tête ?

A cet instant, la période historique que j'avais évoquée avec Dobson me sembla s'intégrer pleinement à ma conscience. Je pouvais voir clairement le millénaire comme s'il faisait partie de ma propre histoire. Un millier d'années plus tôt, nous vivions dans un monde où Dieu et la spiritualité humaine étaient définis clairement. Et nous l'avions perdu ou, mieux encore, nous ne nous étions pas satisfaits de cette explication. Nous avions envoyé nos explorateurs et, parce qu'ils étaient restés longtemps absents, nous nous étions laissé gagner par une préoccupation bien séculière, l'obsession du confort. Et le confort, nous l'avions ! Nous avions découvert des minerais qu'on pouvait allier entre eux et qui produisaient des tas de gadgets. Nous avions inventé des sources d'énergie, d'abord la vapeur, puis le gaz, l'électricité et la fission atomique. Nous avions industrialisé la production agricole, la fabrication des produits manufacturés et nous pouvions ainsi fabriquer des quantités considérables de biens matériels, rendant nécessaire l'existence d'énormes réseaux de distribution.

Le besoin de progrès était le moteur de toutes ces découvertes ; l'individu recherchait la sécurité, en attendant de connaître la vérité. Nous avions décidé de créer les conditions d'une vie plus agréable pour nous et nos enfants, et en moins de quatre cents ans nos préoccupations matérielles avaient permis de créer un monde où le confort pouvait être produit. Le problème était que notre folle quête du confort avait laissé les systèmes naturels de notre planète pollués et au bord de l'effondrement. Il fallait absolument arrêter tout ça.

Dobson avait raison. La seconde révélation rendait inévitable notre prise de conscience. Nous atteignions un pic dans notre culture. Nous comprenions ce que des générations avaient collectivement voulu faire, mais le fait de l'avoir compris nous laissait vides et ouverts à autre chose. Je pouvais presque apercevoir la fin de l'époque moderne à mesure que s'approchait la fin du millénaire. Une obsession vieille de quatre cents ans avait été satisfaite. Nous avions créé les conditions de la sécurité matérielle, et voilà que nous étions pour ainsi dire arrêtés dans notre élan et que nous nous demandions pourquoi nous l'avions recherchée.

Sur le visage des passagers qui m'entouraient, je pouvais lire encore les signes de la préoccupation matérielle, mais je détectais déjà des signes différents. Combien d'entre eux, me demandai-je, avaient déjà remarqué les coïncidences ?

L'avion piqua du nez et commença sa descente. On annonça l'atterrissage à Lima. J'indiquai à Dobson le nom de mon hôtel et lui demandai le nom du sien. Ils n'étaient pas très éloignés l'un de l'autre.

« Quels sont vos plans ? demandai-je.

— J'y ai bien réfléchi, répondit-il : en premier lieu, j'irai à l'ambassade américaine pour leur indiquer les motifs de ma visite ; comme ça il y aura une trace.

— Excellente idée !

— Ensuite je rencontrerai le plus de scientifiques péruviens que je pourrai trouver. Ceux de l'université de Lima m'ont déjà dit qu'ils ne savaient rien au sujet de ce Manuscrit, mais il doit y en avoir d'autres qui travaillent sur des fouilles et qui accepteront peut-être de parler. Et vous ? Qu'allez-vous faire ?

— Je n'en sais rien. Cela vous ennuierait-il, m'enquis-je, si je vous accompagnais ?

— Pas du tout, j'allais vous le proposer. »

Ayant pris nos bagages après l'atterrissage, nous sommes convenus de nous retrouver plus tard à l'hôtel de Dobson. Je sortis de l'aérogare et hélai un taxi dans la lumière faiblissante du crépuscule. L'air était sec et le vent vif.

Mon taxi était à peine parti que je remarquai qu'un autre avait quitté sa file pour nous suivre à distance. Il tourna aux mêmes croisements que nous et je pus distinguer une silhouette solitaire à l'arrière. Une sourde inquiétude m'envahit. Je demandai au chauffeur, qui comprenait l'anglais, de ne pas se rendre directement à l'hôtel, mais de rouler sans but précis un moment. Je lui dis que je m'intéressais aux monuments. Il obéit sans commentaire. L'autre taxi nous suivit. Qu'allait-il se passer ?

Lorsque nous fûmes arrivés à mon hôtel, je demandai au chauffeur de rester dans la voiture ; j'ouvris la portière et fis semblant de le payer. Le taxi suiveur s'était arrêté à quelque distance ; le passager était descendu et s'était dirigé lentement vers l'entrée de l'hôtel. Je remontai dans le taxi et refermai la portière en lui disant de démarrer. Comme nous nous éloignions, l'homme sortit dans la rue et nous regarda jusqu'à ce que nous ayons disparu. Je pouvais distinguer les traits du chauffeur dans le rétroviseur. Il me regardait attentivement, l'air tendu.

« Désolé, dis-je, j'ai décidé de changer d'hôtel. »

Je m'efforçai de sourire et lui indiquai l'hôtel de Dobson ; mais mon esprit se débattait devant l'autre choix possible : rentrer à l'aéroport et prendre le premier avion pour les États-Unis.

Un pâté de maisons avant l'hôtel, je fis arrêter la voiture.

« Attendez-moi ici, je reviens tout de suite. »

Les rues étaient pleines de gens, surtout de Péruviens. Mais je remarquai quelques Américains et Européens. La vue des touristes me rassura. A cinquante mètres de l'hôtel, je m'arrêtai. Quelque chose était en train de se passer. Soudain, des coups de feu éclatèrent et des cris se firent entendre. Les gens devant moi se jetèrent au sol, recouvrant tout le trottoir jusqu'à l'hôtel. Dobson courait vers moi, l'air égaré, emporté par la panique. Des gens s'élançaient derrière lui. L'un d'eux tira en l'air et donna à Dobson l'ordre de s'arrêter.

En s'approchant de moi, il me reconnut, et cria : « Courez, courez, pour l'amour du ciel. »

Je me retournai et fonçai dans une ruelle, pris de panique moi aussi. Au bout, se dressait une clôture de bois, haute d'environ deux mètres, qui fermait le passage. En l'atteignant, je bondis aussi haut que possible, réussis à m'agripper et à passer le genou par-dessus la clôture. Au moment de sauter de l'autre côté, je vis, dans la ruelle, Dobson qui s'enfuyait. Des coups de feu éclatèrent. Il trébucha et tomba. Je poursuivis ma course folle, sautant par-dessus des tas d'immondices et de vieux cartons. Je crus entendre des pas derrière moi, mais n'osai pas me retourner. Plus loin, la ruelle rejoignait une rue elle aussi pleine de gens qui ne semblaient pas du tout apeurés. En y parvenant, je jetai un coup d'œil en arrière, le cœur battant à tout rompre. Il n'y avait personne. Je filai en marchant très vite pour me fondre dans la foule. Pourquoi Dobson s'était-il enfui à toutes jambes ? me demandai-je. Avait-il été tué ? « Une seconde, une seconde », me dit quelqu'un dans une sorte de murmure derrière moi. Je recommençai à courir, mais il m'attrapa le bras et le bloqua. « Attendez une minute, dit-il, j'ai vu ce qui s'est passé, je cherche seulement à vous aider.

— Qui êtes-vous ? dis-je en tremblant.

— Wilson James, je vous expliquerai tout plus tard. Ce qui est urgent pour le moment, c'est de ne pas rester dans la rue. »

Son attitude calme et résolue m'inspira confiance et je décidai de le suivre. Nous remontâmes la rue et pénétrâmes dans un magasin d'articles en cuir. Il fit un signe à un homme qui se tenait derrière le comptoir et qui nous dirigea vers une arrière-salle qui sentait le moisi. Il ferma la porte et tira les rideaux.

C'était un homme d'une soixantaine d'années, mais qui en paraissait beaucoup moins. Une lueur de jeunesse brillait dans son regard. Il avait la peau très brune et les cheveux noirs. Il semblait d'origine péruvienne, mais parlait l'anglais avec un accent presque américain. Il portait un T-shirt bleu vif et une paire de jeans.

« Vous serez en sécurité ici un moment, dit-il. Pourquoi vous pourchassaient-ils ? »

Je ne répondis pas.

« Vous êtes venu pour le Manuscrit, n'est-ce pas ?

— Comment le savez-vous ?

— Je suppose que l'homme qui était avec vous est ici pour la même raison, non ?

— Oui, il s'appelle Dobson, mais comment savez-vous que nous étions deux ?

— J'ai une chambre qui donne sur la ruelle. Je regardais par la fenêtre au moment où ils vous poursuivaient.

« — Est-ce qu'ils ont tué Dobson ? demandai-je, terrifié à l'idée d'une réponse peut-être positive.

— Je ne le sais pas, dit-il, je n'ai pas pu voir. Quand j'ai constaté que vous aviez réussi à vous enfuir, j'ai filé dans l'escalier pour vous précéder. Je pensais pouvoir vous être utile.

— Pourquoi ? »

Il sembla hésiter sur la réponse à donner. Puis il se fit chaleureux.

« Vous ne pouvez pas comprendre... j'étais là à la fenêtre et je repensai à un vieil ami... mort aujourd'hui... mort parce qu'il pensait que le Manuscrit devait être porté à la connaissance du public. Quand j'ai vu ce qui se passait, j'ai pensé que vous aviez besoin d'aide. »

Il avait raison, je ne comprenais rien à son explication, mais je le croyais sincère ; j'allais lui poser une autre question quand il dit :

« Nous pourrons continuer notre conversation plus tard, il vaut mieux chercher un endroit plus sûr.

— Attendez, Wilson, je veux seulement retourner aux États-Unis. Comment puis-je faire ?

— Appelez-moi Wil, dit-il. Je crois qu'il vous faut absolument éviter l'aéroport, en tout cas pendant un moment. S'ils continuent à vous rechercher, ils sont sûrs de vous y trouver. J'ai des amis à la campagne, ils vous cacheront. Il y a d'autres moyens de quitter le Pérou que l'avion. Quand vous le voudrez, ils vous diront comment faire. »

Il ouvrit la porte et scruta l'intérieur du magasin, puis sortit dans la rue pour s'assurer qu'il n'y avait aucun danger. Il revint et me fit signe de le suivre. Nous avons marché en direction d'une Jeep bleue qu'il m'avait indiquée ; en y montant, je vis, sur le siège arrière, de la nourriture, des tentes et des sacs bien préparés comme pour un long voyage.

Nous avons roulé en silence, et je me suis détendu sur mon siège pour réfléchir. J'avais l'estomac noué. Tout cela était trop inattendu... Et si j'avais été arrêté et jeté dans une geôle péruvienne ou tué de sang-froid ? Il fallait que j'analyse la situation. Je n'avais pas de vêtements de rechange, mais j'avais conservé une carte de crédit et de l'argent, et je faisais toujours confiance à Wil, sans raison précise.

« Qu'est-ce que vous et... comment s'appelle-t-il... Qu'est-ce que vous aviez donc fait pour que ces gens vous poursuivent ? demanda soudain Wil.

— Rien que je sache, répondis-je. J'ai fait la connaissance de Dobson dans l'avion, c'est un historien qui venait ici en mission officielle pour faire des recherches sur le Manuscrit ; il représente un groupe de scientifiques. »

Wil parut surpris.

« Le gouvernement était informé de sa visite ?

— Oui, il avait écrit à plusieurs ministères pour demander leur collaboration. Je ne peux pas croire qu'ils aient voulu l'arrêter. Il n'avait même pas sur lui de copie du texte.

— Il a une copie du Manuscrit ?

— Une copie des deux premières révélations.

— J'ignorais qu'il y avait des copies aux États-Unis. D'où les tient-il ?

— Au cours d'un voyage précédent, quelqu'un lui a parlé d'un prêtre qui connaissait le Manuscrit. Il n'a pas pu rencontrer le prêtre, mais il a trouvé les textes cachés derrière sa maison. »

Wil se rembrunit.

« José, dit-il.

— Qui ?

— C'est l'ami dont je vous ai parlé, celui qui a été tué. Il voulait faire connaître le Manuscrit dans le monde entier.

51

— Que lui est-il arrivé ?

— Il a été assassiné. On ne sait pas par qui. Son cadavre a été retrouvé dans une forêt à des kilomètres de chez lui. Mais je suis obligé de croire que ses meurtriers étaient ses ennemis.

— Le gouvernement ?

— Certaines personnes des milieux officiels de l'État et de l'Église.

— L'Église prendrait de tels risques ?

— Peut-être. L'Église est secrètement opposée au Manuscrit. Quelques prêtres isolés le comprennent et propagent ses idées. Mais ils doivent être prudents ! José en parlait sans précautions à tous ceux qui posaient des questions. Je lui ai répété bien des fois d'être plus nuancé, de ne plus donner de copies à n'importe qui. Il me répondait qu'il ne faisait que son devoir.

— Quand le Manuscrit a-t-il été découvert ?

— Il a été traduit pour la première fois voilà trois ans. Mais personne ne sait quand il a été découvert. L'original a traîné plusieurs années chez les Indiens, je pense, jusqu'à ce que José le découvre. Il l'a fait traduire en cachette. Bien sûr, quand l'Église a découvert son contenu, elle a tout fait pour le faire disparaître. Nous n'en avons plus que des copies. Nous croyons qu'ils ont détruit l'original. »

Wil s'était dirigé vers l'est de la ville, et nous traversions une zone d'irrigation sur une chaussée à deux voies très étroite ; nous sommes passés devant plusieurs cabanes en bois puis sommes arrivés devant une grande prairie entourée de clôtures de belle qualité.

« Est-ce que Dobson vous a parlé des deux premières révélations ?

— De la seconde. Une amie m'avait parlé de la

première. Elle avait rencontré un prêtre, José sans doute.

— Et vous comprenez ces deux révélations ?

— Oui, je crois.

— Comprenez-vous que les rencontres fortuites ont un sens caché ?

— On dirait que tout ce voyage que je viens de faire n'a été qu'une suite de coïncidences.

— C'est ce qui arrive quand vous êtes éveillé et que vous vous reliez à l'Énergie.

— Quand je me relie ? »

Wil sourit.

« C'est expliqué plus loin dans le Manuscrit.

— Je voudrais en savoir plus.

— Plus tard », fit-il en m'indiquant d'un hochement de tête une allée de gravier.

Trente mètres plus loin se dressait une modeste maison de bois. Wil arrêta la voiture sous un grand arbre à droite de la maison et stoppa le moteur.

« Mon ami travaille pour le compte d'une grande propriété agricole qui possède l'essentiel de la terre par ici, et il loge dans cette maison. Il est très puissant, et il est à fond pour le Manuscrit. Vous serez en parfaite sécurité chez lui. »

Une lumière s'alluma sous le porche, et un homme assez courtaud, visiblement un Péruvien, se précipita vers nous avec un large sourire, en criant quelque chose en espagnol d'un air enthousiaste. Il donna une petite tape affectueuse dans le dos de Wil à travers la vitre baissée de la voiture et me lança un coup d'œil amical. Wil lui demanda de s'exprimer en anglais et me présenta.

« Il a besoin d'un peu d'aide, lui dit-il, il veut rentrer aux États-Unis, mais il lui faut se montrer très prudent. Je crois que je vais vous le confier. »

L'homme regarda Wil.

« Vous allez repartir à la chasse de la neuvième révélation, n'est-ce pas ?

— Oui », acquiesça Wil, sautant à bas de la Jeep.

J'ouvris la portière et suivis Wil et son ami qui se dirigeaient vers la maison en se disant des choses que je ne pouvais pas entendre. Lorsque je les rejoignis, l'homme déclarait :

« Je vais mettre en train les préparatifs », puis il s'éloigna. Wil se tourna vers moi.

« Que voulait-il dire quand il vous a parlé de la neuvième révélation ? lui demandai-je.

— Il existe une partie du Manuscrit qu'on n'a pas retrouvée. Il y a huit révélations dans l'original, mais on y mentionne une neuvième. Bien des gens l'ont recherchée en vain.

— Savez-vous où elle se trouve ?

— Non, pas vraiment.

— Alors, comment comptez-vous vous y prendre ? »

Wil sourit.

« De la même manière que José s'y est pris pour trouver les huit premières. Comme vous pour trouver les deux premières avant de me rencontrer. Si on peut relier et fabriquer assez d'énergie, des coïncidences se produisent de plus en plus souvent.

— Dites-moi comment faire... De quelle révélation s'agit-il ? »

Wil me regarda comme pour évaluer mon niveau de compréhension.

« Pour se relier à l'énergie, il ne suffit pas d'une révélation, il les faut toutes. Souvenez-vous, dans la seconde, de la description des explorateurs envoyés dans le monde pour découvrir le sens de la vie avec une méthode scientifique : ils ne revenaient pas tout de suite, n'est-ce pas ?

— Non.

— Eh bien, les autres révélations représentent les

réponses qui finissent par revenir. Mais elles ne procèdent pas seulement de la science institutionnelle. Elles surgissent de nombreux points de vue très différents. Les découvertes de la physique, de la psychologie, du mysticisme et de la religion se fondent les unes aux autres pour former une synthèse nouvelle basée sur la perception des coïncidences.

« Nous approfondissons le sens de ces coïncidences, comprenons leur mode de fonctionnement, et ainsi nous reconstruisons morceau par morceau une vision nouvelle de la vie, révélation par révélation.

— Alors je veux apprendre tout de chaque révélation ; pouvez-vous me les expliquer avant de partir ?

— Non, je me suis aperçu que ce n'est pas comme cela que ça marche. Vous devez découvrir chacune d'elles de manière différente.

— Comment ?

— Tout simplement, ça se produit… Il ne servirait à rien de vous le dire. Vous pourriez bien posséder toute l'information nécessaire sur chacune d'elles sans avoir les révélations. Il vous faut les découvrir au cours de votre propre vie. »

Nous nous sommes regardés en silence, et Wil a souri. Parler avec lui me donnait une incroyable énergie.

« Pourquoi partir maintenant à la recherche de la neuvième ?

— Parce que c'est le moment. J'ai été guide ici, je connais bien le terrain et je comprends les huit premières. Avant de vous voir courir dans la ruelle, en pensant à José, j'avais déjà pris la décision de retourner dans le Nord. C'est là que je trouverai la neuvième révélation. J'en suis sûr. Et je ne rajeunis pas tous les jours… D'ailleurs, je me suis vu en songe la découvrant et accomplissant son message ;

je sais que c'est la plus importante, qu'elle met toutes les autres en perspective et qu'elle nous révèle le
vrai sens de la vie. »

Il s'interrompit, l'air grave.

« Une demi-heure plus tôt, je serais parti avec le
sentiment diffus d'avoir oublié quelque chose. C'est
justement à cet instant que vous êtes apparu dans
la ruelle. »

Nous nous sommes regardés longuement sans
rien dire.

« Pensez-vous que je doive vous suivre ?

— Et vous ?

— Je ne sais pas », fis-je en hésitant.

J'étais en proie à des sentiments confus : mon
voyage à Lima, Charlène, Dobson, Wil, tout cela se
bousculait dans ma tête. J'étais venu ici pour satisfaire une vague curiosité, et voilà que j'étais obligé
de vivre caché comme un fugitif involontaire qui ne
connaissait même pas l'identité de ses poursui-
vants. Et le plus étrange, c'est qu'à cet instant, au
lieu de me sentir terrifié, j'étais plutôt excité et
tendu vers l'avenir. J'aurais dû logiquement rassembler toute mon énergie pour rentrer chez moi, mais
j'avais très envie d'accompagner Wil vers ce qui ne
pouvait être qu'un danger plus grand encore.

Plus je réfléchissais aux solutions qui s'offraient
à moi et plus je voyais qu'il n'y avait en réalité pas
d'alternative. La seconde révélation avait mis un
terme à la possibilité pour moi de revenir à mes
préoccupations anciennes. Si je voulais rester en
éveil, il fallait aller de l'avant.

« Je vais passer la nuit ici, dit Wil, comme ça vous
avez jusqu'à demain matin pour vous décider.

— Ma décision est déjà prise. Je vous suis. »

3

UNE QUESTION D'ÉNERGIE

Nous nous sommes levés de bonne heure et avons roulé vers l'est toute la matinée sans pratiquement échanger une parole. Wil m'avait dit que nous traverserions les Andes vers une région appelée la Haute Forêt, un secteur de piémont couvert d'une végétation touffue, mais il n'en avait pas dit plus.

Je lui avais posé plusieurs fois des questions sur ses origines et sur notre destination, mais il m'avait poliment éconduit en indiquant qu'il voulait rester très attentif en conduisant. J'avais fini par me taire et regarder le paysage. Le spectacle naturel des pics montagneux était superbe.

Vers midi, alors que nous avions atteint la dernière crête, nous nous sommes arrêtés sur une aire de stationnement dominant les vallées pour manger quelque chose sans descendre de la Jeep et contempler le paysage un peu désolé. De l'autre côté de la vallée on voyait des collines plus basses, couvertes de végétation très dense. Wil me dit que nous passerions la nuit à la résidence Viciente, une ancienne demeure du XIXe siècle, autrefois bien de l'Église catholique. Un de ses amis en était aujourd'hui le propriétaire, m'expliqua-t-il ; il l'avait transformée en centre de conférences et de réunions d'affaires.

Après cette mince explication, nous avons démarré de nouveau en silence. Une heure plus tard, nous sommes arrivés à Viciente et avons pénétré dans la propriété par un imposant portail de pierre barré par une grille de métal, avant de nous engager sur une allée gravillonnée très étroite. Je posai de nouveau quelques questions précises à Wil sur Viciente et les raisons de notre visite ici, mais Wil les écarta de la même manière que le matin, non sans suggérer cependant que je contemple le paysage.

La beauté des lieux me frappa instantanément. Nous étions entourés de prairies et de vergers colorés, et l'herbe y paraissait inhabituellement verte et vigoureuse. Elle poussait même jusque sous les chênes géants qui se dressaient tous les trente ou quarante mètres dans les prés. Quelque chose me paraissait extraordinaire dans ces arbres, mais j'étais incapable de dire quoi.

Deux kilomètres plus loin, la route tournait vers l'est et commençait à monter. Au sommet se trouvait la résidence Viciente, une énorme bâtisse de style colonial espagnol construite en pierre grise et bois teinté. Elle pouvait bien avoir cinquante chambres ; une vaste galerie couverte longeait le mur sud dans son entier. Tout autour de la maison, des chênes géants dominaient des plates-bandes de plantes exotiques et des allées soignées, bordées de fougères et de fleurs. Des groupes de gens discutaient tranquillement sous la galerie et au milieu des arbres.

En sortant de la voiture, Wil s'attarda un moment pour admirer la vue. Au-delà de la maison, vers l'est, la colline s'abaissait graduellement jusqu'à devenir une petite plaine couverte de prairies et de forêts. Une nouvelle ligne de collines bleutées apparaissait au loin.

« Je vais aller vérifier qu'il y a bien des chambres pour nous, m'informa Wil. Faites donc un petit tour. Ça va vous plaire.

— Il faudrait être difficile. »

En s'éloignant, il se retourna et me recommanda :

« Surtout ne manquez pas les jardins botaniques. Je vous retrouverai au dîner. »

Wil avait manifestement une raison pour me laisser seul, mais cela m'était égal. Je me sentais très bien, et pas du tout anxieux. Il m'avait dit que le gouvernement ne faisait pas surveiller Viciente bien que le Manuscrit y fût souvent discuté, parce que le domaine rapportait beaucoup de dollars à l'État.

Plusieurs grands arbres et une allée se dirigeant vers le sud m'attirèrent. Les arbres cachaient une petite porte métallique, suivie d'un escalier de pierre conduisant à une prairie pleine de fleurs. Au loin se trouvaient un verger et une forêt. A la porte, je m'arrêtai pour admirer le spectacle.

« C'est merveilleux, non ? » dit une voix derrière moi.

Je me retournai prestement. Une femme proche de la quarantaine, portant un sac à dos, me regardait.

« Oui, je n'ai jamais rien vu de pareil. »

Nous avons contemplé un moment les terrasses, les plantes tropicales et les champs, et je lui ai demandé :

« Sauriez-vous par hasard où sont les jardins botaniques ?

— Bien sûr, c'est là que je vais, suivez-moi. »

Nous nous sommes présentés l'un à l'autre, avons descendu l'escalier et suivi le sentier manifestement très utilisé. Elle s'appelait Sarah Lorner, avait les cheveux couleur sable, les yeux bleus, et on aurait pu la trouver un peu gamine d'aspect si elle n'avait pas eu l'air si sérieux. Nous avons marché plusieurs minutes en silence.

« Est-ce votre première visite ici ? me demanda-t-elle.

— Oui, je ne connais presque rien de cet endroit.

— Moi, j'y suis venue plusieurs fois depuis un an, donc je peux vous éclairer. Il y a environ vingt ans, la résidence est devenue célèbre pour ses rencontres scientifiques internationales. Surtout des associations de physiciens et de biologistes. Et il y a quelques années… »

Elle hésita un peu, me regarda, et continua :

« Avez-vous entendu parler du Manuscrit trouvé au Pérou ?

— Oui, et aussi des deux premières révélations. »

J'avais envie de lui confier mon engouement, mais je me retins, n'étant pas sûr de pouvoir lui faire entièrement confiance.

« C'est ce que je pensais, dit-elle, il me semblait que vous étiez en train de puiser de l'énergie ici. »

Nous avons traversé un pont de bois qui franchissait un torrent.

« Quelle énergie ? » demandai-je.

Elle s'arrêta, et s'appuyant sur la rambarde de bois, précisa :

« Savez-vous quelque chose de la troisième révélation ?

— Rien.

— Elle décrit une compréhension nouvelle du monde physique. Elle dit que les humains vont apprendre à percevoir une forme d'énergie autrefois invisible. La résidence Viciente est devenue le point de rencontre des scientifiques qui s'intéressent à l'étude de ce phénomène.

— Donc les savants croient à la réalité de cette énergie. »

Elle se retournait pour traverser le pont.

« Certains seulement, dit-elle, et nous prenons des coups pour ça !

— Alors vous êtes scientifique ?

— J'enseigne la physique dans une petite université du Maine.

— Alors pourquoi certains scientifiques ne sont-ils pas d'accord avec vous ? »

Elle se tut quelques instants, perdue dans ses pensées.

« Il faudrait que vous connaissiez l'histoire de la science », répondit-elle en me jetant un coup d'œil latéral pour voir si je voulais poursuivre sur ce sujet. J'approuvai d'un signe de tête.

« Pensez à la seconde révélation quelques instants. Après la chute du monde médiéval, nous, les Occidentaux, avons compris que nous vivions dans un monde inconnu. En cherchant à comprendre la nature de l'univers, nous savions qu'il fallait séparer les faits des superstitions. Nous, les scientifiques, avons dû adopter une attitude particulière connue sous le nom de doute scientifique, qui exige une preuve indubitable pour toute affirmation sur le monde physique. Toute théorie indémontrable était écartée.

« Dieu sait, reprit-elle, que cette attitude nous a réussi avec tout ce qui est physique, les rochers, les corps solides, les arbres, tout ce que tout un chacun peut percevoir, même s'il doute. Nous sommes allés à la découverte et avons baptisé chaque chose, cherchant à comprendre comment tout s'emboîtait. Nous avons fini par conclure que tout était régi par une loi naturelle, que tout avait une cause physique directe. »

Elle me sourit.

« Vous voyez, les savants n'ont pas été différents des autres... Nous avons décidé comme tous les autres de chercher à dominer le monde où nous vivions. L'idée était de parvenir à une compréhension du monde qui le rendrait plus sûr, le doute nous maintenant concentrés sur des problèmes concrets. »

Nous avions suivi le sentier sinueux qui menait du pont à une petite prairie et vers une zone de bosquets.

« Grâce à cette attitude, la science a éliminé progressivement le doute et le bizarre de ce monde. Comme Newton, nous avons pensé que le monde était une énorme machine fonctionnant de manière prévisible. Parce que c'était tout ce que nous pouvions prouver. Des événements survenant concomitamment avec d'autres mais sans lien causal direct avec eux étaient réputés survenir par pur hasard.

« C'est alors que se placent deux séries de recherches qui allaient ouvrir nos yeux à de nouveaux mystères de l'univers. On a beaucoup écrit depuis deux décennies sur la révolution en physique, mais les vrais changements sont dus aux découvertes de la mécanique quantique et à Albert Einstein.

« Toute la vie d'Einstein a été consacrée à montrer que ce que nous percevons comme de la matière dure n'est pour l'essentiel que de l'espace vide traversé par un courant d'énergie. Cela est valable pour nos propres corps. Et la physique quantique, quant à elle, a découvert que, si nous considérons ces courants d'énergie à des échelles de plus en plus petites, des résultats spectaculaires s'ensuivent. Des expériences ont montré que si l'on découpe des petits « fragments » d'énergie, ceux qu'on appelle des particules élémentaires, et qu'on les observe, le fait de les observer suffit à modifier le résultat de l'observation, comme si ces particules subissaient l'influence du résultat attendu par l'expérimentateur. Cela est vrai même si des particules apparaissent dans des endroits où elles ne devraient pas se trouver, selon les lois de l'univers telles que nous les connaissons : en deux endroits en même temps, en avant ou en arrière dans le temps, etc. »

Elle s'arrêta pour m'observer.

« En d'autres termes, le fond même de l'univers, à sa source, ressemble à une sorte d'énergie pure, malléable selon les intentions humaines, d'une manière qui pose un défi à notre vieille explication mécaniste du monde, comme si notre intention, notre attente, faisaient que l'énergie coule dans le monde et affecte d'autres systèmes d'énergie. Ce qui est exactement ce que la troisième révélation nous amène à croire. »

Elle hocha la tête.

« Malheureusement, la plupart des scientifiques ne prennent pas cette théorie au sérieux. Ils restent sceptiques et attendent que nous la démontrions.

— Hé, Sarah ! Nous sommes là », héla une voix lointaine.

A droite, à cinquante mètres entre les arbres, une silhouette apparut. Sarah me regarda.

« Il faut que j'aille discuter avec ces types quelques minutes. J'ai une traduction de la troisième révélation sur moi. Si vous voulez, installez-vous quelque part et lisez-en un peu avant que je ne revienne.

— Avec plaisir. »

Elle tira un dossier de son sac à dos, me le tendit et s'éloigna.

Je cherchai des yeux un endroit pour m'installer. Le sol forestier était épais, couvert de buissons et un peu spongieux. Mais à l'est le sol se redressait vers une petite éminence. Je me dirigeai dans cette direction.

Au sommet du tertre, je fus frappé de stupeur. C'était un nouveau spectacle d'une beauté indescriptible. Les chênes étaient espacés d'une quin-

zaine de mètres et leurs branches étaient entre-
lacées au sommet des arbres, de sorte que l'on marchait sous un dôme continu. Sur le sol poussaient
des plantes tropicales aux feuilles immenses, de
plus d'un mètre de hauteur. Ces plantes étaient par-
semées de fougères et de buissons splendides cou-
verts de fleurs blanches. Je trouvai un endroit sec
et m'assis, humant l'odeur du sol et le parfum des
fleurs.

J'ouvris le dossier et commençai la lecture de la
traduction. Une brève introduction expliquait comment la troisième révélation apportait une vue nouvelle de l'univers physique. C'était ce que m'avait
exposé Sarah. Vers la fin du second millénaire, prédisait le texte, les hommes découvriraient une énergie nouvelle, qui était à la base de toutes choses,
nous compris, et qui en émanait.

Je réfléchis à cette idée quelques instants avant
de tomber sur un passage qui me fascina : le
Manuscrit disait que la perception humaine de
cette énergie commence par une sensation augmen-
tée de la beauté. Pendant que j'y pensais, le bruit de
pas sur le sentier attira mon attention, et je vis
Sarah à l'instant même où elle levait les yeux vers
le tertre et me repérait.

« C'est formidable ici, dit-elle en me rejoignant.
Êtes-vous arrivé au passage sur la beauté ?

— Oui, mais je ne suis pas certain d'avoir bien
compris.

— Plus loin dans le texte, il y a des détails com-
plémentaires. Mais je vous dis juste ceci : la perception de la beauté est une sorte de baromètre qui
annonce à chacun de nous s'il est prêt ou non à
percevoir l'énergie. C'est clair, parce que, si vous
observez cette énergie, vous verrez qu'elle fait partie du même continuum que la beauté.

— On dirait que vous la voyez », dis-je.

Elle me regarda sans la moindre trace d'embarras.

« Oui, je la vois... mais le bénéfice le plus immédiat pour moi a été une appréciation beaucoup plus profonde de la beauté.

— Comment cela marche-t-il ? La beauté n'est-elle pas toute relative ? »

Elle secoua la tête.

« Les choses que nous jugeons belles peuvent être de nature différente, mais les caractéristiques que nous attribuons aux beaux objets sont semblables. Réfléchissez-y. Lorsque quelque chose nous semble beau, sa couleur, son volume, sa présence se trouvent amplifiés, non ? Ça se détache, ça brille, ça irradie presque à côté de la tristesse des autres objets. »

J'approuvai d'un signe.

« Regardez cet endroit, poursuivit-elle, je sais qu'il vous emballe, parce qu'il nous emballe tous. Ce coin frappe la vue ! Les couleurs et les formes semblent magnifiées. Eh bien, au stade immédiatement suivant de la perception, vous verrez un champ d'énergie planer sur chaque chose. »

J'ai dû paraître stupéfait, car elle ajouta :

« Je crois que nous devrions marcher vers les jardins ; ils sont à moins d'un kilomètre vers le sud. Je pense qu'ils vous intéresseront. »

Je la remerciai d'avoir pris la peine de m'expliquer le Manuscrit, à moi qu'elle n'avait jamais vu, et de me guider à travers Viciente. Elle haussa les épaules.

« Vous me paraissez avoir de l'intérêt pour ce que nous essayons de faire ici, expliqua-t-elle, et nous savons tous que nous sommes engagés ici dans un vaste effort d'information. Pour que ces recherches se poursuivent, il faut que les États-Unis et le reste du monde en entendent parler. Les autorités locales ne nous ont pas en odeur de sainteté. »

Une voix s'exclama derrière nous : « S'il vous plaît ! »

Nous nous retournâmes pour apercevoir trois hommes qui se dirigeaient rapidement vers nous sur le sentier. Ils paraissaient avoir tous trois la quarantaine bien sonnée et étaient vêtus avec recherche.

« L'un de vous pourrait-il me dire où sont les jardins botaniques ? demanda le plus grand des trois.

— Et pourriez-vous me dire ce que vous faites ici ? dit Sarah en retour.

— Mes collègues et moi sommes autorisés par le propriétaire des lieux à visiter les jardins et à parler avec qui voudra bien des prétendues recherches qui sont pratiquées ici. Nous appartenons à l'université du Pérou.

— On dirait que vous êtes en désaccord avec nos découvertes, dit Sarah en souriant, cherchant visiblement à détendre l'atmosphère.

— Absolument ! dit l'un des trois. Nous pensons qu'il est stupide de prétendre qu'on peut soudainement observer une mystérieuse énergie là où personne ne l'a jamais vue auparavant.

— Et avez-vous fait l'essai vous-même ? » interrogea Sarah.

L'homme feignit de n'avoir pas entendu et demanda de nouveau :

« Pouvez-vous nous indiquer la direction des jardins ?

— Bien sûr. A une centaine de mètres, vous verrez un sentier qui va vers l'est, suivez-le et, environ cinq cents mètres plus loin, vous y serez.

— Merci, dit le plus grand alors qu'ils reprenaient leur marche à toute vitesse.

— Vous les avez envoyés dans la mauvaise direction.

— Pas vraiment, il y a d'autres jardins aussi dans ce secteur-là, et les gens qui s'y trouvent sont mieux préparés à discuter avec des sceptiques de leur espèce. Nous voyons des gens comme ça de temps à autre ici, pas seulement des scientifiques, mais de simples curieux, qui ne comprennent pas le premier mot de ce que nous faisons... ce qui en dit long sur la difficulté que nous avons à nous comprendre entre scientifiques !

— Que voulez-vous dire ?

— La vieille attitude sceptique, comme je vous l'ai expliqué, avait des avantages quand on explorait les phénomènes visibles de l'univers, ou les arbres, les orages, etc. Mais il existe un autre groupe de phénomènes observables, plus subtils, et impossibles à étudier si on refuse de suspendre ou de mettre entre parenthèses son scepticisme pour rechercher tous les moyens imaginables de les observer. Une fois que ces phénomènes sont perçus, il n'y a plus qu'à retourner à sa rigueur scientifique.

— Très intéressant », conclus-je.

Devant nous, la forêt s'interrompait, et j'aperçus des dizaines de lopins cultivés, voués chacun à la culture d'une plante différente. La plupart paraissaient être des plantes alimentaires, de la banane à l'épinard. Sur la bordure est de chaque parcelle une large allée de gravier s'allongeait vers le nord en direction de ce qui semblait être une route ouverte au public. Trois petits hangars métalliques étaient disposés le long de l'allée et quatre ou cinq personnes travaillaient près de chacun d'entre eux.

« Je vois là quelques amis, dit Sarah en montrant du doigt le hangar le plus proche. Allons-y, je voudrais vous les présenter. »

Sarah me présenta à trois hommes et une femme,

tous impliqués dans les recherches. Les hommes ne s'éternisèrent pas et s'excusèrent pour aller reprendre leur travail. La femme, une biologiste prénommée Marjorie, semblait avoir du temps pour bavarder. Je me tournai vers elle.

« Quelles recherches faites-vous exactement ici ? »

Elle parut un instant surprise, puis se reprit et dit en souriant :

« Pas facile de savoir par où commencer. Connaissez-vous le Manuscrit ?

— Le début seulement. Je viens de commencer la troisième révélation.

— Eh bien, c'est justement la raison de notre présence ici. Venez, suivez-moi. »

Nous avons contourné le hangar pour nous rendre près d'un parc de haricots, que je trouvai particulièrement vigoureux, sans trace aucune de maladie ni présence d'insectes. Les plants poussaient dans une sorte d'humus très léger, chacun étant assez éloigné de ses voisins pour que les feuilles ne se touchent pas. Elle indiqua d'un geste le plant le plus proche.

« Nous avons considéré chacun de ces plants comme un système énergétique complet et avons analysé tout ce qu'il lui fallait pour grandir : le sol, les composants, la lumière, l'eau. Nous avons découvert que l'écosystème total de chaque plant ne formait qu'un seul et même organisme, et que l'atteinte d'un seul de ses éléments avait un impact sur l'ensemble. »

Elle hésita avant d'ajouter :

« L'essentiel, c'est qu'une fois cette approche sur les relations énergétiques entreprise, nous avons constaté des résultats extraordinaires. Les plants dans notre échantillon n'étaient pas remarquablement plus grands mais, selon les critères nutritionnels classiques, ils étaient beaucoup plus riches.

— Comment avez-vous pu mesurer cela ?

— Ils contenaient plus de protéines, d'hydrates de carbone, de vitamines et de sels minéraux. »

Elle me regarda d'un air enthousiaste.

« Mais là n'a pas résidé la plus spectaculaire de nos découvertes. Nous avons trouvé que c'étaient les plants dont un humain s'occupait le plus qui étaient les plus forts.

— Que voulez-vous dire par s'occupait le plus ?

— Eh bien, vous savez, remuer le sol chaque jour, les vérifier, etc. Nous avons fait une expérience avec un segment de contrôle, une partie des plants étant laissés à eux-mêmes. Le résultat a été confirmé. Et en plus, nous avons engagé un chercheur à qui nous avons demandé non seulement de s'occuper des plants, mais de leur enjoindre mentalement de grandir. Il s'asseyait parmi eux, les regardait intensément et pensait avec force à leur croissance.

— Et le résultat... ?

— Ils ont grandi significativement plus vite et ils étaient plus forts.

— Mais c'est incroyable !

— Oui... »

Elle s'interrompit pour observer un vieil homme, la soixantaine dépassée, qui s'approchait de nous.

« Ce monsieur est un micronutritionniste, dit-elle à voix basse, il est venu pour la première fois ici il y a un an et a aussitôt demandé un congé sabbatique à l'université de l'État de Washington. C'est le professeur Hains, il est l'auteur d'études très connues. »

Je lui fus présenté. C'était un homme de haute taille, aux cheveux noirs, grisonnant aux tempes. A la demande de Marjorie, le professeur nous donna un résumé de ses recherches. Il s'intéressait au fonctionnement des organes du corps humain, mesuré par des tests de laboratoire très pointus, et tout particulièrement à l'influence de la qualité de la nourriture consommée.

Ce qui le fascinait le plus était le résultat d'une étude en particulier, qui montrait que, si les plantes très riches en éléments nutritifs qui croissaient à Viciente augmentaient fortement l'efficacité du corps humain, l'augmentation était très supérieure à ce que la somme des nutriments pouvait produire sur le corps humain. Un facteur inhérent à la structure de la plante elle-même induisait cette conséquence toujours inexpliquée.

Je regardai Marjorie, et dis :

« Donc, le fait de s'intéresser à ces plantes leur a donné quelque chose qui fortifie l'homme en retour ? Est-ce cela l'énergie mentionnée dans le Manuscrit ? »

Marjorie regarda le professeur. Avec un demi-sourire, il répondit :

« Je ne le sais pas encore. »

Je l'interrogeai sur ses futures recherches, et il me répondit qu'il voulait créer une réplique des jardins botaniques de Viciente dans l'État de Washington aux États-Unis. Son objectif était d'instaurer des recherches à long terme pour voir si les consommateurs de ces légumes et fruits auraient globalement plus d'énergie et une meilleure santé sur une longue période. Pendant qu'il parlait, je ne pouvais m'empêcher de jeter de temps en temps un coup d'œil à Marjorie. Soudain, je la trouvai incroyablement belle ; son corps me parut plus long et plus mince, malgré ses jeans et son T-shirt fatigués. Elle avait les yeux marron foncé et la peau bronzée, et ses boucles retombaient sur son visage.

Je ressentis un grand attrait pour elle, et à cet instant même elle se tourna vers moi, me fixa dans les yeux et recula d'un pas.

« Je dois rencontrer quelqu'un, dit-elle, je vous reverrai peut-être plus tard. » Elle salua Hains, me lança un timide sourire, contourna le hangar et s'engagea dans le sentier.

Après quelques minutes de conversation avec le professeur, je pris congé et me dirigeai vers l'endroit où se tenait Sarah. Animée par une intensité manifeste, elle parlait toujours avec l'un des chercheurs, mais elle ne me quitta pas des yeux tandis que je m'avançais. Son interlocuteur sourit, remit de l'ordre dans ses papiers et pénétra dans le bâtiment.

« Alors, vous avez fait des découvertes ? me dit Sarah.

— Oui, répondis-je d'un ton distrait, on dirait que ces chercheurs font vraiment des choses intéressantes. »

Je regardais le sol lorsqu'elle dit :

« Quand Marjorie vous a-t-elle quitté ? »

En la regardant, je vis un petit sourire amusé sur son visage.

« Elle m'a dit qu'elle avait quelqu'un à voir.

— L'avez-vous poussée à partir ? » dit-elle en souriant franchement.

Je ris.

« Sans doute, sans doute. Mais je ne lui ai rien dit.

— Ce n'était pas la peine, dit-elle. Marjorie a détecté un changement dans votre champ. C'était évident. Je m'en rendais compte même d'ici.

— Un changement dans mon quoi ?

— Dans le champ énergétique qui entoure votre corps. La plupart d'entre nous ici avons appris à les distinguer, en tout cas dans certains contextes. Lorsqu'une personne a une pulsion sexuelle, son champ énergétique devient ondulatoire et lance des ondes en direction de la personne qui est l'objet de la pulsion. »

Cela me parut complètement fou, mais, avant même que j'aie pu formuler le moindre commentaire, plusieurs personnes qui sortaient du hangar nous interrompirent.

« C'est l'heure des projections énergétiques, dit Sarah, vous ne voulez sûrement pas manquer ça. »

Nous avons suivi quatre jeunes étudiants jusqu'à une planche de plants de maïs ; en m'approchant, je vis que la planche était en réalité subdivisée en deux parties égales, d'environ cinq mètres carrés ; dans l'une les plants mesuraient soixante centimètres, dans l'autre à peine la moitié. Les quatre hommes se dirigèrent vers les plus grands plants, puis s'assirent, chacun occupant l'un des coins de la planche et tourné vers l'intérieur. Sur un mouvement de l'un d'entre eux, ils se mirent à regarder fixement les plants ; le soleil tardif de cette fin d'après-midi brillait derrière moi, baignant les planches d'une lumière douce et presque ambrée, mais les bois restaient sombres au loin. Les plants et les étudiants se détachaient nettement sur ce fond sombre. Sarah était debout près de moi.

« C'est parfait, dit-elle, regardez ! Vous voyez ?

— Je vois quoi ?

— Ils projettent leur énergie sur les plants. »

Je fixai la scène intensément, mais ne vis rien.

« Je ne vois rien du tout.

— Alors, accroupissez-vous, dit Sarah, et regardez bien l'espace entre les plants et les étudiants. »

Un bref instant, je crus voir une sorte de petite lumière, mais conclus que ce n'était qu'une image rémanente, ou que j'étais victime d'une illusion. J'essayai encore, puis renonçai.

« Rien à faire », dis-je.

Sarah me donna une tape affectueuse sur l'épaule.

« Ne vous en faites pas pour ça. C'est la première fois qui est la plus difficile ; il faut apprendre à modifier sa manière de regarder. »

L'un des étudiants nous a jeté un coup d'œil, a mis un doigt sur ses lèvres, et nous sommes partis aussitôt vers le hangar.

« Devez-vous rester longtemps à Viciente ? me demanda Sarah.

— Sans doute pas, la personne que j'accompagne recherche la partie manquante du Manuscrit. »

Elle parut surprise.

« Je croyais qu'on avait tout trouvé, mais je me trompe peut-être. J'ai été tellement prise par la partie qui concerne mon travail que je n'ai pas pris le temps de lire le reste attentivement. »

Je mis soudain la main dans ma poche de pantalon, inquiet d'avoir peut-être perdu la traduction que m'avait donnée Sarah. Le dossier était roulé dans ma poche revolver. « Voyez-vous, reprit Sarah, nous avons découvert que les deux meilleurs moments dans la journée pour la conduction des champs énergétiques sont le lever du jour et le crépuscule. Si vous voulez, je vous retrouverai au lever du jour demain matin, et vous pourrez faire un nouvel essai. »

Elle tendit la main pour reprendre le dossier.

« Comme ça, je pourrai vous faire une copie de la traduction que vous pourrez emporter. »

Je réfléchis à sa proposition quelques secondes et décidai que de toute façon je n'avais rien à y perdre.

« D'accord. Mais il faut que je demande à mon ami si cela ne trouble pas ses projets. »

Je lui souris.

« Qu'est-ce qui vous fait croire que je peux apprendre à voir ce truc ?

— Disons que c'est une intuition. »

Nous nous sommes donné rendez-vous à six heures du matin sur la colline, et je suis reparti seul vers Viciente — une marche d'un bon kilomètre. Le soleil s'était couché, mais sa lumière éclairait encore vaguement les nuages gris sur la ligne d'horizon d'une lueur orangée. Il faisait frais, mais le vent ne soufflait pas.

Dans la résidence, une queue s'était formée devant les comptoirs de service de la vaste salle à manger. Je me dirigeai vers le début de la queue pour voir quels plats étaient proposés. Wil et le professeur s'y trouvaient, discutant tranquillement.

« Alors ? me demanda Wil, comment s'est passé votre après-midi ?

— Ç'a été passionnant.

— Je vous présente William Hains, dit Wil.

— Nous nous connaissons déjà. »

Le professeur approuva d'un signe de tête.

Je parlai de mon rendez-vous matinal du lendemain. Wil n'avait rien à y redire, car il devait encore voir deux personnes le matin, et ne pensait pas partir avant neuf heures. La queue s'ébranla, et les gens derrière moi m'invitèrent à me glisser devant eux pour rester avec mes amis.

« Alors, que pensez-vous de ce que nous faisons ici ? demanda Hains.

— Je ne sais pas, il me faut un peu de temps pour digérer tout ça ; cette idée de champs énergétiques est entièrement nouvelle pour moi.

— Leur réalité est nouvelle pour tout le monde ; ce qui est intéressant, c'est que la science a toujours recherché l'énergie : une sorte de matière commune à toute matière. Depuis Einstein surtout, la physique a tenté de décrire une théorie unifiée des champs. Je ne sais pas si c'est ce que nous avons trouvé, mais à tout le moins le Manuscrit a donné lieu à des recherches passionnantes.

— Que faudrait-il pour que la science accepte cette théorie ?

— Un moyen de mesure, dit-il. L'existence de cette énergie n'est pas tellement nouvelle. Les maîtres de karaté ont parlé d'une énergie *chi* seule capable d'expliquer leurs trucs comme de casser une brique en deux avec les mains, ou de rester assis sans que quatre hommes puissent vous déplacer. Et nous avons tous vu des athlètes accomplir des exploits comme rester en l'air un instant qui paraît interminable, et autres défis à la loi de Newton. Tout cela résulte de cette énergie cachée. Mais elle ne sera vraiment acceptée que lorsque beaucoup de gens auront constaté de visu son existence.

— Et vous, l'avez-vous déjà observée ?

— J'ai vu quelque chose, répondit-il. Cela dépend de ce que j'ai mangé.

— Comment cela ?

— Eh bien, les gens d'ici qui voient ces champs d'énergie consomment presque uniquement des légumes. Et ils ne consomment que ces plants très riches qu'ils font pousser eux-mêmes. »

Il indiqua le comptoir.

« Il y en a un peu là, mais, grâce à Dieu, on sert aussi du poisson et de la volaille pour des vieillards comme moi qui aiment la viande. Mais si je me force à modifier mon régime alimentaire, alors oui, je vois quelque chose. » Je lui demandai pourquoi il ne changeait pas radicalement son régime.

« Je n'en sais rien, les habitudes ont la vie dure. »

La queue s'ébranla de nouveau, et je commandai uniquement des légumes. Nous avons rejoint une vaste table commune et avons parlé avec nos voisins une bonne heure. Puis j'aidai Wil à sortir nos affaires de la Jeep.

« Avez-vous vu vous-même ces champs énergétiques ? »

Il sourit et fit oui de la tête.

« Ma chambre est au premier, la vôtre au troisième. C'est la 306. Prenez votre clé au bureau. »

Il n'y avait pas de téléphone dans la chambre, mais le réceptionniste m'assura qu'on frapperait à ma porte à cinq heures du matin précises. Je me couchai et réfléchis un peu ; l'après-midi avait été long et bien rempli ; je comprenais maintenant le silence de Wil. Il voulait que je fasse moi-même l'expérience de la troisième révélation.

On frappait à ma porte : cinq heures ! On frappa de nouveau et je criai « merci », me levai et regardai par la petite fenêtre à meneaux. Le seul signe du matin était une pâle lueur vers l'est.

J'allai me doucher, m'habillai en vitesse et descendis. La salle à manger était ouverte et, à ma surprise, était déjà bien remplie. Je ne pris que des fruits et me précipitai dehors.

Des bancs de brume passaient sur les jardins et s'accrochaient aux prairies lointaines. Des oiseaux chanteurs s'appelaient d'un arbre à l'autre. En m'éloignant de la résidence, je vis le soleil apparaître sur l'horizon par-dessus les arbres. Les couleurs étaient superbes. Le soleil était bleu profond sur l'horizon couleur pêche.

J'arrivai au tertre avec quinze minutes d'avance, m'assis le dos appuyé à un arbre, fasciné par les nœuds que faisaient les énormes branches au-dessus de moi. Quelques minutes plus tard, j'entendis des pas sur le sentier et regardai dans cette direction, pensant voir Sarah. Ce n'était pas elle, mais un inconnu. Il quitta le sentier et se dirigea vers moi sans m'avoir vu ; à moins de dix mètres, il m'aperçut et sursauta, ce qui m'en fit faire autant.

« Oh ! bonjour », lança-t-il avec un fort accent de Brooklyn. Vêtu de jeans et portant de grosses chaussures de marche, il paraissait exceptionnellement athlétique et solide. Il avait les cheveux bouclés et un peu clairsemés, et semblait avoir la quarantaine.

Je fis un signe de tête.

« Pardon d'avoir foncé sur vous comme ça ! s'excusa-t-il.

— N'y pensez plus. »

Il me dit s'appeler Phil Stone, je me présentai et lui appris que j'attendais une amie.

« Vous faites sûrement des recherches ici, demandai-je.

— Pas vraiment ; je travaille pour une université du sud de la Californie ; nous faisons des recherches ailleurs sur la disparition de la forêt équatoriale, mais je viens me détendre ici chaque fois que je le peux. J'aime m'attarder dans des forêts très différentes comme ici. »

Il fit un grand geste.

« Savez-vous que la plupart des arbres ici ont au moins cinq cents ans ? C'est une vraie forêt vierge, une rareté. Tout est en parfaite harmonie. Les grands arbres filtrent la lumière qui protège des milliers de plantes tropicales en dessous. Les plantes sont généralement anciennes dans une forêt de ce type, mais ne poussent pas de la même manière. Ce qu'on voit ici ressemble plus à une forêt ancienne d'une zone tempérée.

— Je n'avais jamais rien vu de tel, dis-je.

— Je sais, il n'en reste guère. Presque toutes celles que je connaissais ont été bradées par le gouvernement à des sociétés d'exploitation forestière...

Quel scandale qu'on puisse en arriver là ! Regardez l'énergie !

— Vous voyez de l'énergie ici ? »

Il me regarda d'un air curieux, comme s'il devait prendre une décision avant de me répondre.

« Oui, dit-il finalement.

— Eh bien, moi je n'y suis pas arrivé ; répliquai-je, j'ai essayé hier au moment de la méditation sur les plantes dans les jardins.

— Moi non plus, je ne pouvais pas voir des champs énergétiques de cette dimension au début, j'ai dû commencer en regardant mes doigts.

— Comment ?

— Venez ici, dit-il en indiquant une zone où les arbres s'écartaient un peu les uns des autres, et où apparaissait un peu de ciel, je vais vous montrer. »

En y parvenant, il me dit :

« Baissez-vous et joignez les deux bouts de vos index. Maintenant, écartez-les de deux centimètres et regardez bien la zone qui les sépare. Que voyez-vous ?

— De la poussière !

— Négligez ça. Essayez de ne pas faire le point et rapprochez vos index, puis écartez-les de nouveau. »

Je lui obéis, sans trop savoir ce qu'il voulait dire en me demandant de ne pas faire le point. Je finis par regarder vaguement la zone prescrite, mes deux extrémités de doigts devinrent confuses, et à l'instant même je vis comme des traînées de fumée entre eux.

« Bon sang ! dis-je en lui décrivant ce que je voyais.

— C'est ça ! C'est ça ! Continuez un peu l'expérience. »

Je réunis quatre doigts, puis mes paumes, puis mes avant-bras. A chaque fois, je vis des rubans d'énergie flotter entre les parties de mon corps ; je baissai les bras et regardai Phil.

« Voulez-vous voir les miens ? » demanda-t-il.

Il se leva et recula un peu, plaçant sa tête et son torse de telle sorte que le ciel soit directement derrière lui. J'essayai quelques instants, mais un bruit troubla ma concentration. Je me retournai : c'était Sarah. Phil s'avança vers elle, souriant largement.

« Est-ce la personne que vous attendiez ? »

Sarah souriait elle aussi.

« Hé, mais on se connaît », dit-elle.

Ils se firent une bise amicale, puis Sarah me dit :

« Désolée d'être en retard. Mon réveil mental n'a pas fonctionné ! Mais je crois que je sais maintenant pourquoi. Cela vous a donné une chance de bavarder ensemble. Qu'avez-vous fait ?

— Il vient juste d'apprendre à voir un champ entre ses doigts. »

Sarah me regarda.

« L'année dernière, Phil et moi étions à cet endroit en train d'apprendre la même chose. »

Elle jeta un coup d'œil à Phil.

« Mettons nos dos l'un contre l'autre. Il verra peut-être l'énergie entre nous. »

Ils se tinrent debout dos à dos devant moi. Je leur demandai de se rapprocher et ils se mirent à environ un mètre vingt de moi. Ils se détachaient contre le ciel, toujours bleu indigo dans cette direction. A ma surprise, l'espace entre eux semblait plus « léger ». Il était jaune ou jaune rosé.

« Il le voit », dit Phil, lisant l'expression sur mon visage.

Sarah se tourna et prit Phil par le bras ; ils se reculèrent lentement jusqu'à ce qu'ils soient à environ trois mètres. Autour de leurs torses flottait un champ d'énergie rose pâle.

« Voilà », dit Sarah avec le plus grand sérieux.

Elle s'était rapprochée de moi et était venue s'asseoir à mes côtés. « Regardez maintenant la beauté de ce qui vous entoure. » Je fus immédiatement saisi par les formes qui m'entouraient. Je semblais capable de jauger avec précision chacun des grands chênes d'une manière globale, sans repérer chaque détail. Je voyais aussitôt la forme et la configuration uniques des énormes branches. Mon regard allait de l'une à l'autre. Faire cela semblait accroître la présence de chacun de ces chênes, comme si je les avais vus, ou les appréciais, pour la première fois.

Soudain le feuillage tropical sous les frondaisons attira mon regard et je scrutai de nouveau chaque plante. Je voyais aussi l'association entre le végétal et ses voisines, comme s'ils formaient de petites communautés. Par exemple, le grand bananier était souvent environné de petits philodendrons eux-mêmes placés au-dessus de petites fougères. En considérant ces ensembles, je fus frappé par leur caractère unique et leur présence.

A moins de quatre mètres, un feuillage attira mon attention. J'avais souvent eu chez moi une plante d'intérieur de ce type, de la famille des philodendrons. Vert foncé, son feuillage s'étendait sur environ un mètre vingt de largeur. Cet arbuste paraissait en pleine santé.

« Oui, allez-y, regardez-le, mais doucement », proposa Sarah.

En faisant ce qu'elle disait, je jouai avec la profondeur de champ de mon regard. A un moment j'essayai de voir jusqu'à environ vingt centimètres de chaque côté de la plante ; je finis par apercevoir des éclats de lumière, puis, d'un seul coup, avec un effort d'accommodation, je discernai une bulle de lumière blanche qui entourait la plante.

« Ça y est, je vois quelque chose.

— Continuez », dit Sarah.

Je reculai, saisi par un choc énorme. Autour de chaque plante dans mon champ de vision, un halo de lumière blanchâtre, léger, visible, mais très transparent, apparaissait de telle sorte qu'aucune forme ou couleur d'aucune plante ne soit cachée. Je me rendis compte que ce que je voyais était une extension de la beauté unique de chaque plante, son irradiation. C'était comme si j'avais d'abord vu chacune des plantes, puis sa beauté unique, sa présence, et que quelque phénomène avait amplifié la beauté pure de ses caractéristiques physiques : c'était l'instant même où j'avais vu les champs d'énergie.

« Essayez de bien regarder ceci », dit Sarah.

Elle s'assit devant moi et se mit face au philodendron. Un nimbe de lumière blanchâtre qui entourait son corps s'ouvrit et alla engloutir le philodendron. Le diamètre du champ énergétique de la plante s'augmenta aussitôt de plusieurs dizaines de centimètres.

« Incroyable ! » m'exclamai-je, ce qui provoqua une cascade de rires chez mes deux amis.

Bientôt je les rejoignis, conscient de l'étrangeté du phénomène auquel j'avais assisté, mais ne ressentant aucun malaise devant lui, alors que quelques minutes plus tôt j'aurais nié qu'il fût possible. Je me rendais compte que la perception des champs, plutôt que de paraître surréaliste, renforçait en moi le sentiment de la réalité des choses.

En même temps cependant, tout, autour de moi, semblait différent. Je ne trouvais guère mieux, pour point de comparaison, qu'un film qui, par des artifices de colorisation, aurait donné un aspect enchanté ou mystique à une forêt. Les plantes, les feuilles, le soleil prenaient maintenant une dimension nouvelle, dans la vibration de la lumière la vie s'affirmait, et peut-être même une conscience, au-delà de la conception admise. Après avoir expérimenté cette perception, je ne pourrais plus jamais considérer une forêt de la même façon.

Je regardai Phil.

« Asseyez-vous et concentrez votre énergie sur le philodendron, lui dis-je. J'aimerais pouvoir comparer. »

Il sembla hésiter.

« Non, je ne peux pas. Et je ne sais pas pourquoi. »

Je regardai Sarah.

« Certains y arrivent, d'autres pas, dit-elle. Nous ne savons toujours pas pourquoi. Marjorie doit faire passer des tests à ses candidats étudiants avant de les engager. Deux psy sont en train d'étudier les corrélations entre cette capacité et certaines dispositions psychologiques, mais il n'y a encore rien de sûr.

— Laissez-moi tenter ma chance ! dis-je.

— D'accord », répondit Sarah.

Je m'assis face à la plante, les deux autres se plaçant à angle droit par rapport à moi.

« Alors, qu'est-ce que je dois faire ?

— Consacrez toute votre attention à la plante, comme si vous vouliez lui insuffler votre énergie. »

Je regardai la plante, et imaginai l'énergie qui y pénétrait, et, deux minutes plus tard, me tournai vers les deux autres.

« Désolée, dit Sarah, vous ne faites visiblement pas partie des élus. »

Je jetai un coup d'œil moqueur à Phil.

Des voix furieuses parvenant du sentier en contrebas interrompirent notre conversation. On pouvait apercevoir à travers les arbres un groupe d'hommes qui parlaient avec colère.

« Qui sont ces gens ? demanda Phil.

— Je l'ignore. Sans doute encore des personnes opposées à notre entreprise. »

J'inspectai d'un coup d'œil la forêt environnante ; tout semblait normal.

« Oh, je ne vois plus du tout les champs d'énergie !

— Certaines choses vous font perdre vos moyens, on dirait ? » dit Sarah.

Phil sourit et me donna une petite tape sur l'épaule.

« C'est comme faire de la bicyclette ! Vous pourrez recommencer n'importe quand maintenant. Il vous suffit de voir la beauté et de partir de là. »

Je me souvins brusquement de l'heure. Le soleil était monté à l'horizon, et une petite brise agitait les arbres. Il était huit heures moins dix.

« Je crois qu'il est l'heure de rentrer. »

Sarah et Phil m'accompagnèrent. En marchant, j'observai les collines boisées.

« Quelle beauté ! Dommage qu'il n'y ait pas d'endroits semblables aux États-Unis.

— Une fois que vous aurez vu les champs d'énergie dans d'autres régions, vous vous rendrez compte à quel point cette région-ci a une forêt dynamique. Voyez ces chênes. Ils sont rarissimes au Pérou, mais poussent ici à Viciente. Une forêt traitée, surtout celle dont le peuplement naturel a été éliminé pour faire place au pin plus rentable, a un champ énergétique très faible, et une ville — mis à part les gens — dégage un type d'énergie très différent. »

Je tentai d'observer les plantes le long du sentier, mais la marche avait dissipé ma concentration.

« Vous êtes sûr que je reverrai ces champs ? demandai-je.

— Absolument, répondit Sarah, je n'ai jamais vu quelqu'un ne plus y arriver s'il y a assisté personnellement au moins une fois. Un jour nous avons eu ici un chercheur en ophtalmologie ; il était survolté après avoir vu les champs. Il se trouve qu'il avait travaillé sur certaines anomalies de la vue, comme le défaut de perception des couleurs, et qu'il avait retiré de ses recherches la conviction que certains êtres humains peuvent avoir des récepteurs paresseux dans l'œil. Il avait montré à certains patients comment voir des couleurs qu'ils n'avaient jamais pu distinguer. Pour lui, capter les champs d'énergie relevait de la même démarche, le réveil d'autres récepteurs endormis ; n'importe qui devait y arriver.

— Je voudrais bien habiter près d'un endroit comme celui-ci, songeai-je.

— Comme tout le monde, se moqua Phil, qui regarda Sarah et ajouta : Le docteur Hains est-il encore là ?

— Oui, dit Sarah, il ne peut pas partir. »

Phil me regarda :

« Voilà un type qui fait des recherches intéressantes sur ce que l'énergie peut nous apporter...

— Je lui ai parlé hier.

— A ma dernière visite, poursuivit Phil, il m'a raconté qu'il aimerait bien entamer une recherche sur les effets physiques de la pure et simple proximité d'environnements riches en énergie, tels que cette forêt.

— Moi, je les connais déjà, intervint Sarah : dès que je pénètre en voiture dans ce domaine, je me sens déjà mieux. Tout y est comme amplifié. Je me sens plus forte, je pense plus clairement et plus vite. Et les visions que j'ai de tout cela et des rapports avec mon travail en physique sont incroyables.

— Sur quoi travaillez-vous ? dis-je.

— Vous souvenez-vous de m'avoir entendue parler des expériences sur les particules qui apparaissent sous forme de petits atomes là où le savant s'attend à les rencontrer ?

— Oui.

— Eh bien, j'ai essayé de construire quelque chose à partir de ça ; pas vraiment pour apporter une solution aux recherches faites par ailleurs sur les particules subatomiques, mais pour explorer des questions dont je vous ai parlé : dans quelle mesure l'univers physique, fait de cette même énergie, répond-il à nos attentes ? Dans quelle mesure nos attentes sont-elles responsables de ce qui nous arrive ?

— Vous voulez parler des coïncidences ?

— Oui, pensez aux événements de votre vie. La vieille théorie newtonienne est que tout arrive par hasard, qu'on a beau prendre les décisions appropriées, chaque événement a sa propre causalité intrinsèque indépendante de notre comportement.

« Après les découvertes récentes de la physique, nous sommes en droit de nous demander si l'univers n'est pas plus dynamique que cette théorie le prétend. Peut-être l'univers fonctionne-t-il de manière mécaniste, mais cela ne l'empêche pas de répondre avec quelque subtilité à l'énergie mentale que nous projetons vers lui. Pourquoi pas ? Si nous pouvons faire pousser les plantes plus vite, peut-être pouvons-nous provoquer certains événements, ou les ralentir.

— Le Manuscrit mentionne-t-il cela ? »

Sarah sourit.

« Bien sûr, c'est de là que nous viennent toutes ces idées. »

Elle fouilla dans son sac en marchant et sortit un dossier.

« Voilà votre copie. »

Je regardai rapidement ce qu'elle me tendait et le mis dans ma poche. Nous traversions le pont et je ralentis un instant pour observer les couleurs et les formes des plantes. Je modifiai la mise au point de mon regard et vis aussitôt les champs d'énergie de tout ce qui m'entourait. Sarah et Phil avaient tous deux de grands champs jaune-vert autour d'eux, mais celui de Sarah se teintait parfois brusquement de rose.

Ils s'arrêtèrent brutalement et scrutèrent attentivement le sentier. Une sorte de crainte m'envahit, mais j'étais décidé à ne pas perdre ma vision de l'énergie. C'était le plus grand des savants de l'université du Pérou qui s'approchait, celui qui avait demandé la direction des jardins la veille. Autour de lui flottait une zone rouge. Il se tourna vers Sarah et dit d'un ton condescendant :

« Vous êtes une scientifique, n'est-ce pas ?

— Oui.

— Alors, comment tolérez-vous cette espèce de science qui a cours ici ? J'ai vu les jardins et je ne peux pas croire un mot de toutes ces histoires. Vous n'expliquez rien du tout. Il pourrait y avoir des quantités de raisons à la croissance de ces plantes.

— On ne peut pas tout expliquer. Nous recherchons des tendances générales. »

Je sentis une colère rentrée dans la voix de Sarah.

« Mais il est absurde de postuler qu'une énergie récemment devenue visible sous-tend la physique des êtres vivants. Vous n'avancez aucune preuve.

— C'est justement la preuve que nous cherchons.

— Alors, comment postuler l'existence de quelque chose sans avoir de preuve ? »

Les deux voix étaient maintenant exaspérées, mais je n'écoutais que vaguement. Ce qui m'intéressait, c'était la dynamique de leurs champs énergétiques. Au début de la discussion, Phil et moi nous étions reculés de quelques pas, et Sarah et le Péruvien s'étaient arrêtés, face à face, à environ quarante centimètres l'un de l'autre. Aussitôt, leurs champs avaient paru se densifier et s'agiter, comme sous le coup d'une vibration interne. A mesure que la discussion se déroulait, les deux champs s'entremêlaient. Lorsque l'un des deux interlocuteurs affirmait quelque chose, son champ semblait aspirer l'autre. Mais, à la réponse de l'autre, la même opération s'inversait. En langage technique, on aurait dit qu'avoir raison équivalait à capturer le champ de l'adversaire et à l'attirer dans le sien.

« D'ailleurs, disait Sarah au professeur, nous avons observé le phénomène que nous essayons de comprendre. »

L'homme jeta à Sarah un regard dédaigneux.

« Alors vous êtes aussi folle qu'incompétente ! »

Et il partit à grandes enjambées.

« Et vous, vous n'êtes qu'un dinosaure ! » lui cria Sarah, ce qui eut pour effet de provoquer un fou rire chez Phil et moi. Mais Sarah restait tendue.

« Ces gens-là ont l'art de me rendre folle ! pesta-t-elle alors que nous reprenions notre marche sur le sentier.

— N'y pensez plus, dit Phil, vous savez bien qu'il en vient de temps en temps ici !

— Mais pourquoi autant, et pourquoi maintenant ? »

En m'approchant de la résidence, j'aperçus Wil affairé autour de la Jeep. Les portières étaient ouvertes, et du matériel était étalé sur le capot. Il m'aperçut aussitôt et me fit signe de venir.

« On dirait que notre départ est tout proche », constatai-je.

Mon commentaire marqua la fin d'un silence de dix minutes qui avait commencé après que j'avais tenté d'expliquer à Sarah comment s'était comporté son champ énergétique pendant la dispute. Visiblement, je m'y étais mal pris, car mes remarques n'avaient provoqué que des regards vides et nous avaient tous trois plongés dans une réflexion solitaire.

« J'ai été très heureuse de vous connaître », dit Sarah en me tendant la main.

Phil regardait en direction de la Jeep.

« Est-ce bien Wil James ? Est-ce avec lui que vous voyagez ?

— Oui. Pourquoi ?

— Je me demandais... Je l'ai déjà vu ici. Il connaît le propriétaire et il fait partie des pionniers qui ont encouragé la recherche sur les champs d'énergie ici.

— Venez, je vais vous présenter à lui.

— Non, je dois y aller, dit-il. Mais je vous reverrai, car je suis sûr que vous ne pourrez plus vous passer de cet endroit.

— Vous avez raison. »

Sarah déclara qu'elle aussi devait nous quitter, et que je pourrais toujours reprendre contact avec elle *via* la résidence. Quelques instants encore, je leur exprimai mes remerciements pour les leçons données.

Sarah prit une mine grave.

« Voir l'énergie de ses propres yeux, acquérir cette perception nouvelle du monde physique, ça s'attrape comme une maladie contagieuse. Nous ne pouvons pas dire pourquoi, mais nous savons qu'une personne qui fréquente des gens qui voient l'énergie finit toujours par la voir elle-même. Alors, allez-y, montrez-la à d'autres. »

Je fis oui de la tête et me dirigeai vers la Jeep. Wil m'accueillit avec un sourire.

« Êtes-vous prêt ? demandai-je.

— Presque. Comment s'est passée votre matinée ?

— Passionnante, j'ai beaucoup à vous raconter.

— Eh bien, gardez tout ça pour vous pour le moment. Il faut partir. L'atmosphère n'est plus très amicale... »

Je m'approchai.

« Que se passe-t-il ?

— Rien de trop grave, je vous expliquerai. Allez chercher vos affaires. »

Je me rendis à la résidence et y pris les rares affaires que j'avais laissées dans ma chambre. Wil m'avait informé que mon séjour était gratuit, que j'étais l'invité du propriétaire, j'allai donc rendre ma clé au concierge et regagnai la Jeep.

Wil était occupé à vérifier quelque chose sous le capot. Il le ferma quand je m'approchai.

« Tout est en ordre. Allons-y. »

Nous avons quitté le parking et pris la route privée menant à la grand-route ; plusieurs voitures en firent autant en même temps que la nôtre.

« Alors, qu'est-ce qui se passe ? m'enquis-je.

— Un groupe de responsables locaux et quelques scientifiques se sont plaints des gens qui dirigent ce centre de conférences. Ils ne disent pas que des choses illégales s'y passent. Seulement que quelques-uns des visiteurs sont indésirables, parce qu'ils sont de faux scientifiques. Mais ces personnes pourraient nous causer beaucoup d'ennuis, et la résidence risquerait d'être amenée à fermer. »

Je le regardai attentivement, et il poursuivit :

« Vous voyez, la résidence reçoit généralement plusieurs groupes en même temps. Quelques-uns seulement entreprennent des recherches sur le Manuscrit. Les autres travaillent sur des sujets propres à leur discipline et choisissent le lieu parce qu'il est beau. Si les responsables locaux se fâchent réellement et créent une atmosphère déplaisante, ces groupes ne viendront plus.

— Je croyais que ces gens étaient trop heureux de voir les dollars affluer ici ?

— C'est ce que je croyais aussi. Quelque chose a dû les irriter. Est-ce que les gens dans les jardins ont compris ce qui se passait ?

— Pas vraiment… Je crois qu'ils se sont simplement demandé pourquoi il y avait tant de personnes en colère. »

Wil resta silencieux. Nous avons franchi la grille et pris la route vers le sud-est. Un mille plus loin, nous avons bifurqué sur une route qui filait vers la chaîne de montagnes visible au loin.

« Nous allons passer tout à côté des jardins », prévint Wil.

J'apercevais les hangars métalliques et les plates-bandes. A cet instant, une porte s'est ouverte et mon regard a croisé celui de la personne qui sortait, c'était Marjorie ; elle a souri, s'est tournée dans ma direction. Nous nous sommes observés longuement.

« Qui était-ce ? demanda Wil.

— Une femme que j'ai rencontrée hier. »

Il approuva et changea de sujet.

« Avez-vous pu lire le texte de la troisième révélation ?

— On m'en a donné une copie. »

Il ne répondit pas, apparemment perdu dans ses pensées, aussi je sortis la traduction de ma poche et repris ma lecture à l'endroit où je l'avais laissée. Le texte parlait de la nature de la beauté et expliquait que c'était en partant de cette perception que les hommes apercevraient les champs d'énergie. Une fois ce stade atteint, notre compréhension de l'univers physique se transformerait radicalement.

Par exemple, nous consommerions encore plus d'aliments riches en énergie, nous comprendrions que certains lieux irradient plus d'énergie que d'autres, les radiations les plus fortes provenant des sites naturels les plus anciens et les mieux préservés, surtout les forêts. Wil parla soudain.

« Dites-moi ce que vous avez ressenti dans les jardins. »

Je lui relatai de mon mieux les événements de ces deux derniers jours, et lui parlai des gens que j'avais rencontrés. Quand j'évoquai ma rencontre avec Marjorie, il sourit.

« Qu'est-ce que vous avez dit à ces gens sur les autres révélations et le rapport entre ces révélations et leur présence dans les jardins ?

— Rien du tout, parce que au début je n'avais pas confiance en eux, et parce que après j'ai pensé qu'ils en savaient plus que moi.

— Je crois que vous auriez pu leur donner des informations importantes si vous aviez été plus ouvert.

— Quelles informations ? »

Il me regarda avec affection.

« Vous seul le savez. »

Je ne trouvai rien à répondre et je me mis à regarder le paysage. Il devenait de plus en plus rocheux et tourmenté. Des blocs de granit surplombaient la route.

« Que pensez-vous du fait que vous avez revu Marjorie en quittant le domaine ? » demanda soudain Wil.

J'allais lui dire : « Juste une coïncidence », mais je répondis : « Je ne sais pas, et vous ?

— Je ne crois pas que quoi que ce soit arrive par hasard. Pour moi, cela signifie que vous avez encore des choses à faire ensemble, ou que vous avez à vous dire quelque chose que vous avez gardé pour vous. »

Cette idée m'intrigua, mais elle me perturba

aussi. Toute ma vie, on m'avait accusé d'être trop distant, d'être un questionneur qui ne se livrait pas lui-même. Pourquoi diable cela revenait-il sur le tapis ?

Je m'aperçus aussi que mon état d'âme avait changé. A Viciente, je m'étais senti aventureux et compétent, et voilà que je me sentais envahi par une sorte de dépression teintée d'angoisse.

« Vous avez attaqué mon moral », lui dis-je.

Il rit bruyamment et déclara :

« Ce n'est pas moi, c'est l'effet du départ de Viciente. L'énergie des lieux vous rend fort. Pourquoi croyez-vous que tous ces savants se rassemblent aussi souvent ici ? Ils ne savent pas pourquoi ils s'y sentent aussi bien. » Il me regarda dans les yeux. « Mais nous, nous le savons, n'est-ce pas ? »

Il regarda la route et de nouveau se tourna vers moi, plein de bonté :

« Il faut rassembler votre propre énergie quand vous quittez un endroit pareil. »

Je le considérai, surpris, et il me sourit d'un air rassurant. Nous sommes restés silencieux un bon moment, et il a repris :

« Dites-moi tout ce qui s'est passé dans les jardins. »

Je continuai mon récit, et il parut stupéfait quand je lui annonçai que j'avais moi-même vu des champs d'énergie, mais ne fit aucun commentaire.

« Et vous, les voyez-vous ? demandai-je.

— Oui. Continuez. »

Je relatai tout sans être interrompu jusqu'à ce que je mentionne la dispute entre Sarah et le Péruvien, et ce que j'avais observé des distorsions de leurs champs énergétiques.

« Et qu'ont dit Sarah et Phil de ce phénomène ?

— Rien. Ils ne semblaient pas posséder d'explication valable.

— C'est bien ce que je pensais, dit Wil. Ils sont tellement fascinés par la troisième révélation qu'ils n'ont pas progressé. La quatrième a justement trait à la lutte pour l'énergie entre les hommes.

— La lutte pour l'énergie ? »

Il sourit et indiqua d'un geste la traduction que j'avais à la main.

Je repris ma lecture. Le texte parlait de la quatrième révélation ; il affirmait qu'un jour les hommes comprendraient que le monde comporte une seule énergie dynamique, qui peut nous tenir en vie et répondre à nos attentes. Mais nous comprendrions aussi que nous avons été coupés de cette source d'énergie et que c'est la raison de notre inconfort, de notre faiblesse, de nos angoisses.

Devant ce manque, les hommes ont toujours tenté d'augmenter leur énergie personnelle de la seule manière qu'ils connaissent : en essayant de la voler aux autres avec des armes psychologiques. Cette concurrence inconsciente explique tous les conflits entre les hommes dans le monde.

4

LA LUTTE POUR LE POUVOIR

Un nid-de-poule sur la chaussée gravillonnée fit rebondir la Jeep et me réveilla. Je consultai ma montre : trois heures de l'après-midi. Je m'étirai pour mieux me réveiller et ressentis aussitôt une vive douleur dans le dos.

Le trajet avait été vraiment épouvantable. Après avoir quitté Viciente, nous avions roulé sans arrêt, changeant de direction très souvent comme si Wil cherchait quelque chose qu'il ne trouvait pas. Nous avions passé la nuit dans une petite auberge ; les lits y étaient durs et j'avais à peine dormi. Maintenant, après une seconde journée de voyage aussi éprouvante, j'étais prêt à me plaindre.

Je jetai un coup d'œil à Wil. Il scrutait la route avec une telle attention que je ne pus me résoudre à l'interrompre. Il avait exactement le même air que quelques heures plus tôt lorsqu'il m'avait regardé et avait dit qu'il fallait qu'on s'arrête pour parler.

« Vous souvenez-vous que je vous ai clairement expliqué que les révélations devaient être découvertes une à la fois ?

— Oui.

— Croyez-vous que chacune finira par se présenter à vous ?

— Eh bien, jusqu'à présent, cela a été le cas », fis-je avec un demi-sourire.

Wil me répondit sans changer d'expression.

« Découvrir la troisième révélation a été facile. Il suffisait de visiter Viciente. A partir de maintenant, il sera plus difficile de découvrir les autres. »

Il s'interrompit et reprit :

« Je pense que nous devrions nous diriger au sud jusqu'à un petit village nommé Cula, près de Quila-bamba. Il y a là-bas une autre forêt vierge que je veux vous montrer. Mais il est essentiel que vous restiez très attentif et en éveil. Des coïncidences se produiront sans cesse sous vos yeux, mais il vous faudra les remarquer. Vous m'avez bien compris ? »

Je l'assurai que oui et que je n'oublierais pas ses conseils.

La conversation s'était alanguie aussitôt, et je m'étais endormi profondément, ce que je regrettai beaucoup en constatant ce que cette position avait fait à mon dos. Je m'étirai et regardai Wil.

« Où sommes-nous ?

— Dans les Andes à nouveau. »

Les collines avaient fait place à des vallées lointaines et à des crêtes élevées. La végétation était plus rare, les arbres rabougris par le vent. En inspirant profondément, je sentis que l'air était frais et raréfié.

« Mettez donc ceci, dit Wil en me tendant un coupe-vent en coton marron qu'il tira d'un sac. Il fera froid là-haut cet après-midi. »

Devant nous, alors que la route décrivait une large courbe, nous avons vu un croisement étroit. D'un côté, près d'un magasin avec un auvent blanc et d'une station-service, une voiture était garée, le capot ouvert. Des outils étaient éparpillés sur un vieux chiffon qui recouvrait l'aile. Quand nous sommes passés devant elle, un homme blond est sorti du magasin et nous a jeté un rapide coup d'œil ; il avait le visage plutôt rond et portait des lunettes à monture foncée.

Je l'observai attentivement, mon esprit retournant cinq ans en arrière.

« Je sais que ce n'est pas lui, dis-je à Wil, mais ce type ressemble à un ami avec qui je travaillais. Il y a des années que je n'ai pas pensé à lui. »

Je vis que Wil m'observait.

« Je vous ai bien dit d'être très attentif. Faisons demi-tour et allons voir si ce type a besoin d'aide. Il n'avait pas l'air d'être du coin. »

Nous avons trouvé un endroit pour faire demi-tour. Devant le magasin, l'homme travaillait à son moteur. Wil s'arrêta devant la pompe à essence et ouvrit la vitre.

« On dirait que vous avez des ennuis », dit-il.

L'homme remonta ses lunettes sur son nez, une habitude que mon ami d'autrefois avait aussi.

« Oui, j'ai des problèmes avec le refroidissement. »

Il avait à peine dépassé la quarantaine et semblait frêle. Il parlait l'anglais avec solennité et avec un accent français prononcé. Wil descendit prestement du véhicule et fit les présentations ; l'homme me tendit la main avec un sourire que je crus aussi reconnaître. Il s'appelait Chris Reneau.

« Vous avez l'air français, dis-je.

— Je le suis. Mais j'enseigne la psychologie au Brésil. Je suis au Pérou pour rechercher des informations sur une découverte archéologique, un manuscrit très ancien. »

J'hésitai un instant, ne sachant pas si je pouvais lui faire confiance.

« Nous sommes ici pour la même raison », finis-je par avouer.

Il me regarda avec un air profondément surpris.

« Qu'est-ce que vous pouvez m'en dire ? En avez-vous vu des copies ? »

Avant que j'aie pu répondre, Wil sortit rapidement du bâtiment, la porte claquant bruyamment derrière lui.

« Un coup de chance, dit-il, le propriétaire peut nous prêter un endroit pour camper, et il y a un repas chaud ; autant rester ici pour la nuit. » Il se retourna et regarda Reneau d'un air plein d'attente. « Sauf si cela vous ennuie de partager le lieu avec nous.

— Pas du tout, j'adore la compagnie. De toute façon, je n'aurai pas ma pièce de rechange avant demain. »

Tandis que Wil et lui discutaient mécanique et parlaient de son 4 × 4, je m'appuyai contre la Jeep, sentant la chaleur du soleil, et je sombrai dans une agréable rêverie à propos d'un vieil ami que Reneau avait évoqué dans mon esprit. Mon ami était curieux, ouvert, comme Reneau, et lisait beaucoup. Je me remémorai les théories qu'il professait, mais sans beaucoup de précision.

« Emmenons nos affaires au camp, me proposa Wil avec une tape sur l'épaule.

— D'accord », acquiesçai-je d'un air absent.

Il ouvrit la portière arrière, sortit la tente et les sacs de couchage et me les mit dans les mains, puis il prit un grand sac plein de vêtements. Reneau fermait sa voiture à clé. Nous sommes passés devant le magasin et avons descendu quelques marches. La crête s'incurvait brusquement derrière la station-service, et nous avons pris un étroit sentier sur la gauche. Trente mètres plus loin, nous avons entendu le bruit de l'eau, et plus loin nous avons vu un cours d'eau qui descendait sur les rochers. L'air était plus frais et fortement parfumé de menthe.

Droit devant, le terrain devenait plat et le torrent

formait une sorte de mare claire de six ou sept mètres de diamètre. Quelqu'un avait préparé ici un campement et construit une petite enceinte de pierres pour y faire du feu. Du bois était empilé contre un arbre.

« Parfait », commenta Wil qui commença à déballer sa tente à quatre places.

Reneau étala sa petite tente près de celle de Wil.

« Est-ce que Wil et vous êtes des chercheurs ? » demanda soudain Reneau.

Wil nous avait quittés, ayant planté sa tente, pour aller s'enquérir du dîner.

« Wilson est guide, et moi je ne fais pas grand-chose pour le moment. »

Il parut stupéfait. Je souris et continuai : « Avez-vous pu voir de vos yeux certaines parties du Manuscrit ?

— La première et la seconde révélation, dit-il en se rapprochant de moi. Et laissez-moi vous dire une chose : je pense que tout se passe comme le Manuscrit l'explique. Notre vision du monde est en train de changer : je l'observe dans ma discipline.

— Comment cela ? »

Il inspira profondément.

« Mon domaine d'étude, c'est le conflit. L'étude des raisons pour lesquelles les hommes sont si violents entre eux. Nous avons toujours su que la violence prenait sa source dans l'envie qu'a chacun de dominer l'autre, mais c'est depuis peu seulement qu'on étudie le problème de l'intérieur, dans la conscience de l'individu. Nous avons cherché ce qui se passait dans la conscience d'un individu qui veut en dominer un autre. Nous avons trouvé que, lorsqu'un individu engageait la conversation avec un autre, ce qui arrive des milliards de fois chaque jour dans le monde, deux situations pouvaient se produire. Cet individu en ressort fort ou faible, selon ce qui s'est passé entre les deux. »

Je lui lançai un regard surpris, et il parut embarrassé d'avoir fait un si long exposé. Je le priai de poursuivre.

« Pour cette raison, les hommes ont toujours l'air de manipuler les autres. Quel que soit le contexte ou le sujet en discussion, nous sommes toujours prêts à dire ce qu'il faut pour avoir raison. Chacun recherche un moyen de dominer dans l'échange. Si nous l'emportons, plutôt que de ressentir de la faiblesse, nous en sortons ragaillardis. En d'autres termes, si nous voulons dominer les autres, c'est moins pour une finalité tangible et immédiate que pour l'effet psychologique que nous en retirons. C'est la raison de tous ces conflits irrationnels entre individus et entre nations.

« Dans mon secteur, on s'accorde pour penser aujourd'hui que le public commence à prendre conscience de la question. Nous remarquons à quel point nous manipulons les autres et de ce fait nous tendons à remettre en cause les motivations qui nous animent. Nous recherchons une autre façon de nous comporter avec les autres. Je pense que cette remise en cause sera un des traits caractéristiques du monde nouveau que le Manuscrit évoque. »

Wil nous a interrompus en annonçant que le dîner était prêt. Nous avons suivi le sentier jusqu'au sous-sol du bâtiment, où vivait la famille. Ayant traversé le living-room, nous avons trouvé sur la table de la salle à manger un ragoût, des légumes et une salade.

« Asseyez-vous », dit le propriétaire en anglais ; il s'agitait autour de nous avec des chaises, suivi par une femme plus âgée, sans doute sa femme, et une adolescente d'une quinzaine d'années.

En s'installant, Wil fit bruyamment tomber sa

fourchette sur le sol, et l'homme regarda avec colère la femme qui à son tour regarda avec colère l'adolescente qui ne s'était pas précipitée pour la changer. Elle fila dans l'autre pièce et en rapporta une propre qu'elle tendit à Wil d'une main un peu tremblante. Mon regard croisa celui de Reneau.

« Bon appétit », dit l'homme en me tendant un plat. Pendant presque tout le repas, Reneau et Wil parlèrent tranquillement de sujets universitaires, des défis de l'enseignement et de l'édition. Le propriétaire nous avait quittés, mais la femme était restée debout dans l'encadrement de la porte.

La femme et sa fille nous servaient des tartelettes lorsque la fille heurta du coude mon verre d'eau qui se répandit sur la table devant moi. La femme se précipita, furieuse, injuriant la jeune fille en espagnol ; elle la poussa devant elle.

« Je suis désolée, dit-elle en essuyant l'eau répandue. Ma fille est si maladroite. » La fille explosa de rage, jeta le reste des tartelettes à la figure de la femme, qu'elle manqua. La nourriture et des morceaux de faïence s'éparpillèrent sur la table à l'instant où le propriétaire rentrait dans la salle.

La femme cria, et la fille quitta la pièce.

« Je suis désolé, dit-il en s'approchant.

— Ce n'est rien, dis-je, ne soyez pas trop dur avec elle. »

Wil était debout, vérifiant l'addition, et nous sommes rapidement sortis. Reneau n'avait rien dit jusque-là, mais il prit la parole dès que nous avons atteint les marches.

« Avez-vous vu cette fille ? Elle vient de nous montrer un exemple parfait de violence psychologique. C'est à quoi conduit le besoin humain de domination quand il est poussé à l'extrême. La femme et le vieux type dominent complètement la fille. Avez-vous remarqué à quel point elle était nerveuse et se tenait voûtée ?

— Oui, dis-je, mais il semble qu'elle en ait assez.

— Absolument. Ses parents ne l'ont jamais laissée tranquille. De son point de vue, la seule issue est l'explosion. De cette façon, elle arrive à se dominer elle-même. Malheureusement, en grandissant, elle voudra dominer les autres avec la même force à cause de ce traumatisme ancien. Cela fera d'elle une personne aussi dominatrice que ses parents, surtout si elle a auprès d'elle des gens vulnérables, en particulier des enfants.

« En fait, sans nul doute, ses parents ont vécu le même traumatisme avant elle ; c'est ainsi que la violence psychologique passe de génération en génération. »

Reneau s'interrompit.

« J'ai besoin de mon sac de couchage resté dans mon 4 × 4. Je reviens tout de suite. »

Wil et moi avons continué en direction du campement.

« Reneau et vous avez bien discuté, dit-il.

— En effet. »

Il sourit.

« En fait, c'est Reneau qui a surtout fait les frais de la conversation. Vous écoutez, vous répondez aux questions qu'on vous pose, mais vous n'offrez pas grand-chose en retour.

— Ce qu'il dit m'intéresse », rétorquai-je, un peu sur la défensive.

Wil fit semblant de ne pas avoir remarqué mon ton.

« Avez-vous vu l'énergie qui se déplaçait entre les divers membres de cette famille ? L'homme et la femme aspiraient l'énergie de leur enfant vers la leur jusqu'à ce qu'elle soit presque éteinte.

— J'ai oublié d'observer le flux d'énergie.

« — Ne pensez-vous pas que Reneau aimerait le voir ? Et tout d'abord, que pensez-vous de l'avoir rencontré comme ça ?

— Je ne sais pas.

— Ne croyez-vous pas qu'il y a une raison ? Nous suivons la route, vous croyez avoir aperçu quelqu'un qui ressemblait à un ami perdu de vue, et, lorsque vous lui parlez, vous découvrez que lui aussi recherche le Manuscrit. N'est-ce pas plus qu'une coïncidence ?

— Si.

— Peut-être que vous l'avez rencontré pour qu'il vous transmette une information qui vous fera prolonger votre séjour ici. Et peut-être que vous aussi avez quelque chose à lui transmettre ?

— Oui, sans doute. Que devrais-je lui dire ? »

Il me regarda avec sa chaleur coutumière.

« La vérité. »

Avant que j'aie pu répondre, Reneau arriva en dévalant le sentier.

« J'ai apporté une torche en cas de besoin », dit-il.

Je pris conscience du crépuscule tombant et regardai vers l'ouest. Le soleil n'était plus visible, mais le ciel restait de couleur orange vif, les rares nuages paraissant rouge sombre ; je crus distinguer une lueur blanchâtre sur les plantes environnantes, mais ce n'était qu'une vision fugitive.

« Quel beau crépuscule ! remarquai-je, mais je vis que Wil avait disparu dans la tente et que Reneau sortait son sac de couchage de sa valise.

— Oui », fit-il d'un ton distrait et sans contempler le ciel.

Je m'approchai de lui. Il me regarda et dit :

« Je ne vous ai pas encore demandé quelles révélations vous aviez réellement découvertes ?

— Les deux premières m'ont seulement été décrites ; mais nous venons de passer deux jours à la résidence de Viciente, près de Satipo, et pendant notre séjour, un des chercheurs m'a donné une copie de la troisième. C'est proprement stupéfiant. »

Ses yeux s'arrondirent.

« L'avez-vous ici ?

— Oui. Vous voulez la voir ? »

Il sauta sur l'occasion et fila sous sa tente pour lire. Je dénichai de vieux journaux et des allumettes, et allumai le feu de camp ; dès qu'il eut bien pris, Wil sortit de la tente.

« Où est Reneau ?

— Il lit la traduction que Sarah m'a donnée. »

Wil alla s'asseoir sur une bûche bien ronde près du feu, et je le rejoignis. La nuit était tombée et on ne voyait plus que la ligne sombre des arbres à gauche, les lumières pâles de la station-service en arrière, et une faible lueur filtrant à travers la toile de la tente de Reneau. Les bois résonnaient de sons nocturnes dont certains m'étaient inconnus.

Après environ trente minutes, Reneau sortit de sa tente, la torche à la main. Il s'assit à ma gauche tandis que Wil bâillait.

« Cette révélation est fabuleuse, dit Reneau. Est-ce que quelqu'un là-bas a réellement pu voir ces champs d'énergie ? »

Je lui relatai brièvement ce que j'avais vécu, de notre arrivée à Viciente jusqu'au point où j'eus moi-même la vision.

Il se tut un instant avant d'ajouter :

« Ils projetaient réellement leur énergie sur les plantes et influaient sur leur croissance ?

— Cela affectait aussi la valeur nutritive des plantes.

— Mais la révélation est plus vaste que ça, dit-il, comme se parlant à lui-même. La troisième révélation annonce que le monde dans sa totalité est fait de cette énergie, et que nous pouvons affecter non seulement les plantes, mais peut-être d'autres choses encore avec l'énergie qui nous est propre. »

Il s'interrompit longuement.

« Je me demande comment nous influons sur les autres avec notre énergie. »

Wil me regarda en souriant.

« Laissez-moi vous raconter ce que j'ai observé, dis-je. J'ai assisté à une discussion entre deux personnes et j'ai vu leurs champs énergétiques se comporter de façon très bizarre. »

Reneau releva ses lunettes sur son nez.

« Racontez-moi ça. »

Wil se leva à cet instant.

« La journée a été longue, remarqua-t-il, je vais me coucher. »

Nous lui avons dit bonsoir et il s'est retiré sous sa tente. Je racontai à Reneau, de mon mieux, la discussion entre Sarah et le scientifique péruvien, tentant de décrire les modifications de leurs champs.

« Une minute, dit Reneau, vous avez bien vu leurs champs s'attirer l'un l'autre comme pour essayer de se capturer pendant la discussion ?

— Exactement. »

Il resta pensif.

« Nous devons analyser cela. Deux personnes se battent pour savoir qui a raison, chacune cherchant à dominer l'autre, à saper sa confiance, et elles en viennent même à des noms d'oiseaux ? »

Soudain il leva les yeux.

« Tout cela a un sens.

— Comment ça ?

— Le mouvement de cette énergie, si on peut l'observer systématiquement, permet de voir ce que les hommes reçoivent quand ils luttent, se disputent, se font du tort. Quand nous dominons un autre, nous recevons son énergie. Nous nous nourrissons aux dépens de l'autre et c'est ce qui nous motive. Je dois absolument apprendre à voir ces fameux champs. Où est la résidence Viciente ? Comment y va-t-on ? »

Je lui indiquai la région en ajoutant que Wil seul pourrait lui expliquer le bon chemin. « J'irai demain, dit-il d'un air déterminé. Maintenant, je dois dormir un peu. Je me lèverai pour partir le plus tôt possible. »

Il me dit bonsoir, disparut sous sa tente, me laissant seul avec les craquements du feu et les bruits de la nuit.

A mon réveil, Wil avait déjà quitté la tente et je sentis l'odeur d'un plat de flocons d'avoine chauds. Je me glissai hors du sac de couchage et regardai par la fente du volet de la tente. Wil tenait une poêle au-dessus du feu. Reneau n'était pas en vue et sa tente non plus.

« Où est Reneau ? demandai-je en m'avançant vers le feu.

— Il a fait ses bagages et il travaille sur son 4 × 4, pour être prêt à installer la pièce qu'il a commandée. »

Wil me tendit une assiette de flocons d'avoine et nous nous sommes assis sur une bûche pour manger.

« Vous avez discuté longtemps, hier soir ?

— Pas vraiment ; je lui ai dit tout ce que je savais. »

On entendit des pas sur le sentier : c'était Reneau qui se hâtait vers nous.

« Tout est prêt. Je viens vous saluer. »

Quelques minutes plus tard, il remontait les marches et s'éloignait. Wil et moi avons fait à tour de rôle notre toilette, bain compris, dans la salle de bains du propriétaire de la station, puis nous avons emballé nos affaires, fait le plein et filé vers le nord.

« A quelle distance est Cula ?

— Nous devrions y être avant la nuit avec un peu de chance », dit-il, et il ajouta : « Alors, qu'avez-vous appris de Reneau ? »

Je le regardai attentivement ; il attendait manifestement une réponse précise.

« Je ne sais pas, dis-je.

— Reneau vous a laissé quel genre d'idées dans la tête ?

— Que nous les humains, même sans le savoir, avons tendance à vouloir dominer les autres. Nous voulons accaparer l'énergie qui existe chez les autres ; d'une certaine manière, cela nous construit, nous rend plus fort. »

Wil regardait la route droit devant lui. Il semblait subitement penser à quelque chose d'autre.

« Pourquoi me posez-vous cette question ? m'enquis-je. Est-ce qu'il s'agit de la quatrième révélation ? »

Il me regarda.

« Pas tout à fait. Vous avez vu le flux d'énergie entre les gens. Mais je ne sais pas si vous avez une idée de ce que ça fait quand ça vous arrive à vous.

— Alors, dites-le-moi, fis-je exaspéré. Vous m'accusez de ne pas parler. Mais vous arracher quelque chose, c'est pire que d'extraire une dent. Il y a des jours que je tente de vous faire parler de vos expériences passées avec le Manuscrit, et tout ce que vous faites, c'est de m'envoyer promener ! »

Il rit et se tourna vers moi en souriant.

« Nous avions un accord, l'auriez-vous oublié ? J'ai une raison pour être aussi secret. L'une des révélations concerne l'interprétation des événements de sa vie passée. C'est un processus à travers lequel on clarifie tout sur soi-même, pourquoi on est sur terre, et pour y faire quoi. Je veux attendre que vous ayez découvert cette révélation pour vous parler de mon passé, d'accord ? »

Je souris devant le ton un peu fougueux de son discours.

« Bon, d'accord. »

Le reste de la matinée se passa en silence ; il faisait beau, le ciel était bleu. A mesure que nous montions, des nuages épais se mettaient parfois en travers de notre route, recouvrant le pare-brise d'humidité. Vers midi, nous avons fait une halte sur un parking qui offrait une vue spectaculaire sur les montagnes et les vallées à l'est.

« Avez-vous faim ? » demanda Wil.

Je répondis par l'affirmative et il sortit deux sandwiches d'un paquet soigneusement enveloppé sur la banquette. M'en ayant tendu un, il dit : « Que pensez-vous de cette vue ?

— Elle est très belle. »

Il sourit un peu et me considéra fixement, comme s'il observait mon champ énergétique.

« Qu'est-ce que vous faites ? lui demandai-je.

— Je regarde. Les montagnes sont des lieux particuliers qui peuvent donner de l'énergie à ceux qui les côtoient. On dirait que vous avez un goût particulier pour les paysages de montagne. »

Je parlai à Wil de la vallée de mon grand-père, de la crête qui domine mon lac, et lui expliquai comme ce lieu m'avait empli de force le jour même de l'arrivée de Charlène.

« Peut-être qu'avoir grandi là vous a préparé à quelque chose de spécial ici », dit-il.

J'allais lui en demander plus sur cette énergie qu'insufflent les montagnes, lorsqu'il poursuivit :

« Une forêt vierge plantée sur une montagne crée davantage encore d'énergie.

— Est-ce que la forêt vierge que nous recherchons pousse sur une montagne ?

— Voyez vous-même, il n'y a qu'à regarder devant nous. »

Il indiqua l'est. Au loin, j'aperçus deux crêtes parallèles qui semblaient se suivre sur des kilomètres et qui finissaient par converger en une sorte de V ; entre les deux se trouvait une petite ville, et au sommet, au point de rencontre, la montagne se redressait fortement et s'achevait par un sommet rocheux. Le sommet paraissait plus haut que le point où nous nous trouvions, et sa base était bien plus verdoyante.

« C'est cette zone verte ?

— Oui, acquiesça Wil, c'est comme Viciente, mais en plus fort et plus particulier.

— En quoi ?

— Cet endroit facilite une des autres révélations.

— Comment ça ? »

Il démarra la Jeep et reprit la route.

« Je parie que vous trouverez tout seul. »

Nous sommes restés muets pendant une heure et je me suis endormi. Un peu plus tard, il me tira par le bras.

« Éveillez-vous, nous sommes à Cula. »

Je me redressai ; devant nous, au creux d'une vallée, deux routes se réunissaient et là se trouvait une petite ville. De chaque côté, les deux crêtes la dominaient. Les arbres des crêtes paraissaient aussi grands que ceux de Viciente, et étaient d'un vert saisissant.

« Il faut que je vous dise ceci avant de continuer, me prévint Wil. Malgré l'énergie de cette forêt, cette ville est bien moins civilisée que d'autres zones du Pérou ; on dit qu'on peut y trouver des informations sur le Manuscrit, mais, à ma dernière visite, c'était plein de types avides qui ne voyaient pas l'énergie et ne comprenaient pas plus les révélations. Ils espéraient seulement toucher de l'argent, ou alors obtenir la gloire d'avoir découvert la neuvième révélation. »

Je regardai le village. Il avait en tout et pour tout une dizaine de rues se croisant perpendiculairement. Des bâtiments en bois importants s'alignaient le long des deux rues principales qui se rencontraient au centre, mais les autres rues n'étaient guère que des allées bordées de petites habitations. Au croisement principal, stationnaient une petite douzaine de 4 × 4 et de camionnettes.

« Que font tous ces gens ici ? »

Wil sourit d'un air audacieux.

« C'est le dernier endroit où on peut trouver de l'essence et du ravitaillement avant de s'enfoncer dans la montagne. »

Il démarra et s'engagea lentement dans la petite bourgade puis s'arrêta devant une des maisons les plus vastes. Je ne savais pas l'espagnol, mais, à voir la vitrine, je compris que c'était une épicerie mâtinée de quincaillerie.

« Attendez-moi un moment, je dois faire quelques achats. »

J'approuvai et il disparut à l'intérieur. A cet instant une camionnette s'arrêta et plusieurs personnes en descendirent. L'une d'elles était une femme aux cheveux noirs vêtue d'un blouson. A ma stupéfaction, je reconnus Marjorie ; accompagnée d'un jeune homme qui paraissait à peine vingt ans, elle se dirigeait droit vers moi après avoir traversé la rue.

J'ouvris ma portière, descendis et criai : « Marjorie ! »

Elle s'arrêta, regarda autour d'elle, sourit en me voyant, et lança un « bonjour ! ». Elle commençait à marcher vers moi quand le jeune homme lui prit le bras.

« Robert nous a bien dit de ne parler à personne, dit-il à voix basse pour que je ne l'entende pas...

— Ne t'en fais pas, je connais ce monsieur. Avance. »

Il me regarda d'un air suspicieux, puis entra dans le magasin. J'essayai alors d'expliquer à Marjorie ce qui s'était passé entre nous dans les jardins ; elle rit et me dit que Sarah lui avait tout raconté. Elle allait poursuivre, quand Wil apparut, les bras chargés. Je fis les présentations et on parla quelques minutes pendant que Wil rangeait ses courses dans la Jeep.

« J'ai une idée, dit-il, allons manger quelque chose de l'autre côté de la rue. »

Je regardai en direction de ce qui semblait être un petit bar.

« D'accord, approuvai-je.

— Je ne sais pas, hésita Marjorie. Il faut que je parte très vite.

— Où allez-vous ? demandai-je.

— A quelques kilomètres vers l'ouest. Je suis avec des gens qui étudient le Manuscrit.

— Nous vous y conduirons, si vous voulez, après avoir déjeuné, proposa Wil.

— Alors, c'est entendu. »

Wil me regarda.

« J'ai encore quelque chose à acheter. Allez-y. Ne m'attendez pas, commandez pour vous et je passerai ma commande en arrivant. »

Plusieurs camions passèrent, puis Marjorie et moi traversâmes. Wil descendit la rue vers le sud. Soudain le jeune homme avec lequel Marjorie était arrivée sortit du magasin et se trouva devant nous.

« Où allez-vous ? dit-il en lui prenant le bras.

— C'est un ami. Nous déjeunons ensemble et il me raccompagnera après.

— Vous savez bien que Robert ne serait pas d'accord. On ne doit faire confiance à personne ici, continua-t-il.

— Ne vous en faites pas, tout va bien ! lui répondit Marjorie.

— Je veux que vous me suiviez, tout de suite ! »

Je lui pris le bras et le tirai en arrière.

« Vous avez entendu ce qu'elle vous a dit, non ? »

Il recula et me regarda, l'air soudain timide. Il fit demi-tour et disparut de nouveau dans le magasin.

« Allons-y », dis-je alors.

Nous sommes entrés dans le petit café-restaurant. La zone de restauration était petite, à peine huit tables dans une pièce unique. J'y repérai une table vide sur la gauche, dans une atmosphère enfumée et sentant la graisse. Plusieurs personnes s'interrompirent pour nous observer, mais retournèrent à leurs occupations.

La serveuse ne comprenait pas l'anglais ; Marjorie passa la commande pour nous deux en espagnol. Puis elle me regarda d'un air amical. Je lui souris en retour.

« Qui était ce garçon avec vous ?

— Kenny. Je ne sais vraiment pas ce qui lui a pris. Merci pour votre aide. »

Elle me regardait dans les yeux et son commentaire me remplit d'aise.

« Comment êtes-vous entrée en relation avec ces gens ?

— Robert Jensen est archéologue. Il a formé une équipe pour étudier le Manuscrit et participer à la recherche de la neuvième révélation. Il est venu à Viciente il y a quelques semaines, puis de nouveau il y a quelques jours et puis... je...

— Quoi donc ?

— Eh bien, j'avais une relation amoureuse à Viciente que je voulais rompre. J'ai rencontré

Robert, il a été très charmant, et ses activités m'ont séduite. Il m'a convaincue que nos expérimentations de Viciente ne pourraient qu'être accélérées par la neuvième révélation qu'il était sur le point de découvrir. Il m'a dit que cette recherche était ce qu'il avait entrepris de plus passionnant dans sa vie, et j'ai accepté son offre de travailler avec son équipe. »

Elle s'interrompit de nouveau et fixa la table. Elle semblait mal à l'aise, je changeai donc de sujet.

« Combien de révélations avez-vous lues ?

— En fait, je n'en ai lu qu'une, à Viciente. Robert en a d'autres, mais il dit qu'il faut se débarrasser de ses convictions avant de pouvoir les comprendre. Il préfère qu'on apprenne les concepts clés en l'écoutant. »

J'ai sans doute froncé les sourcils, car Marjorie m'a demandé :

« Ça ne vous plaît pas, on dirait ?

— Je trouve cela bizarre. »

Elle me fixa avec intensité.

« Je me suis posé des questions, moi aussi. Puisque vous me raccompagnez, peut-être pourrez-vous discuter avec lui et me donner votre avis. »

La serveuse apportait notre repas, lorsque Wil apparut et nous rejoignit.

« Je dois voir des gens à environ deux kilomètres au nord, dit-il. J'en ai pour deux heures au maximum. Gardez la Jeep et reconduisez Marjorie. J'ai un chauffeur. Nous nous retrouverons ici.

— D'accord. »

Il se tourna vers Marjorie.

« Heureux de vous avoir rencontrée. J'aimerais bien avoir le temps de bavarder avec vous. »

D'un air entendu, elle répondit :

« Sans doute une autre fois. »

Il approuva, me tendit les clés de la Jeep et s'éloigna.

Après avoir mangé un peu, Marjorie déclara :

« C'est un homme qui a un but dans la vie. Comment avez-vous fait sa connaissance ? »

Je lui racontai en détail mon arrivée au Pérou, récit qu'elle écouta attentivement. Si bien même que je me trouvai très à l'aise pour raconter les épisodes dramatiques de ce voyage. Elle était comme sous le charme, répétant chaque mot.

« Mon Dieu ! Pensez-vous être en danger ?

— Non, pas à cette distance de Lima. »

Elle me regardait toujours d'un air interrogatif, je repris donc mon récit, dès le repas achevé, en résumant les événements de Viciente jusqu'à mon arrivée dans les jardins avec Sarah.

« C'est là que je vous ai rencontrée et que vous avez filé.

— Oh, ce n'est pas ça... Je ne vous connaissais pas, et lorsque j'ai compris vos sentiments j'ai jugé préférable de partir.

— Croyez que je suis confus d'avoir laissé mon énergie s'échapper ! »

Elle consulta sa montre.

« C'est l'heure ; ils vont s'inquiéter. »

J'ai réglé l'addition, et nous nous sommes dirigés vers la maison. Il faisait frais et nos haleines laissaient une trace dans l'air. Elle me conseilla de partir au nord et elle m'indiquerait où tourner. Je fis demi-tour.

« Dites-m'en davantage sur cette ferme où nous allons.

— Je crois que Robert la loue. Son équipe l'utilise depuis un certain temps. Depuis que j'y suis, on y accumule des réserves, on prépare des véhicules, etc. Certains de ses hommes ont l'air d'être des durs.

— Pourquoi est-ce qu'il vous a invitée à vous joindre à eux ?

— Il voulait une personne capable d'interpréter la dernière révélation, une fois qu'elle serait découverte. C'est du moins ce qu'il m'a dit à Viciente. Ici, il ne m'a parlé que de nourriture et de préparation du voyage.

— Où veut-il aller ?

— Je l'ignore ; il ne répond pas quand je le lui demande. »

Deux kilomètres plus loin, Marjorie me dit de tourner sur un petit chemin rocheux assez étroit, qui serpentait vers une crête, puis s'engouffrait dans une vallée plate. Au loin, une ferme en bois était visible. Derrière on voyait plusieurs granges. Trois lamas nous observaient de derrière une clôture.

Nous nous arrêtames et plusieurs personnes firent le tour de la Jeep, nous regardant d'un air austère ; je remarquai un générateur électrique en marche contre la maison principale. La porte s'ouvrit et un homme de haute taille, aux cheveux foncés et aux traits marqués, se dirigea vers nous.

« Voici Robert, dit Marjorie.

— Bien », dis-je, toujours fort et confiant.

Nous sommes descendus de la voiture, et Jensen a regardé Marjorie.

« Je m'inquiétais, mais on m'a dit que vous aviez rencontré un ami. »

Je me présentai et il me serra la main avec chaleur.

« Mon nom est Robert Jensen ; je suis heureux de constater que tout va bien ! Venez ! »

Dans la ferme, plusieurs hommes s'activaient avec des paquets ; l'un d'eux transportait une tente et des affaires de camping vers le fond. De la salle à manger, je remarquai deux Péruviennes qui travaillaient dans la cuisine à préparer des repas. Jensen prit un des sièges et nous en indiqua d'autres.

« Pourquoi avez-vous dit que vous étiez heureux que tout aille bien ? »

Il se pencha vers moi et précisa d'un ton sincère :

« Depuis combien de temps êtes-vous dans cette région ?

— Quelques heures.

— Donc vous ne savez pas à quel point le danger rôde. Il y a des disparitions. Avez-vous entendu parler du Manuscrit ? De la neuvième révélation, celle qui manque... ?

— Oui, en fait, je...

— Donc il vaut mieux que vous sachiez ce qui se passe, dit-il en m'interrompant. La recherche de la neuvième révélation devient dangereuse. Il y a des gens louches qui s'en mêlent.

— Qui ?

— Des gens qui se moquent de la valeur archéologique de la découverte. Et qui convoitent la révélation pour leurs propres objectifs. »

Un énorme type barbu nous interrompit pour montrer une liste à Jensen, et ils discutèrent brièvement en espagnol.

Jensen me regarda.

« Êtes-vous ici pour la recherche de la neuvième révélation, vous aussi ? Avez-vous la moindre idée de ce qui vous attend ? »

Je me sentis embarrassé.

« Euh... je recherche plutôt tout ce qui concerne l'ensemble du Manuscrit. Je n'en ai pas vu grand-chose encore. »

Il se redressa sur sa chaise et expliqua :

« Savez-vous que le Manuscrit est propriété de l'État et qu'il est interdit de faire des copies, sauf autorisation spéciale ?

— Oui, certains scientifiques contestent cela, ils pensent que l'État supprime ainsi...

— Ne pensez-vous pas que le Pérou en tant que nation a le droit de contrôler ses propres trésors archéologiques ? Le gouvernement est-il informé de votre présence ? »

Je ne sus que dire. L'angoisse m'étreignit soudain.

« Surtout ne vous méprenez pas, dit-il, tout sourires. Je suis de votre côté. Si vous avez un soutien universitaire extérieur au pays, n'hésitez pas à me le dire. Mais j'ai plutôt l'impression que vous tournez en rond.

— C'est quelque chose comme ça ! »

Marjorie porta son regard de moi à Jensen.

« Que lui conseilleriez-vous de faire ? »

Jensen se leva en souriant.

« Je pourrais peut-être vous trouver une occupation ici avec nous, nous ne sommes pas assez nombreux. Notre destination est sans danger. Et vous pourriez toujours trouver un moyen de rentrer chez vous en cours de route si les choses tournaient mal. » Il me scruta. « Mais il faudrait faire exactement ce que je vous dis. Sans discuter. »

Je jetai un coup d'œil vers Marjorie. Elle ne l'avait pas quitté des yeux. Je ne savais plus que penser. Peut-être devais-je suivre sa proposition ? S'il était en bons termes avec les autorités, cela pouvait bien être ma seule chance de retourner légalement aux États-Unis. Il me semblait soudainement avoir vécu un mauvais rêve. Jensen avait raison.

« Vous devriez écouter sa proposition, disait Marjorie. C'est trop dangereux d'être seul ici. »

Malgré tout, j'avais toujours confiance en Wil et dans notre aventure commune. Je voulus le dire, mais les mots ne me vinrent pas... Ma pensée était confuse.

Soudain le géant pénétra dans la pièce et se dirigea vers la fenêtre. Jensen se leva aussitôt et regarda. Il se tourna vers Marjorie et la prévint tranquillement :

« Quelqu'un arrive, allez chercher Kenny, s'il vous plaît. »

Elle sortit aussitôt. Par la vitre, je vis les phares d'une camionnette. Le véhicule s'arrêta juste avant la barrière. Jensen ouvrit la porte et je crus entendre l'appel de mon nom.

« Qui est-ce ? » demandai-je.

Il me regarda sévèrement.

« Restez tranquille ! »

Il sortit avec le géant et referma la porte. Je vis à travers la vitre une silhouette vaguement familière dans la lumière des phares. Mon premier mouvement fut de ne pas bouger. Les propos de Jensen sur la situation où je me trouvais m'avaient rempli de frayeur. Je sortis néanmoins et le vis faire brusquement demi-tour dans ma direction.

« Qu'est-ce que vous faites ? Rentrez ! »

Dominant le bruit du générateur, j'entendis de nouveau mon nom.

« Rentrez donc ! c'est sûrement un piège ! » Il se dressait devant moi, barrant la vue de la camionnette. « Rentrez tout de suite ! »

J'étais empli de confusion. Incapable de prendre une décision. La silhouette remua et je distinguai mieux sa forme derrière Jensen. J'entendis clairement :

« Venez ici, il faut que je vous parle... ! »

L'homme s'approcha et je reconnus Wil. Je fonçai.

« Mais qu'est-ce qui se passe ? interrogea Wil. Il faut partir immédiatement.

— Et Marjorie ?

— Nous ne pouvons rien pour elle pour le moment, assena Wil, partons ! »

Nous commencions à nous éloigner quand Jensen cria :

« Restez avec nous. Vous n'y arriverez jamais ! »

Je jetai un coup d'œil en arrière. Wil s'arrêta pour me donner le choix.

« Allons-y », lui enjoignis-je.

Une fois arrivé à la camionnette dans laquelle Wil était venu jusqu'ici, je remarquai que deux hommes attendaient sur la banquette avant. Lorsque nous atteignîmes la Jeep de Wil, je lui tendis les clés et nous démarrâmes. La camionnette nous suivit.

Wil se tourna vers moi :

« Jensen m'a dit que vous aviez décidé de rester avec son équipe. Qu'est-ce qui s'est passé ?

— Comment connaissez-vous son nom ? bégayai-je.

— Je viens de me renseigner sur ce type, dit Wil. Il travaille pour le gouvernement péruvien. C'est un véritable archéologue, mais il a pris l'engagement de garder le secret en échange d'une exclusivité sur l'étude du Manuscrit. Cela dit, il n'avait pas l'autorisation de rechercher la révélation manquante. Il semble avoir choisi de violer l'accord. On dit qu'il s'apprête à partir pour ça.

« Quand j'ai appris qu'il était la personne avec laquelle Marjorie se trouvait, j'ai préféré venir. Que vous a-t-il dit ?

— Que j'étais en danger, que je devais le rejoindre, qu'il m'aiderait à quitter le pays si tel était mon désir. »

Il secoua la tête.

« Il vous tenait bien !...

— Comment ça ?

— Vous auriez dû voir votre champ énergétique. Il coulait littéralement dans le sien.

— Je ne comprends pas.

— Rappelez-vous la discussion entre Sarah et le Péruvien à Viciente. Si l'un des deux avait gagné, vous auriez vu l'énergie de l'un couler dans le champ de l'autre, laissant le premier épuisé, faible, plein de confusion, comme la fille de la famille péruvienne au restaurant — exactement comme vous êtes maintenant.

— Et vous avez vu cela m'arriver ?

— Oui. Et il a été très difficile pour vous de vous défaire de son emprise et de sortir de son champ. J'ai cru que vous n'y parviendriez pas.

— Mon Dieu ! Ce type doit être réellement mauvais !

— Pas vraiment. Il ne sait sans doute pas exactement ce qu'il fait. Il croit être fondé à contrôler les gens et il a sûrement dû apprendre depuis longtemps comment y parvenir grâce à une certaine méthode. D'abord il se prétend votre ami, puis il trouve une faille en vous, dans votre cas le danger que vous encourez. Enfin, il sape subtilement votre confiance en vous-même, jusqu'à ce que vous vous identifiiez à son projet. Dès lors, il vous tient. » Il poursuivit. « C'est seulement l'une des stratégies que les gens peuvent utiliser pour dérober l'énergie de leurs semblables. Vous apprendrez les autres méthodes dans la sixième révélation. »

Je n'écoutais plus, pensant à Marjorie. Je n'aimais guère l'idée de l'abandonner.

« Croyez-vous qu'il cherche à contrôler Marjorie ?

— Pas pour le moment. Je ne la crois pas en danger. Nous pourrons y retourner demain, en passant, et lui parler. » Après un bref silence, Wil continua : « Comprenez-vous ce que je dis quand j'affirme que Jensen ne sait pas vraiment ce qu'il fait ? Il est comme tout le monde. Il effectue ce qui le rend plus fort.

— Non, je ne vois pas. »

Il parut réfléchir. « Tout ça est inconscient chez les gens. Tout ce que nous savons, c'est que le sentiment de faiblesse disparaît quand on prend le pouvoir sur quelqu'un. Mais nous ignorons le prix payé par l'autre personne. C'est son énergie que l'on vole. La plupart des gens passent leur vie à chasser l'énergie des autres. » Une lueur amusée passa dans son regard. « Parfois, c'est différent. On rencontre quelqu'un qui, volontairement, vous donne son énergie.

— Que voulez-vous dire ?

— Pensez au moment où Marjorie et vous déjeuniez dans le petit café, quand je suis entré.

— Oui.

— Je ne sais pas de quoi vous discutiez, mais visiblement son énergie entrait en vous à grands flots. Je l'ai vu de mes yeux. Comment vous sentiez-vous alors ?

— Très bien. Ce que je racontais me semblait limpide. Je m'exprimais facilement. Mais qu'est-ce que tout cela signifie ?

— Occasionnellement, quelqu'un nous demande, volontairement, de définir pour lui la situation où il se trouve, nous transfusant son énergie, comme Marjorie l'a fait avec vous. On se sent alors puissant, mais ce sentiment ne dure guère. La plupart des gens, elle comprise, ne sont pas assez forts pour continuer à donner leur énergie. C'est pourquoi la plupart des relations s'achèvent en luttes de pouvoir. Les énergies se réunissent puis se combattent. Et le perdant paie toujours le prix. »

S'interrompant abruptement, il me dévisagea.

« Comprenez-vous la quatrième révélation ? Réfléchissez à ce qui vous est arrivé. Vous avez d'abord observé des flux d'énergie entre les gens à Viciente, et puis nous tombons sur Reneau qui vous explique que les psychologues cherchent à savoir pourquoi les hommes veulent prendre le pouvoir les uns sur les autres. La famille péruvienne vous en donne une démonstration. Vous voyez clairement que le dominateur se sent fort mais que le vaincu est affaibli. Même si nous prétendons ou pensons agir pour le bien de l'autre personne, de nos enfants par exemple, le résultat est le même. Le dommage est causé.

« Ensuite vous tombez sur Jensen et vous ressentez en vous-même le goût de la défaite : quand quelqu'un vous domine psychologiquement, il dérobe votre esprit. Ce n'est pas comme si vous aviez perdu l'avantage dans un quelconque débat intellectuel avec Jensen. Vous n'aviez pas l'énergie de débattre. Malheureusement cette forme de violence psychique se produit sans cesse et s'est toujours produite, souvent par la faute de gens bien intentionnés. »

J'approuvai. Il avait parfaitement résumé ce que j'avais ressenti.

« Essayez d'assimiler complètement la quatrième révélation. Voyez à quel point elle s'accorde parfaitement avec ce que vous savez déjà. La troisième vous a montré que le monde physique est un grand système énergétique. La quatrième vous explique maintenant que les hommes n'ont cessé de lutter inconsciemment pour la possession de la seule forme d'énergie qu'ils connaissent, celle qui circule entre les gens. Cela a été la source de tous les conflits, dans toutes les familles, dans tous les bureaux, dans toutes les guerres entre nations ; c'est le résultat de l'insécurité, de la faiblesse, qui crée ce besoin de voler de l'énergie à quelqu'un pour se sentir mieux.

— Un instant, protestai-je, il faut bien des guerres ! Certaines étaient justes !

— Bien sûr, dit Wil, mais on ne peut les interrompre rationnellement parce que toujours l'un des camps, à cause d'un besoin d'énergie, campe sur ses positions irrationnelles. »

Il parut se remémorer quelque chose. Dans une sacoche, il saisit un tas de papiers.

« J'avais presque oublié : j'ai trouvé une copie de la quatrième révélation. »

Il me la tendit sans rien dire, regardant droit devant lui en conduisant.

Je pris la petite torche qu'il conservait toujours à l'avant de sa voiture et lus le document pendant les vingt minutes suivantes. Comprendre la quatrième révélation, disait-il, c'était voir le monde humain comme le vaste champ d'une lutte pour l'énergie, donc le pouvoir.

Pourtant, assurait le texte, une fois que les hommes comprendront la nature de ce combat, ils le transcenderont aussitôt. Ils cesseront de vouloir conquérir l'énergie de leurs semblables, parce qu'ils seront alors capables de capter l'énergie à une autre source...

Je regardai Wil.

« Quelle est cette autre source ? »

Il sourit sans répondre.

5

LE MESSAGE DES MYSTIQUES

Le lendemain matin, je m'éveillai dès que Wil se mit à faire quelques mouvements. Nous avions passé la nuit dans une maison appartenant à un de ses amis. Wil était assis sur un matelas, s'habillant prestement. Il faisait encore noir dehors.

« Faisons nos bagages », dit-il à voix très basse.

Nous avons rassemblé nos affaires, et fait plusieurs voyages jusqu'à la Jeep avec quelques-unes des provisions que Wil avait achetées. Le centre de la ville n'était qu'à quelques centaines de mètres, mais rares étaient les lumières visibles dans l'obscurité. L'aube commençait à poindre très vaguement à l'est. Excepté le chant de quelques oiseaux annonciateurs de l'aube naissante, on n'entendait aucun son.

Lorsque ce fut terminé, je restai dans la voiture tandis que Wil parlait brièvement avec son ami debout sous le porche, l'air endormi. Soudain un bruit nous parvint : trois camions aux lumières visibles entraient dans le centre. Ils s'y arrêtèrent. « Ce pourrait bien être Jensen, avança Wil, allons à pied voir ce qu'ils font, mais avec prudence. »

Nous avons traversé plusieurs rues puis une ruelle qui conduisait à la rue principale, à moins de trente mètres des camions. Deux d'entre eux faisaient le plein et le troisième était garé devant le magasin. Quatre ou cinq personnes se tenaient debout à l'extérieur. Je vis Marjorie sortir du magasin et mettre quelque chose dans le camion, puis marcher tranquillement devant nous, en jetant un coup d'œil aux boutiques voisines.

« Allez-y et tâchez de la ramener, murmura Wil. Je vous attends ici. »

Je me glissai le long des maisons, et, en m'approchant, je fus horrifié : derrière elle, devant le magasin, plusieurs des hommes de Jensen étaient équipés d'armes automatiques. Ma peur grandit. Dans la rue, en face de moi, des soldats en armes rampaient et s'approchaient lentement du groupe de Jensen.

A l'instant même où Marjorie m'apercevait, les hommes de Jensen repérèrent les autres et s'éparpillèrent. Un bruit de mitraillette s'éleva dans l'air. Marjorie me regarda, terrifiée. Je fonçai et l'attrapai à temps pour m'engouffrer avec elle dans la ruelle la plus proche. Des tirs reprirent, suivis de cris furieux en espagnol ; une pile de cartons vides nous fit trébucher et nous nous sommes retrouvés au sol, nos visages presque l'un contre l'autre.

« Filons », décidai-je, en me remettant debout.

Elle se releva, puis me tira à terre, indiquant d'un geste l'extrémité de la ruelle. Deux hommes armés s'y cachaient, nous tournant le dos, le regard dirigé vers la rue opposée. Nous sommes restés immobiles ; enfin, ils filèrent au pas de course vers le bois voisin.

Je savais que nous devions revenir à la maison de l'ami de Wilson, à la Jeep, j'étais sûr que Wil y serait. Nous nous sommes dirigés sans bruit jusqu'à la rue suivante. A droite, on entendait toujours des cris et des tirs, mais il n'y avait personne en vue. Je regardai à gauche : personne non plus. Wil devait être parti devant nous.

« Traversons les bois en courant, suggérai-je à Marjorie, qui montrait désormais un air décidé. Ensuite, nous suivrons la lisière du bois, puis nous continuerons vers la gauche, là où est garée la Jeep.

— D'accord. »

Nous avons traversé la rue en vitesse et couru jusqu'à environ trente mètres de la maison. La Jeep était bien là, mais on ne voyait personne autour. Comme nous nous préparions à foncer à travers la dernière rue jusqu'à la maison, un véhicule militaire tourna le coin de la rue à notre gauche et se dirigea lentement vers le bâtiment. En même temps, Wil traversa la cour à toute vitesse, démarra la Jeep, et fonça dans la direction opposée. Le véhicule le suivit.

« Merde ! m'écriai-je.

— Qu'allons-nous faire maintenant ? » s'inquiéta Marjorie, l'air paniquée.

Des tirs nourris retentirent plus près de nous dans les rues voisines. Devant nous, la forêt s'épaississait en grimpant vers la crête qui dominait la ville, et courait du nord au sud. C'était la crête que j'avais contemplée du parking bien plus tôt.

« Grimpons vers le sommet, vite ! »

Nous avons escaladé plusieurs centaines de mètres jusqu'à un point de vue d'où nous pouvions voir toute la ville. Des véhicules militaires arrivaient de partout à chaque carrefour, et des soldats semblaient fouiller chaque maison. D'en haut, j'entendais des voix étouffées.

Nous avons repris notre ascension. Il n'y avait plus rien d'autre à faire.

Nous avons suivi la crête nord toute la matinée, nous arrêtant seulement pour nous allonger au sol quand un véhicule apparaissait sur la crête parallèle à notre gauche. La plupart étaient des Jeeps militaires couleur gris acier, mais on voyait également ment des voitures ordinaires de temps en temps. Curieusement, la route était le seul point de repère et le seul élément rassurant dans la nature sauvage qui nous entourait.

Devant nous les deux crêtes se rapprochaient en grimpant plus abruptement. Des pointes rocheuses protégeaient la vallée en dessous d'elles. Soudain, venant du nord, nous avons vu une Jeep semblable à celle de Wil s'approcher, et tourner brusquement dans un chemin de traverse qui semblait s'enfoncer dans la vallée.

« On dirait bien Wil, dis-je en écarquillant les yeux.

— Descendons voir, répondit Marjorie.

— Un instant, et si c'était un piège ? S'ils l'avaient pris et se servaient de la Jeep pour nous avoir ? »

Son visage s'assombrit.

« Restez là, repris-je, je descends, mais ne me quittez pas des yeux. Si tout est en ordre, je vous ferai signe de venir. »

Elle accepta à regret, et je descendis la pente raide vers le lieu où la Jeep s'était garée. A travers les feuillages, je vis vaguement une forme sortir de la voiture, sans la distinguer clairement. En m'agrippant aux buissons, je descendis, glissant parfois sur l'humus épais de la forêt.

Enfin la voiture m'apparut sur la pente opposée, à moins de trente mètres. Le chauffeur, appuyé sur le garde-boue arrière, restait caché. Je traversai sur la droite et le vis, c'était bien Wil. Me sentant glisser, j'allongeai le bras vers un tronc d'arbre et me rattrapai au dernier moment, pris de panique, car j'avais bien failli finir ma course par une chute d'une dizaine de mètres.

Me tenant toujours à l'arbre, j'essayai d'attirer l'attention de Wil. Il observait la crête au-dessus de moi ; puis son regard descendit et il m'aperçut. Il sursauta, bondit sur ses pieds et se dirigea vers moi, tandis que je lui indiquais la gorge pentue qui nous dominait.

Il observa le fond de la vallée et m'appela :

« Il n'y a pas de passage ici, il vous faudra descendre et remonter. »

Je fis oui de la tête et allais appeler Marjorie quand j'entendis un véhicule militaire au loin. Wil sauta dans sa Jeep et accéléra vers la route principale. Je remontai en vitesse vers Marjorie que j'aperçus dans les feuillages, marchant à ma rencontre.

Soudain j'entendis des cris — en espagnol — derrière elle, ainsi que des pas de gens qui couraient. Marjorie se cacha sous un rocher en surplomb. Je changeai de direction, courant sans bruit vers la gauche. Je cherchai à apercevoir Marjorie à travers les arbres ; à l'instant où je la vis, deux soldats l'attrapèrent par les bras et la forcèrent à rester immobile.

Je continuai à courir vers le haut, la tête basse, obsédé par l'expression du visage de Marjorie prise de panique. Une fois parvenu au sommet, je fonçai vers le nord, le cœur battant de terreur.

Un bon kilomètre plus loin, je m'arrêtai pour écouter. Pas un bruit ne me parvint. Allongé sur le dos, je cherchai à me détendre et à réunir mes esprits, mais le spectacle affreux de la capture de Marjorie l'emportait sur le reste. Pourquoi l'avais-je laissée seule sur la crête ? Que faire maintenant ?

Je m'assis et respirai profondément en regardant la route sur la crête opposée. Je n'avais pas vu de véhicule pendant ma course folle. J'écoutai de nouveau attentivement. Je n'entendis que les bruits de la forêt. Je me calmai progressivement. Marjorie avait été arrêtée, mais elle n'était coupable de rien d'autre que d'avoir essayé d'échapper à des coups de feu. On la relâcherait certainement après avoir établi son identité de scientifique.

Repartant vers le nord, je sentais mon dos me faire mal. J'étais sale et fatigué, et la faim se faisait sentir. Je marchai deux heures sans penser à rien et sans rencontrer âme qui vive.

Puis, venant de la pente de droite, le bruit de pas d'une personne qui courait me parvint. Je restai immobile... Les arbres étaient grands et larges, cachant le soleil, et laissant peu de place aux buissons. Je voyais à moins de trente mètres. Rien ne bruissait. Je longeai un gros rocher à ma droite, puis des arbres, faisant le moins de bruit possible. Trois énormes rochers faisaient saillie devant moi, j'en passai deux — rien ne bougeait. Arrivé à la hauteur du troisième, j'entendis des branches craquer dans mon dos ; je me retournai lentement.

Près du rocher se tenait le barbu énorme que j'avais vu chez Jensen, les yeux affolés, les bras tremblants tandis qu'il pointait un automatique sur mon ventre. Il cherchait à me reconnaître.

« Un instant, dis-je, je connais Jensen. »

Il m'examina et abaissa son arme. Derrière nous, un bruit de pas se fit entendre et le barbu courut vers le nord, tenant son arme à la main ; je le suivis sans réfléchir, courant à perdre haleine, contournant les rochers, et jetant de temps en temps un coup d'œil en arrière.

Deux cents mètres plus loin, il trébucha et je le dépassai avant de m'effondrer entre deux rochers pour me reposer et regarder derrière moi. Je vis un soldat isolé, à vingt mètres, lever son fusil vers le gros homme qui tentait de se relever.

Avant que j'aie eu le temps de l'avertir, le soldat tira, lui faisant sauter la poitrine par-derrière, ce qui m'éclaboussa de sang.

L'écho des coups de feu retentit dans la montagne.

Il resta une seconde immobile, le regard fixe, puis son corps s'arqua et il tomba en avant. Je réagis sans réfléchir, fonçant de nouveau vers le nord, loin du soldat, laissant le maximum d'arbres entre moi et le lieu d'où les tirs étaient partis. La crête était de plus en plus sauvage et rocheuse, et la pente raide.

Mon corps tremblait de fatigue et de terreur tandis que je gravissais les rochers. Je glissai et regardai rapidement en arrière. Le soldat s'approchait du cadavre et je me cachai juste à temps derrière un rocher lorsqu'il leva les yeux dans ma direction. La pente au-dessus était beaucoup moins abrupte, me dérobant à la vue du soldat, et j'en profitai pour reprendre ma course, l'esprit hagard. Je ne pensais qu'à la fuite. Sans oser me retourner, j'étais persuadé que le soldat me pistait.

La pente se raidissait de nouveau, et je grimpais toujours, les forces commençant à me manquer. Le sommet de cette éminence atteint, je me trouvai sur un terrain plus plat, planté de grands arbres et de sous-bois exubérants. Derrière eux, un promontoire rocheux se dressait, que je dus escalader avec précaution, m'aidant des pieds et des mains. J'atteignis le sommet et mon moral s'effondra complètement à la vue de ce qui m'attendait : une pente verticale d'une trentaine de mètres me barrait le passage. Il n'y avait plus d'issue.

J'étais condamné. Des cailloux dévalaient la pente derrière moi, indiquant la progression du soldat. Je tombai à genoux, vidé, et je finis par accepter mon destin. Je n'attendais plus que les balles, et, d'une certaine manière, je les attendais comme un soulagement. Je me remémorai alors les dimanches de mon enfance et l'innocente contemplation de Dieu.

Que serait donc la mort ? Je tentai de m'ouvrir à elle.

J'attendis un temps qui sembla interminable, et rien ne se produisit. Je jetai un coup d'œil circulaire et remarquai soudain que j'étais arrivé sur le point le plus haut des montagnes environnantes. Falaises et crêtes se succédaient tout autour, mais j'avais la plus belle vue qu'on puisse imaginer.

Un mouvement attira mon attention. Vers le sud, très loin, marchant d'un pas tranquille dans une direction opposée à la mienne, je vis le soldat, qui avait jeté sur son épaule le fusil pris au sbire de Jensen.

Cette vision me réchauffa le cœur et le corps, et je me surpris à rire silencieusement. J'avais survécu ! Je m'assis, jambes croisées, et savourai cet instant. Je voulais rester ici pour toujours, sous ce ciel bleu.

La proximité étrange de collines bleutées dans le lointain me surprit — ou plutôt le sentiment de leur proximité. Je ressentais la même chose à l'égard des quelques traînées nuageuses blanches qui dérivaient au-dessus de moi. J'aurais presque pu les toucher de la main.

En tendant la main, précisément, je ressentis quelque chose d'inhabituel dans mon corps. Mes mains s'étaient dressées sans problème, et je me tenais parfaitement droit, sans le moindre effort. Je me mis debout d'un seul coup, alors que j'étais assis jambes croisées. Tout était léger.

Au loin, je vis un croissant de lune diurne disparaître ; elle était pleine au quart seulement et restait suspendue sur l'horizon comme un bol renversé. Je compris aussitôt pourquoi. Le soleil, à des milliards de kilomètres, n'éclairait que le haut de la lune, et je voyais avec précision le point de contact de la lumière, découverte qui renforça l'acuité de ma conscience.

J'imaginai la lune disparue de notre hémisphère, et je vis la forme qu'elle allait présenter de l'autre côté vers l'ouest. Puis je la distinguai en imagination parvenue aux antipodes de mon point actuel : pleine parce que le soleil, au-dessus de moi, allait alors briller au-delà de la terre en éclairant pleinement la lune.

Cette vision me secoua et mon dos me parut encore plus léger quand je réalisai clairement que le même espace existait au-dessus de ma tête qu'en dessous de mes jambes, de l'autre côté du globe. C'était la première fois de ma vie que j'expérimentais réellement la rotondité de la terre.

Cette découverte m'enthousiasma, mais en même temps me parut naturelle et normale. Je n'avais qu'un désir : rester suspendu, flottant, dans un espace que je sentais se prolonger dans toutes les directions. Je n'avais pas le sentiment ordinaire de lutter contre la gravité, je me sentais au contraire soutenu par quelque légèreté intérieure, comme une montgolfière à peine gonflée qui tiendrait seule juste au-dessus du sol.

Je me rassis sur le rocher, et de nouveau toutes choses me parurent proches : le rocher sur lequel je me trouvais, les grands arbres des pentes, les montagnes à l'horizon. En regardant les branches des arbres se balancer doucement au vent, je ressentis leur mouvement comme le mien propre, comme si elles avaient été mes cheveux. Chaque élément environnant faisait partie de mon être, c'était comme si j'avais toujours su que mon corps physique était la terminaison d'un grand corps formé de tout ce qui était visible. Tout l'univers s'observait à travers mes propres yeux.

Ces sentiments ravivèrent ma mémoire. Je revis tout, en deçà de ce voyage, en deçà de ma propre enfance et de ma naissance, je compris que ma vie n'avait pas commencé avec ma conception sur cette terre, mais bien plus tôt, avec la formation de l'entité que je suis, de mon vrai corps, de l'univers lui-même.

La science de l'évolution m'avait toujours ennuyé, mais ces visions rappelèrent à ma mémoire tout ce que j'avais lu sur le sujet, y compris des discussions avec l'ami à qui Reneau ressemblait tant. C'était son domaine favori : l'évolution.

Toute connaissance semblait se fondre avec une mémoire vraie des choses. Je me souvenais en quelque sorte du passé, et cela me faisait comprendre l'évolution sous un jour nouveau.

Je voyais la première matière exploser dans l'univers, et je voyais, comme la troisième révélation l'expliquait, que cette matière n'était pas vraiment solide. C'était seulement de l'énergie en vibration, et au départ elle n'existait que dans sa forme vibratoire élémentaire, l'hydrogène. C'était là tout l'univers : de l'hydrogène.

Je vis les atomes d'hydrogène graviter ensemble comme si le principe dominant de cette énergie était la recherche d'un mouvement menant à un état plus complexe. Lorsque des poches d'hydrogène atteignirent une densité suffisante, elles s'échauffèrent et brûlèrent, se transformèrent en étoiles, et dans cette aventure l'hydrogène s'échappa pour devenir un élément vibrant davantage encore, l'hélium.

Sous mes yeux, ces premières étoiles se consumèrent et explosèrent, expédiant l'hydrogène et l'hélium nouvellement créé dans l'univers, et tout recommença. Hydrogène et hélium gravitèrent ensemble jusqu'à ce que la température soit suffisamment élevée pour former d'autres étoiles, qui mirent l'hélium en fusion, créant le lithium, qui à son tour entra en vibration à un niveau supérieur.

Et ainsi de suite. Chaque génération d'étoiles créa

un élément nouveau, jusqu'à ce que le spectre large de la matière — les composants chimiques de base — ait été formé et disséminé partout. La matière était constituée de l'élément de base de l'énergie en vibration qu'était l'hydrogène jusqu'au carbone, vibrant à une fréquence très élevée. Le décor était planté pour l'étape suivante de l'évolution.

Tandis que le soleil se formait, des poches de matière s'en échappèrent pour tourner en orbite autour de lui et l'une d'elles, la terre, contenait tous les éléments nouvellement créés, y compris le carbone. Pendant que la terre se refroidissait, des gaz auparavant enserrés dans la masse en fusion émergeaient à la surface et se mélangeaient pour former la vapeur d'eau ; c'est alors que survinrent les grandes pluies qui créèrent les océans sur la croûte encore sèche ; l'eau ayant couvert une part importante de la surface terrestre, les cieux s'éclaircirent et le soleil commença à baigner le nouveau monde de sa chaleur et de ses radiations.

Dans les bassins humides, dans les lacs, et jusque dans les énormes orages qui balayaient périodiquement la planète, la matière entra en vibration au-delà de la fréquence habituelle du carbone, pour atteindre celle des acides aminés. Pour la première fois, ce nouveau niveau de vibration n'était pas stable en lui-même. La matière devait absorber sans cesse d'autres matières en son sein pour maintenir son niveau de vibration : elle devait manger. La vie, étape suivante de l'évolution, avait commencé.

Encore confinée à l'univers aquatique, cette vie s'est divisée en deux formes distinctes. Une forme, celle que nous nommons vie végétale, se nourrissait de matière inorganique et transformait ces éléments en nourriture par l'utilisation de dioxyde de carbone provenant de l'atmosphère primitive. Les plantes renvoyaient un sous-produit nouveau dans l'atmosphère : l'oxygène.

L'autre forme de vie — que nous appelons vie animale — absorbait seulement de la vie organique pour rester en vibration. Sous mes yeux, les animaux emplirent les océans à la grande époque des poissons, et lorsque les plantes eurent relâché assez d'oxygène dans l'atmosphère, commencèrent leur voyage vers la terre ferme.

Je vis les amphibiens, moitié poisson, moitié quelque chose de nouveau et d'inconnu, quitter l'eau pour la première fois et se servir de leurs poumons pour respirer l'air nouveau. Puis la matière fit un bond pour devenir reptile et la terre se couvrit de cette forme à la grande période des dinosaures. Les mammifères à sang chaud survinrent et occupèrent à leur tour la scène, et je compris alors que chaque espèce qui apparaissait représentait la vie — autrement dit la matière —, passant à un niveau supérieur de vibration. Là progression s'interrompit. Au sommet apparut l'humanité.

L'humanité... A cet instant ma vision disparut ; j'avais embrassé d'un seul coup d'œil toute l'évolution, l'histoire de la matière et de sa progression comme sous le magistère de quelque plan maître qui l'amenait à des fréquences vibratoires supérieures, par étapes, en créant les conditions exactes et suffisantes pour que nous, les hommes, puissions apparaître.

Assis sur cette montagne, je comprenais presque de manière physique comment cette évolution touchait les humains. A un stade plus avancé, elle était liée d'une certaine manière à l'expérience des coïncidences de la vie. Quelque chose dans ces coïncidences nous faisait aller de l'avant dans nos vies et créait une plus haute vibration qui entraînait plus en avant l'évolution elle-même. Mais j'avais beau chercher, quelque chose m'échappait.

Je restai assis longtemps sur ce promontoire, enivré par un sentiment de paix et de plénitude. Je m'aperçus soudain que le soleil s'enfonçait à l'ouest et que vers le nord-ouest, à un ou deux kilomètres, se trouvait une ville. Je vis clairement la forme des toits ; la route qui suivait la crête ouest s'y dirigeait.

Je me levai et entrepris de descendre des rochers. Je ris bruyamment, car je restais relié au paysage et j'avais l'impression de marcher le long de mon propre corps, et même que j'en explorais des secteurs inconnus. Ce sentiment était extraordinaire.

Je descendis les ravins, je longeai les arbres. Le soleil de cette fin d'après-midi projetait des ombres immenses sur le sol de la forêt ; j'arrivai, à mi-pente, à une zone très dense de très grands arbres, et, en y pénétrant, je ressentis un changement distinct dans mon corps : je me sentais plus léger et mes mouvements étaient mieux coordonnés. Je m'arrêtai pour regarder de plus près les arbres et les buissons, concentrant mon regard sur leur beauté et leurs formes. Je vis alors des lueurs blanches et une sorte d'aura rosâtre autour de chaque plante.

Je poursuivis ma marche, jusqu'à un ruisseau qui irradiait une lueur bleu pâle et m'emplit de tranquillité jusqu'à m'assoupir. J'arrivai à la vallée, gravis la pente opposée et atteignis enfin la route. Je marchai alors d'un pas naturel en direction du nord.

Plus loin, devant moi, je vis la silhouette d'un homme vêtu d'une robe de prêtre qui disparaissait au virage suivant. Cette vision m'intrigua. Sans aucune crainte, je me mis à courir pour aller lui parler. J'avais le sentiment de savoir exactement ce que j'avais à faire et à lui dire. Je me sentais parfaitement bien. Mais, à ma grande surprise, il avait disparu ; à droite, une route secondaire s'enfonçait dans la vallée en sens opposé, pourtant il n'y avait personne en vue non plus de ce côté. Je repris ma course sur la route principale : personne ! Je pensai à revenir en arrière pour suivre la route secondaire. Mais cela m'aurait fait manquer la ville, aussi je poursuivis sur cette route, sans cesser de penser à l'autre.

Cent mètres plus loin, au détour d'un second virage, j'entendis des voitures : à travers les branches, je repérai clairement une colonne de véhicules militaires qui avançaient à grande vitesse. J'hésitai, pensant un instant prendre le risque de rester sur la route, mais la terreur que j'avais éprouvée lors des coups de feu sur la crête me revint en mémoire.

Je bondis hors de vue de la route et me jetai sur le bas côté ; dix Jeeps passèrent en trombe. J'avais malheureusement atterri en terrain découvert et je n'avais plus qu'à espérer que personne ne regarde dans ma direction, chaque Jeep passant à moins de cinq mètres ; je sentais les fumées de leurs échappements et je vis même les visages des chauffeurs.

Mais personne ne m'avait repéré. Les laissant s'éloigner, je rampai jusqu'à un arbre énorme. Je tremblais, le sentiment de paix m'avait abandonné. La terreur était revenue me nouer l'estomac ; je regagnai enfin la route quand la vue de deux Jeeps au loin m'envoya de nouveau en roulé-boulé dans l'herbe. J'avais la nausée.

Je restai cette fois loin de la route et repartis par où j'étais venu, marchant avec précaution, jusqu'à la route secondaire. Ayant écouté attentivement si des bruits suspects ne se faisaient pas entendre, je décidai de la longer en restant dans le bois, revenant vers la vallée. Je me sentais lourd. Qu'avais-je donc fait, me disais-je ? Pourquoi avoir suivi la route ? J'étais devenu fou, j'avais assisté à cet assassinat et j'étais resté dans l'euphorie d'y avoir moi-même échappé. Reviens sur terre ! me morigénai-je. Sois prudent ! Ces gens n'hésiteront pas à te tuer si tu leur en donnes la moindre chance.

Je me figeai brusquement. Devant moi, à trente mètres au plus, je vis le prêtre. Il était assis sous un arbre immense, entouré de rochers ; je le regardai sans bouger, quand il ouvrit les yeux et m'observa à son tour. Je me raidis, mais il me fit signe d'approcher.

Je le fis prudemment. Il resta absolument immobile. Il était grand et mince et semblait avoir une cinquantaine d'années. Ses cheveux, coupés court, avaient la même couleur brune que son regard.

« On dirait que vous avez besoin d'aide, dit-il dans un anglais parfait.

— Qui êtes-vous ?

— Le père Sanchez. Et vous ? »

Je lui expliquai qui j'étais et d'où je venais, tout en mettant un genou à terre, car j'étais épuisé.

« Vous êtes impliqué dans ce qui s'est passé à Cula, n'est-ce pas ?

— Que savez-vous de ça ? dis-je d'une voix lasse, ignorant si je pouvais lui faire confiance.

— Je sais qu'un membre du gouvernement est complètement fou de rage. Ils ne veulent absolument pas que le Manuscrit soit rendu public.

— Pourquoi ? »

Il se leva et me regarda.

« Suivez-moi donc, notre mission n'est pas loin. Vous y serez en sécurité. »

Je me relevai péniblement, sachant qu'il n'y avait pas d'autre choix, et approuvai d'un hochement de tête. Il me guida lentement sur la route, restant respectueux et très poli. Il pesait soigneusement chaque parole.

« Les soldats vous recherchent-ils encore ?

— Je l'ignore. »

Il resta muet un instant et ajouta :

« Recherchez-vous le Manuscrit ?

— Non, c'est fini. Je désire seulement survivre et rentrer chez moi. »

Il sourit et approuva, et je me sentis soudain plein de confiance en lui. Sa chaleur et sa considération pour moi me touchaient. Il me rappelait Wil. Nous avons atteint la mission, un groupe de petites maisons entourant une cour et une petite chapelle, dans un lieu magnifique. Il parla en espagnol à d'autres prêtres qui s'éloignèrent en vitesse. Je cherchai à voir où ils se dirigeaient, mais la fatigue fut la plus forte ; le prêtre me conduisit à l'une des maisons.

Elle contenait deux chambres et une petite pièce ; un feu était allumé dans la cheminée. Un prêtre nous y suivit, portant un plateau chargé de pain et d'une soupière fumante. Je mangeai, Sanchez restant poliment assis près de moi. Puis, à son invitation, je m'allongeai sur un des lits et m'endormis instantanément.

En sortant dans la cour, je remarquai aussitôt que tout était d'une propreté immaculée. Les allées gravillonnées étaient bordées de plantes impeccablement choisies ; chacune était placée de manière à valoriser sa forme. Aucune n'avait été taillée.

Je m'étirai et sentis le contact de la chemise amidonnée que j'avais mise ; elle était faite de coton grossier et me frottait un peu le cou. Mais elle était propre et fraîchement repassée. Je m'étais réveillé lorsque deux prêtres avaient apporté de l'eau chaude dans une bassine et des vêtements qu'ils avaient disposés sur le lit. Une fois habillé, j'avais trouvé des petits pains chauds et des fruits secs dans l'autre pièce. J'avais mangé le tout avec appétit sous le regard des prêtres. Ils étaient partis et j'étais alors sorti.

J'allai m'asseoir sur un des bancs de pierre qui bordaient la cour. Le soleil atteignait la cime des arbres, me réchauffant le corps.

« Comment avez-vous dormi ? » dit une voix dans mon dos.

Le père Sanchez était debout derrière moi, très droit, tout sourires.

— Parfaitement.

— Puis-je vous tenir compagnie ?

— Bien sûr. »

Nous sommes restés muets quelques minutes, si longtemps que je me suis senti mal à l'aise. Je le regardai plusieurs fois à la dérobée, m'apprêtant à parler, mais il contemplait le soleil, les yeux de côté, la tête un peu inclinée.

Il rompit enfin le silence :

« C'est un endroit parfait que vous avez trouvé là », mentionnant sans doute le banc.

« J'ai besoin de votre avis, fis-je ; quel est le moyen le plus sûr pour regagner les États-Unis ? »

Il me dévisagea d'un air grave.

« Je ne sais pas, cela dépend de l'opinion du gouvernement sur le danger que vous représentez. Dites-moi comment vous vous êtes retrouvé à Cula. »

Je lui racontai tout, depuis ma rencontre avec Charlène. Mon sentiment d'euphorie sur la crête me paraissait désormais irréel et imaginaire et je n'y fis qu'une brève allusion. Mais Sanchez me questionna immédiatement à ce sujet.

« Qu'avez-vous fait quand le soldat s'en est allé ?

— Je suis resté assis là plusieurs heures, commentai-je, me sentant sans doute soulagé.

— Qu'avez-vous ressenti d'autre ? »

Je tressaillis un peu et tentai de tout raconter.

« Ce n'est pas facile à expliquer. Je ressentais une sorte de liaison euphorique avec toutes choses, et un sentiment parfait de sécurité et de bien-être. La fatigue avait disparu. »

Il sourit. « Vous avez eu une expérience mystique. Beaucoup de gens qui sont passés par cette forêt près du pic en relatent de similaires. »

Je fis un signe de tête inquisiteur.

Il se tourna sur le banc pour me faire face.

« C'est l'expérience que les mystiques de toutes les religions ont décrite. Avez-vous déjà fait des lectures sur ce sujet ?

— Oui, il y a des années…

— Mais jusqu'à hier, ce n'était pour vous qu'un concept abstrait ?

— Oui, sans doute. »

Un jeune prêtre s'approcha et me fit un signe de tête avant de parler à voix basse à Sanchez ; le vieux prêtre suivit des yeux chaque pas que fit le jeune prêtre en se retirant. Celui-ci traversa la cour et entra dans une sorte de parc à environ trente mètres. Je remarquai alors que cette zone était également très bien tenue et pleine de plantes très variées. Le jeune prêtre se dirigea vers divers endroits, semblant hésiter devant chacun comme s'il cherchait quelque chose. Puis il s'assit. Il sembla s'absorber dans une sorte d'exercice.

Sanchez sourit, l'air satisfait, puis son attention se porta de nouveau sur moi.

« Je crois qu'il est dangereux pour vous d'essayer de partir maintenant. Mais je vais essayer d'éclaircir la situation et de savoir si on entend parler de vos amis. » Il se dressa face à moi. « J'ai des tâches à accomplir. Soyez sûr que nous vous aiderons du mieux que nous pourrons. J'espère que pour le moment vous vous trouvez bien ici. Reposez-vous et récupérez vos forces. »

Je l'approuvai.

Il fouilla dans sa poche et en sortit des papiers qu'il me tendit.

« C'est la cinquième révélation. Elle traite du genre d'expérience que vous avez vécue. Je crois qu'elle vous intéressera. »

Je la pris à regret tandis qu'il poursuivait : « Qu'avez-vous compris de la dernière révélation dont vous avez lu le texte ? »

J'hésitai, ne voulant pas pour le moment penser au Manuscrit. Mais je finis par dire : « Que les hommes sont coincés dans une sorte de lutte pour s'approprier l'énergie des autres. Lorsque nous amenons les autres à être de notre avis, ils s'identifient à nous, et cela nous permet d'absorber leur énergie et de devenir plus forts. »

Il sourit.

« Donc le problème est que chacun essaie de prendre l'énergie du voisin en le dominant, parce que nous en manquons tous ?

— Exact.

— Mais il y a une solution, une autre source d'énergie.

— C'est ce que semblait vouloir dire le texte. »

Il approuva et entra sans plus rien ajouter dans la chapelle.

Je demeurai quelques instants penché en avant, appuyé sur les coudes, sans regarder le texte. Je restai méfiant. Les événements des deux derniers jours avaient refroidi mon enthousiasme, et je préférai penser aux moyens de regagner les États-Unis. Puis, dans le petit bois, je vis un jeune prêtre se lever et se diriger lentement quelques mètres plus loin. Il se tourna vers moi et s'assit.

J'étais curieux de ce qu'il pouvait bien faire. Je pensais qu'il accomplissait sans doute un rite décrit dans le Manuscrit.

Je commençai à lire la première page.

Elle décrivait une nouvelle conception de ce qu'on a longtemps appelé la conscience mystique. Dans les dernières décennies du vingtième siècle, selon le texte, cette conscience devait se manifester en tant que manière d'être réellement accessible à chacun et déjà illustrée par les pratiquants les plus ésotériques de nombreuses religions. Pour la plupart, cette conscience resterait un concept abstrait, un sujet de débat. Mais, pour un nombre croissant d'hommes, cette conscience serait éprouvée réellement, parce qu'ils feraient l'expérience de brèves incursions dans cette dimension spirituelle pendant leur vie.

Cette expérience devait être la clé de la fin des conflits dans le monde : tant qu'elle durerait en effet, nous recevrions notre énergie d'une autre source, d'une source qu'un jour nous pourrions utiliser à volonté.

J'interrompis ma lecture et regardai le jeune prêtre ; les yeux grands ouverts, il semblait me regarder fixement. Je fis un signe de tête quoique je ne puisse voir le détail de son expression ; à ma surprise, il me renvoya mon signe en souriant. Il se leva ensuite et passa sur ma gauche, se dirigea vers la maison ; il évita mon regard tandis que le mien le suivait jusqu'à ce qu'il disparaisse.

J'entendis des pas derrière moi ; Sanchez quittait l'église. Il sourit.

« Ça n'a pas été long. Voulez-vous que je vous montre un peu le domaine ?

— Oui, avec plaisir, parlez-moi de ce parc là-bas. »

Je lui indiquai le lieu où s'était tenu le prêtre.

« Allons-y. »

En traversant la cour, il m'expliqua que la Mission, qui avait quatre siècles d'existence, avait été fondée par un seul missionnaire espagnol, qui croyait qu'il fallait convertir les Indiens en touchant leurs cœurs, pas en les violentant. Son système avait bien fonctionné, reprenait Sanchez, et en partie à cause de son succès, en partie à cause de son éloignement, le prêtre avait poursuivi son expérience sans être dérangé.

« Nous cultivons toujours cette tradition de rechercher la vérité à l'intérieur », expliqua-t-il.

Le parc était impeccable. Un demi-hectare de forêt avait été défriché, et les buissons et les fleurs sous-jacentes avaient été entrecoupés d'allées bien garnies de cailloux de la rivière voisine. Comme celles de la cour, les plantes ici étaient parfaitement espacées, ce qui valorisait leur forme unique.

« Où aimeriez-vous vous asseoir ? »

Je cherchai autour de moi. Devant se trouvaient plusieurs endroits soigneusement arrangés, des sortes de niches parfaites. Chacune contenait un espace ouvert bordé de plantes superbes, de rochers et de très grands arbres. Celle où le jeune prêtre s'était tenu comportait plus de rochers que les autres.

« Celle-là », dis-je.

Il approuva, et nous allâmes nous y asseoir. Il inspira profondément plusieurs minutes de suite et me questionna.

« Parlez-moi encore de ce qui vous est arrivé sur le pic. »

J'hésitai.

« Je crois vous avoir tout dit... tout s'est passé si vite. »

Il me regarda d'un air sévère.

« Ce n'est pas parce que cela a cessé lorsque vous avez eu peur que cela lui enlève son importance, n'est-ce pas ? Peut-être devriez-vous essayer de retrouver cet état.

— Peut-être, dis-je. Mais il est difficile de chercher à se sentir cosmique quand des gens essaient de vous tirer dessus. »

Il rit et me lança un regard amical.

« Étudiez-vous le Manuscrit ici à la Mission ? lui demandai-je.

— Oui, nous enseignons aux gens comment poursuivre une expérience du genre de celle que vous avez vécue sur le pic. Seriez-vous opposé à la revivre ? »

Une voix appelait Sanchez du fond de la cour. Il s'excusa et alla parler avec le prêtre qui l'interpellait. Je me rassis et contemplai les plantes et les rochers, en essayant de décaler un peu mon regard. Autour du buisson proche, je vis à grand-peine une zone lumineuse, mais rien sur le rocher.

Sanchez revenait.

« Je dois vous quitter un moment, je dois aller en ville ; peut-être reviendrai-je avec des renseignements sur votre ami et sur les dangers que vous encourez à quitter le pays.

— Merci. Reviendrez-vous aujourd'hui ?

— Sans doute pas, plutôt demain matin. »

J'eus sans doute l'air inquiet, car il mit la main sur mon épaule et ajouta :

« N'ayez crainte. Vous êtes en sécurité ici. Mettez-vous à l'aise. Regardez autour de vous. Vous pouvez parler aux prêtres, mais sachez que certains seront plus ouverts que d'autres... Cela dépend de leur avancement. »

J'approuvai.

Il sourit, contourna la chapelle et grimpa dans un vieux camion que je n'avais pas aperçu. Il finit par démarrer et il s'engagea sur la voie qui conduisait à la route principale.

Je restai plusieurs heures assis dans le petit bois, heureux de pouvoir rassembler mes pensées. Je me demandais si Marjorie et Wil avaient réussi à s'en tirer. Plusieurs fois la vision de l'exécution de l'homme de main de Jensen me traversa l'esprit, mais je l'en chassai et conservai mon calme.

Vers midi, j'aperçus plusieurs prêtres occupés à installer une grande table et des plats dans la cour. Plus tard, une douzaine d'autres les rejoignirent et commencèrent à se servir et à manger en s'installant à la diable sur les bancs. Ils se souriaient amicalement mais sans guère se parler. L'un d'eux m'aperçut et me fit signe de venir.

Je m'approchai et me servis une assiette de maïs et de haricots. Les prêtres paraissaient tous conscients de ma présence, mais ne m'adressèrent pas la parole. Je fis des commentaires sur les plats, mais ne reçus en retour que des sourires polis. Je ne parvins pas à croiser un seul regard.

Je m'assis alors seul sur un banc pour manger. Les légumes n'étaient pas salés, mais fortement épicés avec des plantes condimentaires. Le repas terminé, les prêtres rangèrent leurs assiettes en piles sur la table, mais un retardataire sortit de la chapelle et vint se servir. Ayant fini, il chercha des yeux une place et croisa mon regard. Il sourit et je le reconnus : c'était le prêtre qui m'avait fait signe de venir un peu plus tôt. Il me rendit mon sourire et s'approcha, me demandant dans un anglais approximatif :

« Puis-je m'asseoir près de vous sur le banc ?

— Mais oui ! »

Il s'assit et entreprit de manger avec une lenteur étudiée, mastiquant avec application tout en me souriant. C'était un homme courtaud, robuste, aux cheveux d'ébène et aux yeux marron clair.

« Vous trouvez ça bon ? s'enquit-il.

— Oui », dis-je en reprenant une bouchée, car j'avais laissé un peu de maïs dans mon assiette ; je remarquai de nouveau avec quelle lenteur il masti-quait et cherchai à l'imiter. Je me souvins alors que tous les prêtres en avaient fait autant.

« Faites-vous pousser ces légumes ici à la Mission ? »

Il hésita, mastiquant toujours.

« Oui, la nourriture est essentielle.

— Vous méditez avec les plantes ? »

Il me regarda, très surpris.

« Vous avez lu le Manuscrit ?

— Seulement les quatre premières révélations.

— Et vous avez fait pousser des plantes ?

— Non, je commence mon apprentissage.

— Est-ce que vous voyez les champs d'énergie ?

— Oui, parfois. »

Le silence s'installa tandis qu'il mastiquait à nouveau.

« La nourriture est le premier moyen d'acquérir de l'énergie », dit-il soudain.

J'acquiesçai.

« Mais, pour absorber totalement l'énergie qu'elle contient, la nourriture doit être appréciée et… — il cherchait ses mots — savourée. Le goût est la porte de l'énergie. Il faut donner de l'importance au goût. C'est pour cela qu'on prie avant de manger, pas seu-lement pour faire une action de grâces, mais pour que l'acte de manger soit sanctifié, pour que l'éner-gie de la nourriture puisse pénétrer nos corps. »

Il me scruta comme pour s'assurer que j'avais bien suivi. J'acquiesçai silencieusement, mais il paraissait pensif.

En fait, me disais-je, cette appréciation cons-ciente de la nourriture est le but réel de l'action de grâces, le résultat consiste en une meilleure absorption de l'énergie.

« Mais manger n'est que le premier pas, reprit-il. Une fois que vous avez augmenté votre énergie personnelle de cette manière, vous devenez plus sensible à l'énergie contenue dans toutes choses. Et vous apprenez à prendre cette énergie sans manger. »

J'approuvai vigoureusement.

« Tout ce qui nous entoure contient de l'énergie. Mais chaque chose à sa façon. C'est pourquoi certains lieux augmentent l'énergie plus que d'autres. Cela dépend du rapport qui se crée entre l'individu que vous êtes et l'énergie qui se trouve là.

— Tout à l'heure, vous augmentiez votre énergie ? »

Il parut heureux de ma question.

« Oui.

— Et comment fait-on ?

— Il faut s'ouvrir, se relier, se concentrer, comme lorsque vous observez les champs. Mais cette étape-ci vous amène plus loin, elle vous donne une sensation de plénitude.

— Je ne comprends pas. »

Il fronça les sourcils en me voyant si tendu.

« Voulez-vous m'accompagner là-bas, je vous montrerai.

— Oui, pourquoi pas ? »

Je le suivis jusqu'au petit bois. Il s'arrêta et jeta un regard circulaire.

« Là-bas », indiqua-t-il, montrant un coin qui bordait la forêt vierge.

Nous avons emprunté le sentier qui serpentait dans les arbres et les buissons. Il choisit un endroit où poussait un grand arbre comme sorti des rochers sur lesquels son énorme tronc semblait perché. Ses racines enveloppaient le monticule et atteignaient le sol en le contournant. Des arbustes florifères poussaient devant l'arbre, en demi-cercle, et un parfum très doux émanait des floraisons jaunes. La forêt épaisse formait un écran impénétrable en toile de fond.

Il me proposa de m'asseoir dans une clairière face à l'arbre et me rejoignit.

« Trouvez-vous beau cet arbre ?

— Oui.

— Alors… eh bien… ressentez-le ! »

Il cherchait de nouveau le mot juste.

« Le père Sanchez m'a dit que vous aviez eu une expérience sur la crête. Vous souvenez-vous de ce que vous avez éprouvé ?

— Je me sentais léger, en sécurité, relié, comme vous dites…

— A quoi ?

— Difficile à dire. Comme si tout le paysage avait fait partie de moi.

— Et le sentiment ? »

Je réfléchis. Quel sentiment ? « De l'amour, dis-je, oui, de l'amour pour toutes choses

— Oui, c'est cela, dit-il, alors aimez cet arbre.

— Une minute, protestai-je. L'amour survient quand il veut. Je ne peux pas me forcer.

— Non, mais vous pouvez faire entrer l'amour en vous ; il faut d'abord mettre votre esprit en marche pour retrouver ce sentiment et essayer de le revivre. »

J'observai l'arbre, tentai de retrouver l'émotion ressentie sur le pic. Graduellement, je commençai à admirer sa forme, sa présence. Mon appréciation s'accrut et je finis par ressentir une émotion amoureuse. C'était le sentiment que j'avais, enfant, pour ma mère, et, plus tard, pour une petite fille que je côtoyais quotidiennement. Même si c'était l'arbre que je contemplais, cet amour-là existait en arrière-plan lui aussi. J'étais amoureux de toutes choses.

Le prêtre recula de quelques pas silencieusement,

et me regarda attentivement. « Bien, dit-il, vous acceptez l'énergie. »

Je remarquai que son regard n'était pas dirigé.

« Comment pouvez-vous le savoir ?

— Parce que je vois grandir votre champ énergétique. »

Je fermai les yeux et essayai de retrouver l'intensité des sentiments que j'avais éprouvés sur le pic, mais n'y parvins pas. C'était de la même veine, mais pas de la même intensité. L'échec me peina.

« Qu'est-ce qui s'est passé ? Votre énergie vous a abandonné ?

— Je ne sais pas, je n'ai pas pu y arriver aussi fort que là-haut. »

Il me regarda d'abord avec amusement, puis avec impatience.

« Sur le pic, vous avez reçu un don, une ouverture. Maintenant, il faut apprendre à revivre cette expérience par vous-même. Un peu à la fois. »

Il recula de nouveau et dit :

« Essayez encore. »

Je fermai les yeux et essayai de retrouver mes sensations. L'émotion finit par me gagner. J'y restai plongé, tentant de l'augmenter à petites doses. Je ne pensais plus qu'à l'arbre.

« C'est excellent, dit-il, vous recevez de l'énergie et vous la donnez à l'arbre. »

Je plongeai mon regard dans le sien.

« Je la donne à l'arbre ?

— Quand vous appréciez la beauté et le caractère unique des choses, vous recevez de l'énergie. Quand vous ressentez de l'amour, vous pouvez renvoyer l'énergie si vous le désirez. »

Je restai longtemps assis devant l'arbre. Plus je le contemplais et admirais sa forme et ses couleurs, plus je ressentais d'amour en général. J'imaginais mon énergie coulant à flots et remplissant l'arbre, mais ne la voyais pas. Je sentis sans le voir que le prêtre se levait pour partir.

« Qu'est-ce qu'on voit quand je donne de l'énergie à l'arbre ? » demandai-je.

Il décrivit la chose en détail et je reconnus le phénomène que j'avais observé quand Sarah avait donné de l'énergie au philodendron à Viciente. Bien qu'elle y fût parvenue, elle ne semblait pas savoir que l'amour était nécessaire pour que la projection ait lieu. Elle avait dû éprouver cet amour naturellement, sans réfléchir.

Le prêtre traversa la cour. Il disparut de ma vue. Je restai assis là jusqu'à la tombée de la nuit.

Les deux prêtres firent un signe aimable quand j'entrai dans la maison. Un feu ronflait dans l'âtre et des lampes à huile étaient allumées. L'air sentait bon la soupe dans la pièce de devant — à la tomate ou aux légumes peut-être ? Un bol en faïence, plusieurs cuillères et une assiette avec quatre morceaux de pain étaient disposés sur la table.

Un des prêtres quitta la pièce sans me regarder, l'autre gardant les yeux baissés, avant de me faire signe de prendre une grande cocotte en fonte placée à côté du foyer. Une louche sortait de dessous son couvercle. Dès que j'eus compris, le prêtre s'enquit :

« Avez-vous besoin d'autre chose ?

— Non, je ne pense pas, merci. »

Il acquiesça et sortit, me laissant seul ; je soulevai le couvercle, c'était de la soupe à la tomate, au parfum délicieux. J'en remplis le bol et m'assis, puis plaçai près de moi des morceaux du Manuscrit que Sanchez m'avait donnés. Mais la soupe était si bonne que je me consacrai entièrement à elle. Quand j'eus fini, je plaçai l'assiette et le bol dans une grande poêle et contemplai le feu, hypnotisé, jusqu'à ce que les flammes commencent à baisser. Puis j'éteignis les lampes et me couchai.

Je m'éveillai le matin, me sentant parfaitement dispos. Une petite brume traversait la cour ; je garnis la cheminée, mis du petit bois sur les bûches et soufflai dessus jusqu'à ce qu'il prenne. J'allais à la cuisine chercher quelque chose à manger au moment où j'entendis le camion de Sanchez s'approcher.

Je sortis quand il apparut derrière la chapelle, un sac à dos d'une main et plusieurs sacs dans l'autre.

« J'ai des nouvelles pour vous », et il me fit signe de le suivre dans la maison.

Plusieurs prêtres firent leur apparition avec des petites tartes de maïs chaudes et des fruits secs. Sanchez les salua puis s'assit à la table près de moi quand ils s'éloignèrent.

« J'ai participé à une réunion de prêtres du Conseil du Sud. Nous devions y parler du Manuscrit, et surtout prendre position par rapport à l'attitude agressive du gouvernement. C'était la première fois qu'un groupe de prêtres se réunissait publiquement pour soutenir le Manuscrit, et nous avions à peine commencé à débattre qu'un représentant du gouvernement a frappé à la porte et a demandé à être entendu. »

Il s'interrompit pour se servir.

« Ce représentant nous a garanti que le seul but du gouvernement était de protéger le Manuscrit d'une exploitation étrangère : il nous a dit que tout citoyen péruvien devait obtenir une autorisation officielle pour en détenir un exemplaire. Il a ajouté qu'il partageait nos soucis, mais que nous devions obéir à la loi et rendre nos exemplaires. Selon lui, des exemplaires approuvés par le gouvernement nous seraient aussitôt donnés en échange.

— Avez-vous obéi ?

— Bien sûr que non. »

Nous avons mangé quelques minutes ; j'essayais de mâcher lentement, d'apprécier le goût.

« Nous avons posé des questions sur les violences commises à Cula, et il a déclaré qu'il s'agissait d'une réaction nécessaire contre un nommé Jensen qui employait plusieurs hommes armés à la solde d'un pays étranger. Ces gens-là avaient formé le projet de découvrir et de voler la partie encore inconnue du Manuscrit pour l'emporter hors du pays ; le gouvernement ne pouvait que les arrêter.

— Avez-vous cru cet homme ?

— Non, pas du tout. Nous avons continué notre réunion après son départ. Nous avons élaboré une tactique de résistance passive. Nous continuerons à faire des copies et à les distribuer avec précaution.

— Vos supérieurs religieux vous le permettront ?

— Nous l'ignorons. Les plus anciens ont désapprouvé le Manuscrit, mais n'ont guère cherché à savoir qui d'entre nous le soutenait activement. Notre principal souci réside en la personne d'un cardinal qui vit au Nord, le cardinal Sebastian. C'est l'ennemi le plus déclaré du Manuscrit et le plus influent. S'il arrive à convaincre la conférence épiscopale de rédiger un texte très radical, nous aurons une décision très difficile à prendre.

— Pourquoi est-il si ardent ?

— Parce qu'il a peur.

— De quoi ?

— Je ne lui ai pas parlé depuis longtemps, et nous avons toujours évité ce sujet. Mais son idée est que l'homme doit communier avec le cosmos en restant ignorant de la connaissance spirituelle ; il doit se contenter de la foi. Le Manuscrit pourrait porter préjudice à ce statu quo, et détruire les rapports d'autorité.

— De quelle manière ? »

Il sourit, inclina la tête et conclut :

« La vérité libère. »

Je le regardai sans comprendre, tout en finissant les restes de mon assiette. Il fit de même et repoussa sa chaise.

« Vous paraissez bien mieux qu'hier. Avez-vous parlé à quelqu'un ici ?

— Oui. J'ai appris de l'un des prêtres le moyen de se relier à l'énergie... J'ai mal compris son nom. Il se trouvait dans le petit bois pendant que nous discutions ensemble dans la cour, hier, vous voyez de qui je parle ? Il m'a montré comment absorber l'énergie et la renvoyer.

— C'est Juan, dit-il en me faisant signe de poursuivre.

— Ç'a été une expérience extraordinaire. En me souvenant de l'amour que j'avais ressenti avant, j'ai pu m'ouvrir. Je suis resté là toute la journée baigné de ce sentiment. Je n'ai pas retrouvé exactement l'état que j'avais connu sur le pic, mais presque. »

Il prit l'air grave.

« Le rôle de l'amour est resté longtemps incompris. L'amour n'est pas un sentiment que nous devons éprouver afin d'être bons, ou afin de changer le monde en vertu d'une loi morale un peu abstraite, ou encore afin de renoncer à notre hédonisme. Se relier à l'énergie provoque en premier lieu de l'excitation, puis de l'euphorie, enfin de l'amour. Acquérir assez d'énergie pour faire perdurer cet amour profite sans doute au monde, mais cela profite d'abord à nous-mêmes. Rien n'est plus hédoniste. »

J'approuvai, et remarquai qu'il avait reculé sa chaise de deux mètres et me regardait intensément, le regard mal dirigé.

« A quoi ressemble donc mon champ ? dis-je.

— Il a beaucoup grandi. Je crois que vous vous sentez très à l'aise.

— C'est vrai.

— Bien. C'est ce que nous faisons tous ici.

— Dites-m'en plus.

— Nous formons des prêtres à partir en montagne pour travailler avec les Indiens. C'est dur, et les prêtres doivent être forts. Les hommes ici ont été choisis très sérieusement, et ils ont tous une chose en commun : chacun a vécu une expérience qu'on peut appeler mystique. J'étudie ce genre d'expérience depuis des années, avant même que le Manuscrit n'ait été découvert, et je crois que, si l'on a déjà vécu ce type d'expérience mystique, il est beaucoup plus facile de la vivre à nouveau afin d'augmenter son énergie. Les autres peuvent y parvenir, mais avec du temps. Une mémoire très vive de l'expérience antérieure, comme la vôtre, facilite sa re-création. Ensuite, on construit lentement.

— A quoi ressemble le champ énergétique d'une personne qui vit cela ?

— Il grandit et change légèrement de couleur.

— De quelle couleur devient-il ?

— Normalement il passe d'un blanc pâle au vert et au bleu. Par exemple, pendant votre rencontre mystique sur le pic, votre énergie s'est répandue dans tout l'univers. Vous étiez relié au cosmos tout entier et en retiriez de l'énergie, et votre énergie s'étendait jusqu'à englober toutes choses. Vous souvenez-vous de l'impression que vous avez ressentie ?

— Oui, j'avais le sentiment que tout l'univers était mon corps et que je n'étais plus que la tête, ou, plus précisément, les yeux.

— Oui, dit-il, et à cet instant votre champ et celui de l'univers ne faisaient plus qu'un. L'univers était votre corps.

— J'ai eu une étrange réminiscence à ce moment-là. J'ai cru ressentir comment ce grand corps, mon univers, a évolué. J'y étais. J'ai vu se former les premières étoiles à partir de l'hydrogène simple puis j'ai vu de la matière plus complexe évoluer à partir d'elles. Mais je ne voyais pas de la matière : je voyais la matière sous la forme de simples vibrations d'énergie, qui évoluaient systématiquement vers des états plus complexes. Puis... la vie est apparue, et j'ai suivi son évolution, jusqu'aux hommes... »

Je m'arrêtai soudain, et il remarqua mon changement d'humeur.

« Qu'y a-t-il ?

— C'est là que s'est arrêtée la mémoire de l'évolution, précisai-je, avec les humains. Je savais que l'histoire n'était pas achevée, mais je n'ai pas pu en saisir davantage.

— L'histoire continue en effet, dit-il, les hommes poursuivent l'évolution de l'univers jusqu'à des formes de vibrations de plus en plus complexes.

— Comment ? »

Il sourit sans rien dire.

« Nous en reparlerons. J'ai à faire. Je vous reverrai dans une heure ou deux. »

Il prit une pomme et s'en alla. Je sortis sur ses pas, sans but précis, mais, me rappelant l'existence de la copie de la cinquième révélation dans ma chambre, j'allai la chercher. Plus tôt, j'avais revu en pensée la forêt où Sanchez était assis lorsque je l'avais aperçu la seconde fois sur la route. Même fatigué comme je l'étais alors, j'avais remarqué la beauté des lieux, aussi je marchai en direction de la route vers l'ouest, jusqu'à ce que j'atteigne l'endroit exact ; je m'y assis. Appuyé sur un arbre, je me vidai l'esprit et regardai autour de moi. Le matin était beau, avec une brise légère, et j'observai le vent qui fouettait les branches au-dessus de moi. Pendant une accalmie, je pris le Manuscrit, et recherchai la page où j'avais interrompu ma lecture. Avant de l'avoir trouvée, j'entendis le bruit d'un camion.

Je m'allongeai sur le sol derrière l'arbre et cherchai à déterminer la provenance du son. Le bruit venait de la Mission ; je reconnus, quand il s'approcha, Sanchez au volant de son vieux camion.

« Je pensais bien vous trouver là, dit-il en stoppant près de moi. Montez, il faut partir.

— Que se passe-t-il ? » dis-je en m'installant.

Il se dirigea vers la grand-route.

« Un de mes prêtres m'a rapporté une conversation qu'il a surprise au village. Des membres du gouvernement sont venus en ville et ils posent des questions sur moi et ma Mission.

— Qu'est-ce que vous croyez qu'ils veulent ? »

Il me regarda d'un air tranquille.

« Je l'ignore. Disons que je ne suis pas certain qu'ils continuent de nous laisser tranquilles. J'ai pensé préférable, à titre de précaution, de partir en montagne. Un de mes prêtres habite près du Machu Picchu, c'est le père Carl. Nous serons en sécurité chez lui jusqu'à ce que nous y voyions plus clair. »

Il sourit.

« De toute façon, il fallait que vous voyiez le Machu Picchu. »

J'eus soudain l'impression qu'il avait fait un arrangement avec les autorités et qu'il me conduisait quelque part pour me livrer ; je décidai de rester sur le qui-vive.

« Avez-vous fini de lire la traduction ? dit-il.

— Presque.

— Vous parliez de l'évolution de l'humanité. Avez-vous lu ce qui s'y rapporte ?

— Non. »

Il quitta la route des yeux et me regarda avec intensité. Je fis semblant de ne pas m'en apercevoir.

« Il y a quelque chose qui ne va pas ? demanda-t-il.

— Non. Combien de temps faut-il pour aller au Machu Picchu ?

— Environ quatre heures. »

Je voulais me taire pour l'amener à parler, dans l'espoir qu'il se trahisse. Mais je ne pus réprimer ma curiosité sur l'évolution.

« Alors, comment l'humanité poursuit-elle l'évolution ? »

Il se tourna vers moi.

« Qu'en pensez-vous ?

— Je n'en sais rien. Sur le pic, j'ai pensé qu'il y avait un lien avec ces coïncidences significatives dont parle la première révélation.

— Exact. Cela concorderait avec les autres révélations, n'est-ce pas ? »

Je ne comprenais pas, pas tout à fait. Je restai silencieux.

« Voyez à quel point les révélations se suivent logiquement. La première survient quand nous prenons au sérieux les coïncidences. Ces coïncidences nous font comprendre qu'il existe quelque chose de plus, quelque chose de spirituel, derrière tout ce que nous voyons.

« La seconde rend plus concrète notre prise de conscience. Nous comprenons que nous avons été préoccupés par la survie matérielle, par un besoin d'accroître notre sécurité, et nous savons désormais que notre ouverture d'esprit représente une sorte d'éveil à une autre réalité.

« La troisième nous offre une nouvelle vision de la vie. Elle définit l'univers physique comme constitué d'énergie pure, une énergie qui, cependant, possède une affinité avec notre façon de penser.

« Et la quatrième met en lumière la tendance des hommes à voler l'énergie des autres hommes en les dominant, en s'emparant de leur esprit, crime auquel nous sacrifions parce que nous nous sentons souvent vides d'énergie. Ce manque, on peut y remédier, bien sûr, en se reliant à une source plus haute. L'univers peut subvenir à tous nos besoins, si seulement nous savons nous ouvrir à lui. C'est le message de la cinquième révélation.

« Vous avez eu une expérience mystique qui vous a révélé la magnitude de l'énergie qu'on peut acquérir. Mais cette expérience, c'est un peu un bond en avant qui vous propulse devant tous les autres. Une vision de l'avenir. On ne peut pas la vivre indéfiniment. Dès que l'on s'adresse à quelqu'un dont la conscience est normale, si nous revenons dans un monde où le conflit reste le fait dominant, nous quittons brutalement cet état et redevenons nous-mêmes.

« Et c'est alors que se pose la vraie question : comment retrouver, lentement, peu à peu, ce que nous avons entraperçu si soudainement. Pour y parvenir, il faut se remplir consciencieusement d'énergie, parce que c'est cette énergie qui créera les coïncidences seules capables de nous ramener de manière permanente à l'état désiré. »

Mon air surpris l'amena à expliciter : « Pensez-y. Lorsqu'un événement non accidentel, au-delà du hasard, nous arrive, un événement qui nous fait avancer d'un grand bond, nous devenons des gens plus accomplis. Nous croyons avoir atteint ce pour quoi la destinée nous a placés là. A ce moment, le niveau d'énergie suffisant pour déclencher ces coïncidences demeure en nous. Nous pouvons perdre de l'énergie quand nous avons peur, mais le niveau atteint constitue une nouvelle limite supérieure qu'il nous sera facile de retrouver. Nous sommes devenus une nouvelle personne. Nous existons à un niveau supérieur d'énergie, à un niveau — écoutez-moi bien — de vibration supérieure.

« Comprenez-vous bien le processus mainte-nant ? Nous faisons le plein, grandissons, refaisons le plein, et grandissons encore. C'est ainsi que nous, les hommes, continuons l'évolution de l'univers vers un état de vibration de plus en plus élevé. »

Il s'interrompit pour réfléchir.

« Cette évolution s'est produite de manière in-consciente dans l'histoire de l'humanité. C'est la rai-son pour laquelle les civilisations ont progressé, et les hommes sont devenus plus grands, vivent plus longtemps, etc. A présent, nous rendons tout le pro-cessus conscient. C'est ce que nous dit le Manuscrit. C'est le sens de ce mouvement vers une conscience spirituelle mondiale. »

J'écoutais très attentivement, totalement fasciné.

« Donc je n'ai qu'à me laisser remplir d'énergie, comme j'ai appris à le faire avec Juan, et les coïnci-dences se produiront ?

— Eh bien, oui, mais ce n'est pas aussi facile que cela. Avant de pouvoir nous relier à l'énergie de manière permanente, il y a encore un obstacle à franchir. C'est le sujet de la sixième révélation.

— De quoi s'agit-il ? »

Il me fixa des yeux.

« Nous devons apprendre à regarder en face notre façon particulière de dominer les autres. La qua-trième, vous vous en souvenez, révèle que les hom-mes ont toujours manqué d'énergie, et qu'ils cherchent à dominer les autres pour leur voler la leur. La cinquième révèle une autre source d'éner-gie, mais nous ne pouvons pas vraiment rester reliés à cette source si nous refusons d'analyser la méthode particulière par laquelle, chacun, nous dominons les autres, et de l'abandonner. Chaque fois que nous retomberons dans cette attitude, nous ne serons plus reliés à la source.

« Il est difficile de se défaire de cette habitude parce qu'elle est presque inconsciente. Pour y parvenir, il faut la rendre consciente, en nous souvenant que nous avons élaboré une méthode dans notre enfance pour être écouté, pour obtenir de l'énergie. D'une certaine façon, rien n'a évolué depuis lors. C'est une façon d'être que nous répétons à l'infini. Je l'appelle notre *mécanisme de domination*.

« Un mécanisme que nous remettons en marche chaque jour dans notre vie quotidienne sans même le savoir. Nous savons seulement que le même type d'événements survient très souvent. Mais si nous répétons ce comportement sans cesse, alors les autres possibilités de notre vie, celles qui sont marquées par les coïncidences restent inexprimées. Nous arrêtons la machine lorsque nous reproduisons ce comportement, tout simplement pour trouver de l'énergie. »

Sanchez fit ralentir le camion et négocia avec précaution une série d'ornières. Je me sentais frustré. Je ne comprenais pas vraiment comment fonctionnait le mécanisme qu'il décrivait. Je faillis le lui dire, mais n'y parvins pas. Je me sentais encore loin de lui et ne voulais pas me livrer.

« Vous avez compris ? demanda-t-il.

— Je n'en suis pas sûr, fis-je un peu sèchement. Je ne sais pas si j'ai un mécanisme de domination. »

Il me regarda avec affection et rit à haute voix.

« Vraiment ? Alors, pourquoi avez-vous toujours l'air si supérieur ? »

6

ÉCLAIRCIR LE PASSÉ

Devant nous, la route se rétrécissait et tournait brusquement pour épouser la forme du versant rocheux qui nous dominait. Le camion rebondit sur des pierres et négocia lentement le virage. En dessous de nous, la Cordillère s'étalait en crêtes massives qui se succédaient dans la grisaille par-dessus des bancs de nuages d'un blanc immaculé.

Je scrutai Sanchez à la dérobée. Penché sur le volant, il était très attentif. Presque toute la journée, nous avions grimpé des pentes invraisemblables et rebondi sur des cailloux le long de routes rétrécies par des chutes de pierres. J'avais tenté de relancer la conversation sur le mécanisme de domination, mais le jour était mal choisi. Sanchez avait besoin de toute sa concentration pour conduire, et d'ailleurs je ne savais pas très bien quelle question poser. J'avais lu la fin de la cinquième révélation, et ce texte avait parfaitement fait écho aux dires de Sanchez. L'idée de me débarrasser de mon esprit de domination me semblait tout à fait souhaitable, surtout si cela devait accélérer mon évolution, mais je ne comprenais toujours pas comment ce mécanisme fonctionnait.

« A quoi pensez-vous ? interrogea Sanchez.

— Je viens de finir la cinquième révélation, et je repensais à ces mécanismes. D'après votre réflexion, je suppose que mon mécanisme est en rapport avec la distance que je mets entre moi et les autres ? »

Il ne répondit pas. Il fixait toujours la route. Cent mètres plus loin, un gros 4 × 4 barrait le passage ; un homme et une femme se tenaient debout au bord d'un grand précipice à environ quinze mètres du véhicule. Ils nous regardèrent.

Sanchez stoppa le camion, les observa un instant, et dit : « Je connais cette femme, c'est Julia. Tout va bien, allons leur parler. »

L'homme et la femme étaient de peau sombre et paraissaient être péruviens. La femme était plus âgée, environ cinquante ans, l'homme en paraissait trente. Nous sommes descendus du camion et la femme s'est dirigée vers nous.

« Le père Sanchez ! salua-t-elle.

— Comment ça va, Julia ? » répondit-il.

Ils s'embrassèrent amicalement, puis Sanchez me présenta à Julia, qui présenta son compagnon, Rolando.

Sans rien exprimer de plus, Julia et Sanchez nous tournèrent le dos et se dirigèrent vers le point de vue où Julia et Rolando se tenaient auparavant. Rolando me regarda d'un air très attentif, et je partis sans réfléchir sur les traces des deux autres. Rolando me suivit, ayant toujours l'air de vouloir quelque chose. Ses traits étaient jeunes, mais il avait le teint rougeaud et la peau burinée. Je n'étais pas à l'aise.

Il parut plusieurs fois sur le point de parler, mais je détournai les yeux chaque fois et pressai le pas. Il resta silencieux. Le précipice atteint, je m'assis sur une pierre pour éviter qu'il ne puisse s'asseoir

164

près de moi, et Julia et Sanchez restèrent assis sur un gros rocher à quelques mètres.

Rolando s'installa le plus près possible de moi. Son regard fixe m'inquiétait, mais je restais curieux.

Il s'en aperçut et me demanda : « Vous êtes venu pour le Manuscrit ? »

Je réfléchis et répondit :

« J'en ai entendu parler. »

Il sembla surpris.

« L'avez-vous lu ?

— Des passages. Et vous ? Vous avez quelque chose à voir avec lui ?

— Je suis intéressé, mais je n'ai pas encore vu de copies. »

Le silence s'installa.

« Vous êtes américain ? » La question me troubla, et je choisis de ne pas y répondre. Je dis au contraire :

« Le Manuscrit a-t-il un lien avec les ruines de Machu Picchu ?

— Je ne pense pas ; sauf qu'il a été écrit au moment où Machu Picchu a été construit. »

Je restai silencieux, admirant l'incroyable panorama sur les Andes. Si je pouvais continuer à me taire, il finirait bien par m'apprendre ce que Julia et lui fabriquaient en cet endroit désert et quel rapport leur présence présentait avec le Manuscrit. Nous sommes restés silencieux vingt minutes. Enfin, Rolando se leva et alla rejoindre les deux autres.

Je ne savais pas quel parti prendre. J'avais évité de m'imposer à Sanchez, parce que j'avais eu l'impression qu'il voulait rester seul avec Julia. Pendant encore au moins une demi-heure, je restai là à contempler le paysage et à tenter d'entendre des bribes de leur conversation au-dessus de moi. Ils ne s'intéressaient pas le moins du monde à moi. J'avais à peine décidé de les rejoindre qu'ils se levèrent et prirent la direction du véhicule de Julia. Je les rejoignis.

« Ils doivent partir, dit Sanchez.

— Je regrette de ne pas avoir eu le temps de vous parler, dit Julia. J'espère vous revoir. »

Elle me regardait avec cette même affection que Sanchez m'avait témoignée souvent. Comme j'approuvais, elle inclina la tête et ajouta :

« En fait, j'ai l'impression que nous allons vous revoir bientôt. »

En descendant le sentier caillouteux, je voulus répondre, mais ne trouvai rien à dire. Arrivée à sa voiture, Julia fit un simple signe d'adieu en grimpant avec Rolando et s'éloigna vers le nord, la direction d'où Sanchez et moi étions venus. Cette rencontre m'avait mis mal à l'aise.

Une fois dans notre véhicule, Sanchez s'enquit :

« Rolando vous a raconté pour Wil ?

— Non, rien. Il l'a vu ? »

Sanchez parut surpris.

« Oui, ils l'ont vu dans un village à environ soixante kilomètres d'ici.

— Wil a parlé de moi ?

— Julia m'a dit que Wil lui a parlé de votre séparation. Mais il a surtout parlé avec Rolando. Vous n'avez pas dit à Rolando qui vous étiez ?

— Non, je ne savais pas si je pouvais lui faire confiance. »

Sanchez demeura absolument ébahi.

« Je vous ai pourtant dit que vous pouviez leur parler ! Je connais Julia depuis des années ! Elle avait une affaire à Lima, mais depuis la découverte du Manuscrit, elle recherche la neuvième révélation. Julia ne voyagerait jamais avec quelqu'un de douteux. Il n'y avait aucun danger. Vous avez sûrement raté une information importante. »

Il me regarda d'un air grave.

« Voilà un bon exemple du mécanisme de domination. Vous étiez tellement distant que vous n'avez pas su laisser se produire une coïncidence importante ! »

A la vue de mon air défensif, il reprit :

« Ce n'est rien, chacun a son mécanisme. Maintenant au moins vous saurez comment le vôtre fonctionne.

— Pas du tout, qu'est-ce que j'ai donc fait ?

— Votre méthode pour dominer les gens et les situations, pour gagner de l'énergie, c'est de mettre en route ce mécanisme dans votre esprit qui vous pousse à vous retirer dans votre coquille, à rester mystérieux et secret. Vous vous faites croire que c'est de la prudence, mais en fait vous espérez que l'autre va essayer de comprendre ce qui se passe dans votre esprit. Si cela arrive, vous restez vague, vous l'obligez à se donner du mal pour essayer de connaître vos véritables sentiments.

« En le faisant, il s'occupe entièrement de vous et cela vous envoie de l'énergie. Plus longtemps vous pourrez le maintenir dans cet état de mystification, et plus vous recevrez d'énergie. Malheureusement pour vous, quand vous restez indifférent, votre vie n'évolue pas très vite parce que vous répétez toujours les mêmes comportements. Si vous aviez su parler à Rolando, votre vie aurait pris une autre direction très significative. »

Je me sentis envahi par un sentiment de dépression croissant. Tout cela illustrait à merveille ce que m'avait dit Wil lorsque j'avais résisté à l'envie de donner des renseignements à Reneau. Je cherchais toujours à cacher mes pensées. Je regardai par la vitre tandis que la route grimpait de fortes pentes ;

Sanchez était très concentré sur sa conduite. C'est seulement lorsque la route fut redevenue plus droite qu'il se tourna vers moi et dit :

« Le premier stade du processus de clarification pour chacun d'entre nous, c'est de tâcher de devenir conscient de notre mécanisme de domination. Rien ne changera tant que nous n'aurons pas réussi à nous regarder en face pour comprendre comment nous manipulons les autres. C'est ce qui vient de vous arriver.

— Quelle est l'étape suivante ?

— Chacun doit revivre son passé, surtout la petite enfance, pour comprendre comment ce mécanisme s'est formé. En le voyant se former, nous le rendons conscient. Il ne faut pas oublier que la plupart des membres de notre famille avaient leur propre mécanisme de domination et qu'ils cherchaient aussi à nous prendre de l'énergie, à nous les enfants. Il nous fallait bien une stratégie pour la reconquérir. Nous avons donc créé un mécanisme de défense. C'est toujours en relation avec les membres de notre famille que nous le faisons. Une fois que nous aurons identifié les schémas de la lutte pour l'énergie au sein de notre famille, nous serons en mesure de dépasser ces stratégies de contrôle, et de voir ce qui se passe vraiment.

— Qu'est-ce que vous voulez dire ?

— Chaque personne doit réinterpréter son expérience familiale du point de vue de l'évolution, et d'un point de vue spirituel, pour découvrir qui elle est vraiment. Une fois cela fait, notre mécanisme de domination disparaît et notre vie réelle décolle.

— Alors, par quoi dois-je commencer ?

— Il vous faut d'abord comprendre comment votre propre mécanisme s'est formé. Parlez-moi de votre père.

— C'est un homme plein de bonté, qui aime rire, qui est compétent, mais... »

J'hésitai, ne voulant pas être ingrat en paroles envers mon père.

« Mais quoi ?

— Eh bien, dis-je, il était toujours critique. Je ne faisais jamais rien de bien.

— Comment est-ce qu'il vous critiquait ? »

Une image de mon père, jeune et fort, me vint à l'esprit.

« Il posait des questions, et trouvait toujours quelque chose à redire aux réponses.

— Et votre énergie, là-dedans ?

— Je me sentais sûrement vidé, et j'essayais d'éviter de lui dire quoi que ce soit.

— Donc vous deveniez vague et distant, essayant de l'intéresser, mais sans lui révéler quoi que ce soit qu'il puisse critiquer. Il était l'interrogateur et vous le contourniez par votre indifférence.

— Sans doute, mais que voulez-vous dire par interrogateur ?

— Un autre type de mécanisme. Les gens qui utilisent ce moyen d'obtenir de l'énergie sont conduits par leur mécanisme à poser des questions et à fouiller dans l'univers secret des autres pour y trouver quelque chose à critiquer. Si cette stratégie réussit, la personne critiquée est attirée dans le mécanisme de l'autre. Elle se trouve alors gênée devant l'interrogateur, elle ne s'intéresse plus qu'à lui, qu'à ce qu'il pense, pour éviter de dire quelque chose de mal qu'il pourrait remarquer. C'est cette déférence psychologique qui donne à l'interrogateur l'énergie qu'il souhaite.

« Pensez à toutes les situations où vous vous êtes trouvé près de quelqu'un de ce genre. Quand vous êtes pris dans son mécanisme, n'agissez-vous pas de telle manière qu'il ne puisse vous critiquer ? Il vous fait modifier votre attitude ordinaire et vous prend de l'énergie parce que vous vous jugez vous-même au travers de ce qu'il pourrait penser de vous. »

Je me souvenais exactement de ce type de sentiment, et ce fut Jensen qui me vint aussitôt à l'esprit.

« Donc mon père était un interrogateur ?

— C'est mon impression. »

Je restai un instant perdu dans mes pensées en songeant à ma mère. Si mon père était un interrogateur, qu'était-elle ?

Sanchez me demanda à quoi je pensais.

« Je réfléchissais au mécanisme de domination de ma mère. Combien de sortes de mécanismes y a-t-il ?

— Laissez-moi vous expliquer les classifications décrites dans le Manuscrit. Chacun s'active pour obtenir de l'énergie soit de manière agressive, en obligeant les autres à s'intéresser à lui, soit de manière passive en jouant sur la sympathie ou la curiosité des autres pour attirer leur attention. Par exemple, si quelqu'un vous menace, verbalement ou physiquement, vous êtes obligé, par simple peur, de faire attention à lui et donc de lui donner de l'énergie. La personne qui vous menace vous soumet au plus agressif des mécanismes de domination, celui que la sixième révélation appelle l'intimidation.

« Si au contraire quelqu'un vous raconte des choses pénibles qui sont en train de lui arriver, en laissant entendre que vous en êtes responsable, et que, si vous lui refusez votre aide, cela risque de continuer, cette personne cherche à vous dominer de manière passive, c'est ce que le Manuscrit appelle un mécanisme plaintif. Pensez-y un instant. N'avez-vous jamais côtoyé des gens qui vous donnent un sentiment de culpabilité quand vous êtes en leur présence, même s'il n'y a aucune raison valable ?

— Si.

— Eh bien, c'est parce que vous avez accepté d'entrer dans le mécanisme de domination d'une personne qui se fait plaindre. Tout leur système consiste à vous amener à penser que vous n'en faites pas assez pour eux. C'est pour ça que vous vous sentez coupable. »

J'acquiesçai.

« Chaque mécanisme particulier peut être examiné selon qu'il tombe dans la catégorie passive ou agressive. Une personne subtile dans sa manière d'être agressive, de trouver votre point faible, de détruire lentement votre univers pour vous prendre votre énergie, cette personne, comme votre père, serait un interrogateur. Le mécanisme d'indifférence par lequel vous répondiez à cela est moins passif que l'attitude plaintive que nous venons d'évoquer. Si vous me suivez, la progression est la suivante : intimidateur, interrogateur, indifférent et plaintif. Vous comprenez ?

— Je crois. Vous pensez que chacun d'entre nous tombe obligatoirement dans une de ces catégories ?

— Exactement. Certaines personnes se servent de plus d'une catégorie à la fois selon les circonstances, mais la plupart d'entre nous avons un système de domination permanent, qui est en général celui qui a le mieux marché avec les membres de notre famille quand nous étions enfants. »

Tout soudain s'éclaira. Ma mère se conduisait avec moi exactement comme mon père. Je regardai Sanchez.

« Je sais ce que ma mère était. Elle était aussi une interrogatrice.

— Donc vous avez reçu une double dose. Pas étonnant que vous soyez si distant. Mais au moins ils n'ont pas réussi à vous intimider. Vous n'avez jamais craint pour votre sécurité.

— Qu'est-ce qui se serait passé si ç'avait été le cas ?

— Vous vous seriez enlisé dans le mécanisme du plaintif. Voyez comment ça fonctionne. Si vous êtes un enfant privé de son énergie par une personne qui vous cause un dommage physique, l'indifférence ne sert à rien. Inutile de combattre cet individu avec cette arme. Il se moque de ce que vous ressentez. Il est trop fort pour vous. Vous êtes obligé de devenir passif et plaintif, de chercher à le faire se sentir coupable du mal qu'il fait.

« Si ça ne suffit pas, alors vous êtes forcé d'attendre de devenir à votre tour assez fort pour exploser contre cette violence et répondre à l'agression par l'agression. »

Il s'interrompit.

« Comme l'enfant dont vous m'avez parlé, dans la famille péruvienne qui vous servait à dîner. Chacun va le plus loin possible afin d'obtenir de l'énergie au sein de sa famille. Ensuite, sa stratégie devient un modèle qu'il répète encore et encore tout au long de sa vie.

— Je comprends l'intimidateur, mais comment devient-on l'interrogateur ?

— Que feriez-vous si, étant enfant, vos parents étaient absents, ou n'étaient préoccupés que par leur carrière ?

— Je l'ignore.

— L'indifférence ne suffirait pas. Ils ne s'en apercevraient pas. Vous seriez obligé de chercher une faille, de fouiller, et finalement de découvrir un point faible dans ces gens indifférents pour obtenir de l'énergie. C'est ce que fait un interrogateur. »

Je commençais à comprendre.

« L'indifférence fabrique des interrogateurs.

— Tout à fait.

172

« — Et les interrogateurs fabriquent des gens indifférents. Et les intimidateurs fabriquent en face d'eux des plaintifs. Ou, si ça ne marche pas, un autre intimidateur.

— Voilà. C'est ainsi que les mécanismes de domination se perpétuent. Mais attention, on a tendance à identifier ces mécanismes chez les autres et à s'en croire protégé. Il faut absolument se débarrasser de cette illusion pour progresser. Nous sommes chacun, tour à tour, englués dans un tel mécanisme, et il nous faut prendre du recul et le découvrir. »

Je restai silencieux un moment, puis je dis :

« Une fois ce mécanisme découvert, que se passe-t-il ? »

Sanchez ralentit pour me regarder dans les yeux :

« Nous sommes alors vraiment libres de dépasser le rôle inconscient que nous jouons. Nous pouvons trouver une signification plus élevée à notre vie, un motif spirituel pour être né au sein de notre famille. Nous pouvons commencer à mieux voir qui nous sommes. »

« Nous arrivons », dit Sanchez.

La route passait entre deux sommets ; en dépassant celui de droite, je vis une petite maison droit devant. Elle se découpait contre un autre énorme pan de montagne.

« Sa camionnette n'y est pas », s'étonna Sanchez.

Il s'est garé et nous avons marché vers la maison. Il a ouvert la porte et est entré tandis que j'attendais dehors. Je respirai profondément. Il faisait frais, presque frisquet. Le ciel était gris foncé, chargé de nuages. Il allait pleuvoir.

Sanchez revint.

« Il n'y a personne, il doit être dans les ruines.

— Comment on y va ? »

Il s'arrêta, l'air soudain épuisé.

« Elles sont à environ huit cents mètres devant nous. Voilà les clés du camion. Suivez la route jusqu'à la prochaine crête et vous les verrez. J'ai besoin de rester ici pour méditer.

— D'accord », acceptai-je en me rendant vers le camion.

Je démarrai en direction d'une petite vallée, puis continuai jusqu'à la crête suivante. La vue, soudain, m'enchanta. Je vis d'un seul coup la splendeur des ruines de Machu Picchu : un énorme temple fait de rochers soigneusement posés les uns sur les autres en haut de la montagne. Même dans cette lumière grisâtre, la beauté des lieux était stupéfiante.

J'arrêtai le camion et aspirai l'énergie des lieux pendant un bon quart d'heure. Plusieurs groupes marchaient dans les ruines. Je vis un homme portant un col romain sortir des ruines d'un bâtiment et se diriger vers un véhicule garé à côté. A cause de la distance et parce qu'il portait une veste de cuir, je n'étais pas certain que ce fût le père Carl.

Je démarrai le camion pour m'approcher. Dès qu'il entendit le son du moteur il sourit et s'arrêta, car il semblait savoir que c'était le véhicule de Sanchez. Me voyant à l'intérieur, il parut surpris et s'approcha. Il était courtaud, trapu, avec des cheveux brun foncé, des traits tombants et des yeux bleu foncé. Il devait avoir la trentaine.

« Je suis avec le père Sanchez, expliquai-je en descendant du camion. Il est resté chez vous. »

Il me tendit la main.

« Je suis le père Carl. »

Derrière lui, les ruines paraissaient encore plus formidables.

« C'est votre première visite ici ?

— Oui, j'en ai entendu parler depuis très longtemps, mais je ne pouvais pas imaginer que c'était comme ça.

— C'est un des plus grands centres d'énergie au monde. »

Je le regardai plus attentivement. Il parlait d'énergie, visiblement dans le sens donné à ce mot dans le Manuscrit. J'acquiesçai et confiai :

« J'en suis arrivé au point où j'essaie consciemment de me remplir d'énergie et de maîtriser mon mécanisme de domination ».

Je me sentis prétentieux en parlant ainsi, mais sincère.

« Vous ne paraissez pas indifférent. »

Je fus surpris.

« Comment savez-vous que c'est mon mécanisme de domination ?

— J'ai une sorte d'instinct pour ces choses. C'est pour ça que je suis ici.

— Vous aidez les gens à identifier leur mécanisme ?

— Oui, et aussi à se voir comme ils sont. »

Ses yeux brillaient de sincérité. Il était très direct et ne ressentait aucun embarras à se livrer à un total inconnu.

Je restai silencieux, et il continua :

« Vous comprenez bien les cinq premières révélations ?

— J'ai presque tout lu. Et j'en ai parlé avec plusieurs personnes. »

Je me rendis compte que j'étais trop vague.

« Je crois que je comprends bien les cinq premières, ajoutai-je, mais, pour la sixième, c'est moins sûr. »

Il approuva :

« La plupart des gens avec lesquels j'ai parlé n'ont même pas conscience de l'existence du Manuscrit.

Ils viennent ici et se sentent remplis d'énergie. Cela suffit à leur faire remettre en cause leur vie.

— Et comment rencontrez-vous ces gens ? »

Il me regarda d'un air entendu.

« Ce sont eux qui me trouvent.

— Vous dites que vous les aidez à se voir tels qu'ils sont. Comment faites-vous ? »

Il inspira profondément et répondit :

« Il n'y a qu'un seul moyen. Chacun doit repenser à son enfance, à sa famille, et chercher à comprendre ce qui s'y passait. Une fois que nous avons pris conscience de notre mécanisme de domination, nous pouvons entrevoir la vérité sur notre famille, le secret qui se cache derrière la lutte pour l'énergie. Une fois que nous avons découvert cette vérité, elle donne de l'énergie à notre vie, car elle nous apprend qui nous sommes, sur quel chemin nous nous trouvons, ce que nous sommes vraiment en train de faire.

— C'est ce que m'a dit Sanchez. Mais je voudrais en savoir plus sur les moyens de trouver cette vérité. »

Il remonta sa fermeture éclair car le vent était piquant et dit :

« J'espère que nous pourrons en parler plus tard. Maintenant, je voudrais aller accueillir le père Sanchez. »

Je me tournai vers les ruines, et il ajouta :

« Sentez-vous libre de tout visiter tranquillement. Vous nous retrouverez chez moi quand vous voudrez. »

Pendant une heure et demie, je visitai les ruines. Parfois je m'arrêtais, à certains endroits qui m'inspiraient davantage... Je m'émerveillais devant la civilisation qui avait été capable d'édifier ces temples. Comment avait-on pu soulever ces énormes pierres, les placer l'une au-dessus de l'autre ? Cela paraissait impossible.

A mesure que mon intérêt pour les ruines commençait à décroître, mes pensées revinrent se fixer sur ma propre situation. Bien qu'elle n'ait pas vraiment changé, j'avais moins peur. L'air assuré de Sanchez m'avait influencé. J'avais eu tort de douter de lui. Et le père Carl me plaisait déjà beaucoup.

Au crépuscule, je repris le volant du camion et roulai vers la maison. Je vis de loin les deux hommes debout l'un près de l'autre à l'intérieur. En entrant, j'entendis des rires. Ils s'activaient dans la cuisine, pour préparer le dîner. Carl m'accueillit et m'indiqua une chaise. Je m'assis paresseusement devant la grande cheminée et regardai autour de moi.

La pièce était vaste, et ses murs tapissés de panneaux de bois un peu tachés. Deux autres pièces, sans doute des chambres, étaient visibles ; entre elles j'aperçus un couloir. L'éclairage électrique était faible ; je crus entendre le bruit d'une génératrice.

Je fus invité à m'asseoir à une table de bois grossier. Sanchez fit une brève prière, puis nous avons mangé, tandis que les deux prêtres ne cessaient de parler. Ensuite nous nous sommes assis près de la cheminée.

« Le père Carl a parlé à Wil, m'informa Sanchez.

— Quand ? demandai-je, aussitôt excité.

— Wil est passé ici il y a quelques jours, précisa Carl. Je l'avais rencontré il y a presque un an, et il est venu m'apporter quelques informations utiles. Il m'a dit qu'il pensait savoir qui est le véritable cerveau de la croisade gouvernementale contre le Manuscrit.

— Qui est-ce ?

— Le cardinal Sebastian, intervint Sanchez.

— Qu'est-ce qu'il fait exactement ?

— Apparemment il utilise son influence politique pour accroître la pression de l'armée contre le Manuscrit. Il a toujours préféré agir en se servant du gouvernement plutôt qu'en provoquant une scission dans l'Église. En ce moment, il intensifie ses efforts, et malheureusement ça semble payer.

— Comment cela ?

— A part quelques prêtres du Conseil du Nord, et quelques rares individus comme Wil ou Julia, personne ne paraît avoir d'exemplaire des textes.

— Et les scientifiques de Viciente ? »

Ils se turent, puis Carl avança :

« Wil m'a dit que le gouvernement a fait fermer le centre. Tous les chercheurs ont été arrêtés et leurs documents saisis.

— Et la communauté scientifique va accepter ça ?

— Quel autre choix a-t-elle ? fit Sanchez. D'ailleurs leurs recherches n'étaient pas acceptées par la plupart de leurs confrères. Le gouvernement fait dire partout que ces gens travaillaient dans l'illégalité.

— Je ne peux pas croire que le gouvernement puisse s'en tirer avec de telles sottises.

— Détrompez-vous, reprit Carl. J'ai rendu quelques visites pour vérifier, et tout m'a été confirmé. Même s'il ne dit rien au public, le gouvernement accentue très fortement sa pression.

— Que pensez-vous qu'il va se passer ? »

Carl haussa les épaules. Sanchez répondit :

« Je l'ignore, mais cela dépendra de ce que Wil va trouver.

— Pourquoi ?

— Je crois qu'il est sur le point de découvrir la partie manquante du Manuscrit, la neuvième révélation. Peut-être, s'il y parvient, cela intéressera-t-il assez le monde pour déclencher une intervention extérieure.

— Où vous a-t-il dit qu'il allait ? » demandai-je à Carl.

— Il n'était pas encore sûr, mais son intuition le poussait à aller plus au nord, vers le Guatemala.

— Son intuition ?

— Oui, vous comprendrez cela quand vous saurez mieux qui vous êtes réellement et que vous serez parvenu à la septième révélation. »

Je les regardai, éberlué de leur apparente sérénité.

« Comment pouvez-vous rester aussi calmes ? Et si les soldats débarquent ici et nous arrêtent tous ? »

Sanchez me regarda d'un air patient :

« Ne confondez pas le calme et l'insouciance. Notre sérénité vous donne une idée de la force de notre lien avec l'énergie. Nous restons reliés parce que c'est la meilleure chose à faire, quelles que soient les circonstances. Vous comprenez, n'est-ce pas ?

— Oui, bien sûr. Mais moi, je crois que j'ai du mal à rester relié. »

Ils sourirent.

« Cela vous sera plus facile quand vous saurez qui vous êtes. »

Sanchez se leva et annonça qu'il allait faire la vaisselle. J'interrogeai le père Carl :

« Bon, alors, que dois-je faire pour savoir qui je suis ?

— Le père Sanchez m'a assuré que vous aviez déjà compris le mécanisme de domination de vos parents.

— C'est vrai. Ils étaient tous les deux des interrogateurs, et c'est ce qui m'a rendu indifférent.

— Maintenant vous devez voir au-delà de la lutte

pour l'énergie qui existait dans votre famille et chercher quelles sont les vraies raisons pour lesquelles vous vous êtes trouvé là. »

Je le fixai des yeux sans comprendre.

« Le processus qui vous permettra de découvrir votre véritable identité spirituelle vous impose de considérer toute votre vie comme une seule longue histoire, et de lui chercher une plus haute signification. Demandez-vous d'abord ceci : pourquoi suis-je né dans cette famille-là ? Quelle peut en avoir été la raison ?

— Mais je n'en ai pas la moindre idée, dis-je.

— Votre père était un interrogateur. Qu'était-il d'autre ?

— Vous me demandez quelles étaient ses passions ?

— Oui.

— C'est un homme qui a toujours voulu vivre pleinement sa vie, avec honnêteté, mais en en tirant le maximum. Vous me suivez ?

— Oui, mais y est-il parvenu ?

— Dans une certaine mesure, mais il semble toujours avoir un coup de malchance au moment où il touche au but. »

Les yeux du père Carl se plissèrent dans une attitude contemplative. Il dit enfin :

« Il croit que la vie doit être vécue à fond, mais il n'est pas arrivé à le faire, c'est bien ça ?

— Oui.

— Vous êtes-vous demandé pourquoi ?

— Pas vraiment ; j'ai toujours pensé qu'il manquait de chance.

— Peut-être qu'il n'a pas encore trouvé le moyen d'y arriver ?

— Peut-être que non !

— Et votre mère ?

— Elle est morte.

— Qu'est-ce que la vie représentait pour elle ?

— Elle vivait comme d'autres vont à l'église. Elle avait des principes chrétiens.

— Comment cela ?

— Elle croyait en la loi divine et elle pensait que chacun devait se mettre au service de la communauté.

— Suivait-elle la loi divine ?

— A la lettre, du moins de la manière qu'enseignait l'Église.

— Est-elle arrivée à convaincre votre père de l'imiter ? »

Je ris.

« Non, pas vraiment. Ma mère voulait qu'il aille à l'église chaque dimanche et qu'il participe à la vie de la communauté. Mais, comme je vous l'ai dit, il avait un esprit bien trop libre pour ça.

— Et vous, dans tout ça, que pensiez-vous ? »

Je le regardai.

« Je n'ai jamais réfléchi à cette question.

— Ne cherchaient-ils pas l'un et l'autre à vous avoir de leur côté ? N'est-ce pas pour cela qu'ils vous interrogeaient, pour s'assurer que vous ne preniez pas parti pour les valeurs de l'autre ? Ne voulaient-ils pas, l'un et l'autre, vous amener à considérer que leur façon de penser était la meilleure ?

— Oui, c'est vrai.

— Et comment réagissiez-vous à cela ?

— Je crois que j'ai seulement évité de prendre parti.

— Chacun des deux vous a contrôlé pour s'assurer que vous étiez sur sa propre longueur d'onde, et vous, ne parvenant pas à satisfaire les deux, vous êtes devenu indifférent.

— C'est presque ça, dis-je.

— Et votre mère, que lui est-il arrivé ?

— Elle a contracté la maladie de Parkinson et elle est morte plusieurs années après.

— A-t-elle gardé sa foi intacte ?

— Entièrement, et jusqu'au bout.

— Alors, quelle leçon avez-vous tiré de sa vie à elle ?

— Quoi ?

— Vous recherchez le sens que sa vie a eu pour vous, la raison pour laquelle vous êtes né d'elle, ce que vous deviez apprendre là où vous étiez. Chaque être humain, qu'il en soit conscient ou non, illustre par sa vie l'idée qu'il se fait de la vie en général. Vous devez essayer de découvrir ce qu'elle a voulu vous enseigner, et aussi, en même temps, ce qu'elle aurait pu mieux réussir dans sa vie. Ce que vous auriez voulu changer à la vie de votre mère, c'est en partie ce que vous recherchez pour vous.

— En partie seulement ?

— Parce que l'autre partie, c'est ce que vous auriez voulu changer à la vie de votre père. »

Je restai immobile dans l'obscurité.

Il me mit la main sur l'épaule.

« Nous ne sommes pas uniquement la création physique de nos parents, mais aussi leur création spirituelle. Vous êtes né de ces deux personnes, et leurs vies respectives ont eu une influence décisive sur vous. Pour découvrir qui vous êtes, il vous faut admettre que votre véritable identité a commencé quelque part à mi-chemin de leurs deux vérités. C'est pour cela que vous êtes né d'eux : pour prendre du recul par rapport à leurs croyances. Votre chemin à vous consiste à découvrir une vérité qui serait une synthèse à un plus haut niveau de leurs croyances respectives. »

J'acquiesçai.

« Alors, comment exprimeriez-vous ce que vos parents vous ont enseigné ?

— Je ne sais pas très bien.

— Essayez !

— Mon père pensait qu'il était au monde pour tirer le maximum de toutes choses, et il a cherché à atteindre ce but. Ma mère croyait au sacrifice, au service des autres, au renoncement. Elle y voyait le sens vrai des Écritures.

— Et vous, qu'en pensez-vous ?

— Je ne sais pas très bien.

— Quel point de vue choisiriez-vous pour vous-même, celui de votre père ou celui de votre mère ?

— Aucun. Je ne crois pas que la vie soit aussi simple... »

Il rit.

« Vous redevenez vague.

— Je crois que je ne sais pas très bien quoi penser.

— Et si vous étiez obligé de choisir ? »

J'hésitai, cherchant à être honnête. La réponse vint.

« Ils ont chacun tort et raison à la fois. »

Il parut satisfait.

« Comment ?

— Ça, je n'en suis pas très sûr. Mais je crois qu'une vie exemplaire doit faire place à leurs deux points de vue.

— La question qui se pose à vous, reprit le père Carl, c'est *comment*. Comment peut-on vivre une vie qui mêle ces deux points de vue. De votre mère, vous avez appris que la vie est avant tout d'ordre spirituel. De votre père, qu'elle est accomplissement personnel, plaisir, aventure.

— Donc mon problème, résumai-je en l'interrompant, est de chercher à combiner les deux approches ?

— Oui, pour vous, la spiritualité est la question. Il faut que vous trouviez une forme de spiritualité à travers laquelle vous puissiez vous accomplir. C'est ce que vos parents n'ont pas réussi à faire ; c'est en cela que doit consister votre évolution, votre quête pendant votre vie sur terre. »

Cette remarque me plongea dans un abîme de réflexion. Le père Carl poursuivait, mais je n'arrivais pas à l'écouter. Le feu déclinant avait un effet calmant sur moi. Je me sentis soudain fatigué.

Il se redressa sur sa chaise et conclut :

« Je crois que vous avez épuisé votre énergie pour ce soir. Laissez-moi cependant vous dire une dernière chose. Vous pouvez aller dormir et ne plus jamais penser à notre conversation. Vous pouvez retomber dans votre vieux mécanisme de domination, ou encore vous réveiller demain matin en vous interrogeant sur cette notion de véritable identité. Si c'est le cas, poursuivez la démarche qui consiste à vous souvenir de tout ce qui vous est arrivé depuis votre naissance. Si vous considérez votre vie comme une histoire qui s'est déroulée de votre naissance jusqu'à ce jour, vous comprendrez comment vous avez tâché de répondre à cette question depuis toujours. Et vous saurez pourquoi vous êtes venu ici au Pérou, et ce que vous avez à faire demain. »

Je souris et m'approchai de lui. Il avait un regard affectueux et la même expression que j'avais observée si souvent sur les traits de Wil et du père Sanchez.

« Bonne nuit ! » me dit-il en fermant la porte de sa chambre.

Je déroulai mon sac de couchage sur le sol et m'endormis presque aussitôt.

Je m'éveillai en pensant à Wil. Je voulais demander au père Carl ce qu'il savait d'autre sur les projets de Wil. J'étais toujours couché dans mon sac fermé lorsque le père Carl entra dans la pièce. Tranquillement, il ralluma le feu.

J'ouvris le sac de couchage et il se retourna, surpris par le bruit de la fermeture Éclair.

« Bonjour. Avez-vous bien dormi ?

— Oui », assurai-je en me mettant debout.

Il mit du petit bois sur les braises et rajouta de grosses bûches.

« Est-ce que Wil vous a raconté ses projets ? »

Il se redressa pour me faire face.

« Il m'a dit qu'il allait rendre visite à un ami pour obtenir certains renseignements, apparemment sur la neuvième révélation.

— Qu'a-t-il dit d'autre ?

— Que le cardinal Sebastian veut trouver lui-même la neuvième révélation et qu'il est près de réussir. Wil pense que celui qui découvrira la dernière révélation sera celui qui décidera si le Manuscrit doit ou non être rendu public et expliqué.

— Pourquoi ?

— Je n'en suis pas sûr. Wil est l'un des premiers qui ait rassemblé et lu les révélations. Il les comprend sans doute mieux que quiconque. Il pense certainement que la dernière rendra les autres plus claires et les fera accepter.

— Est-ce qu'il a raison à votre avis ?

— Je l'ignore. Je ne comprends pas tout aussi bien que lui. Je sais seulement ce qui m'est demandé.

— Quoi donc ?

— Comme je vous l'ai dit, ma vérité est d'aider les autres à découvrir qui ils sont. Quand j'ai lu le Manuscrit, cette mission m'est apparue très clairement. La sixième révélation s'adresse vraiment à moi. Mon devoir est d'aider les autres à la comprendre. Et j'y parviens parce que je suis moi-même passé par là.

— Quel était votre mécanisme à vous ? »

Il rit.

« J'étais un interrogateur.

— Vous dominiez les gens en leur faisant découvrir ce qui clochait dans leur vie ?

— Tout à fait. Mon père était plaintif et ma mère indifférente. Ils ne faisaient pas du tout attention à moi. Je n'arrivais à obtenir de l'énergie qu'en espionnant leurs faits et gestes et en les critiquant.

— Et quand avez-vous découvert votre mécanisme ?

— Il y a dix-huit mois environ, quand j'ai rencontré le père Sanchez et que j'ai commencé l'étude du Manuscrit. Après avoir étudié l'attitude de mes parents, j'ai compris ce que ma vie avec eux m'avait préparé à faire. Mon père voulait réussir, il se fixait toujours des buts. Sa vie était organisée méthodiquement, et il se jugeait lui-même selon ce qu'il accomplissait. Ma mère était mystique et intuitive. Elle croyait que chacun recevait une direction spirituelle et que la vie consistait à suivre cette voie qui nous est tracée.

— Qu'en pensait votre père ?

— Il pensait que c'était fou. »

Je souris sans rien dire.

« Voyez-vous où tout cela m'a conduit ? » poursuivit le père.

Je secouai la tête en signe d'ignorance.

« A cause de mon père, je pensais que le but de la vie était de réussir : il fallait avoir un objectif important et l'atteindre. Mais ma mère me disait à sa manière que la direction à suivre était tout intérieure. J'ai donc compris que ma vie serait une synthèse des deux attitudes. J'ai cherché à découvrir comment nous étions guidés de l'intérieur vers cette mission qui nous est propre, en sachant qu'il était vital de la réaliser si nous voulions être heureux. »

J'approuvai.

« Vous voyez maintenant pourquoi la sixième révélation m'a tellement passionné. Dès que je l'ai lue, j'ai compris que mon rôle serait d'aider les autres à s'identifier pour qu'ils puissent à leur tour chercher leur mission.

— Savez-vous comment Wil a trouvé son chemin ?

— Oui, il m'en a parlé un peu. Il était lui aussi un indifférent, comme vous. Et ses parents étaient tous deux des interrogateurs, chacun ayant une vision forte de la vie qu'ils voulaient lui imposer. Son père était un romancier allemand qui affirmait que la destinée ultime de la race humaine était de se perfectionner. Il n'avait jamais affirmé autre chose que des principes humanistes, mais les nazis ont utilisé sa théorie pour légitimer leur assassinat collectif des races dites inférieures.

« Le détournement de son œuvre a détruit le vieil homme et l'a fait fuir en Amérique du Sud avec sa femme et Wil. Sa femme était une Péruvienne élevée aux États-Unis. Elle était aussi écrivain, mais ses convictions philosophiques étaient orientalistes. La vie pour elle consistait à atteindre une joie intérieure, la paix de l'esprit, le détachement. La vie n'avait rien à voir avec la perfection. Il fallait au contraire abandonner l'idée de perfection, de quête continuelle... Vous voyez où cela a mené Wil ? »

Je secouai la tête.

« Il était dans une position difficile. Son père se faisait le champion de l'idée occidentale du progrès, de la perfection, et sa mère recherchait la paix intérieure et rien d'autre. Ils avaient préparé Wil à réconcilier les principales différences philosophiques entre les cultures occidentale et orientale. Mais il ne le sut que plus tard. Il devint d'abord un ingénieur, consacrant sa vie au progrès, puis un simple guide qui recherchait la paix en amenant les autres à la contemplation de la beauté dans ce pays.

« Mais la quête du Manuscrit a tout fait resurgir. Les révélations concernent directement les questions qui lui sont essentielles. Elles lui ont révélé que les conceptions philosophiques de l'Orient et de l'Occident peuvent s'harmoniser au sein d'une vérité plus haute. Que l'Occident a raison de dire que la vie, c'est le progrès, la poursuite d'un but plus élevé. Mais que l'Orient a aussi raison de dire que nous devons cesser de nous laisser guider par notre moi. La logique seule ne permet pas de progresser. Il faut atteindre une conscience plus aiguë, un lien intérieur avec Dieu, car c'est alors seulement que notre évolution vers un état meilleur pourra être guidée et orientée par une partie plus noble de notre être.

« Quand Wil a commencé à découvrir les révélations, sa vie a changé profondément. Il a rencontré José, le prêtre qui avait découvert le Manuscrit, qui l'avait aussi fait traduire. Peu après, il a fait la connaissance du propriétaire de Viciente et a aidé au démarrage des programmes de recherche. Presque en même temps, il a connu Julia, qui était dans les affaires mais faisait aussi visiter à des groupes les forêts vierges.

« C'est avec Julia qu'il avait le plus d'affinités. Ils se sont trouvés tout de suite à cause de la similitude des questions qu'ils se posaient. Le père de Julia parlait de spiritualité, mais sans ligne de conduite. Sa mère était professeur d'université : elle exigeait des idées claires. Julia voulut donc tout naturellement en savoir plus sur la spiritualité, mais elle voulait des faits clairs et précis.

« Alors que Wil recherchait une synthèse entre les idées de l'Orient et celles de l'Occident, capable d'expliquer la spiritualité humaine, Julia voulait surtout que cette explication soit très précise. A chacun d'eux le Manuscrit apportait une réponse.

— Le petit déjeuner est prêt », prévint Sanchez du fond de la cuisine.

Je me retournai, surpris, car je n'avais pas remarqué qu'il était levé. Sans dire un mot de plus, Carl et moi avons rejoint Sanchez pour partager ses céréales et ses fruits. Puis Carl me proposa de l'accompagner jusqu'aux ruines. J'acceptai, heureux d'y retourner. Nous avons tous deux interrogé Sanchez du regard mais il a refusé très poliment de nous suivre, prétextant qu'il lui fallait descendre en ville pour passer quelques coups de téléphone.

Le ciel, dehors, était clair, et le soleil brillait déjà au-dessus des pics. Nous marchions d'un pas vif.

« Est-ce qu'il y a un moyen de contacter Wil ?

— Non. Il ne m'a pas dit où habitaient ses amis. Le seul moyen serait de rouler jusqu'à Iquitos, une ville proche de la frontière du nord, mais cela serait dangereux actuellement.

— Et pourquoi Iquitos ?

— Il pense que sa recherche le conduira là. Il y a beaucoup de ruines. Et le cardinal Sebastian a une Mission juste à côté.

— Pensez-vous qu'il trouvera la dernière révélation ?

— Je l'ignore. »

Nous avons marché en silence, puis le père Carl a demandé :

« Savez-vous quel chemin vous-même allez suivre ?

— Comment cela ?

— Le père Sanchez m'a dit que vous lui aviez d'abord parlé de rentrer aux États-Unis, mais qu'ensuite vous sembliez plus intéressé par la découverte des révélations... Que voulez-vous faire maintenant ?

— Ce n'est pas clair... mais, pour une raison que j'ignore, j'ai aussi envie de continuer.

— On m'a dit qu'un homme avait été tué à vos côtés.

— C'est exact.

— Mais vous voulez quand même rester ?

— Non, je veux partir, rester en vie... Mais pourtant, je suis là.

— Pourquoi, à votre avis ? »

Je le regardai.

« Aucune idée. Et vous ?

— Vous souvenez-vous où nous avons arrêté notre discussion hier soir ? »

Je m'en souvenais parfaitement.

« Nous avons trouvé la question à laquelle mes parents m'ont laissé confronté : découvrir une spiritualité qui soit un accomplissement et donne en même temps le goût de l'aventure, l'envie de réussir. Et vous avez dit que, si je regardais avec précision le cours de ma vie, cette question mettrait toute cette vie en perspective et éclairerait ce qui m'arrive maintenant. »

Il sourit d'un air mystérieux.

« Oui, c'est ce qu'affirme le Manuscrit.

— Comment ça ?

— Chacun de nous doit considérer avec attention les changements de cap significatifs dans sa vie et les réinterpréter à la lumière de la notion d'évolution. »

Je secouai la tête sans comprendre.

« Essayez de percevoir la série des amis, des coïncidences, des passions qui ont traversé votre vie. Est-ce que tout cela ne vous a pas conduit quelque part ? »

Je repensai à ma vie depuis mon enfance, mais n'y distinguai aucun plan.

« Qu'avez-vous fait en grandissant ?

— Oh, ce que font tous les enfants, je pense. J'ai beaucoup lu.

— Vous avez lu quoi ?

— Des aventures, de la science-fiction, des histoires de fantômes, ce genre de trucs.

— Et que s'est-il passé dans votre vie, ensuite ? »

Je pensai à l'influence de mon grand-père sur moi, et parlai au père du lac et de ses montagnes.

Il approuva d'un air entendu.

« Et quand vous êtes devenu adulte, que s'est-il passé ?

— Je suis parti à l'université. Mon grand-père est mort pendant que j'y étais.

— Vous avez fait quelles études ?

— J'ai une licence de sociologie.

— Pourquoi ?

— J'ai rencontré un professeur qui m'a plu. Sa connaissance de la nature humaine m'a intéressé, et j'ai décidé de suivre ses cours.

— Et ensuite ?

— J'ai fini ma licence et j'ai commencé à travailler.

— Cela vous a plu ?

— Oui, pendant un bon moment.

— Puis les choses ont changé ?

— J'ai ressenti un manque dans ce que je faisais. Je travaillais avec des adolescents perturbés et je croyais savoir comment les aider à surmonter leur passé et à en finir avec leur comportement destructeur. Je croyais pouvoir les aider à mieux vivre. Mais j'ai senti que quelque chose n'allait pas dans ma méthode.

— Et ensuite ?

— J'ai démissionné.

— Et...

— Une vieille amie m'a appelé et m'a parlé du Manuscrit.

— C'est alors que vous avez décidé de venir au Pérou ?

— Oui.

— Que pensez-vous de ce que vous avez vécu ici ?

— Je crois que je suis fou et que je vais me faire assassiner.

— Mais que pensez-vous de la manière dont cette expérience a évolué ?

— Je ne vous suis pas.

— Quand le père Sanchez m'a raconté ce qui vous est arrivé au Pérou, j'ai été ébahi par le nombre de coïncidences qui vous ont mis face à différents aspects du Manuscrit au bon moment. »

Il stoppa et me regarda.

« Cela veut dire que vous étiez prêt pour elles. Vous êtes comme nous autres. Vous êtes venu au moment même où dans votre évolution personnelle vous aviez besoin du Manuscrit.

« Voyez à quel point tous les événements de votre vie s'ajustent bien. Dès le départ vous êtes passionné par le mystère et cela vous conduit à étudier la nature humaine. Pourquoi croyez-vous avoir rencontré justement ce professeur-là ? Il a cristallisé vos passions et vous a fait entrevoir le grand mystère : la situation de l'homme sur cette planète, le sens de la vie. Puis vous avez compris que le sens de la vie était lié à la capacité de dépasser notre passé, à la capacité d'avancer. C'est pour cela que vous avez travaillé avec ces jeunes.

« Mais vous savez aujourd'hui que sans les révélations vous n'auriez jamais découvert ce qui n'allait pas dans votre méthode. Les adolescents perturbés, pour aller de l'avant, doivent faire comme nous : trouver suffisamment d'énergie pour y voir clair dans leur mécanisme de domination et s'engager

192

dans une aventure spirituelle. Vous n'avez rien fait d'autre.

« Regardez bien la perspective dans laquelle s'inscrivent ces événements. Toutes les passions qui vous ont guidé dans le passé, toutes les étapes de votre évolution vous ont préparé à être ici aujourd'hui, à explorer les révélations. Vous avez passé votre vie à chercher à atteindre la spiritualité, et l'énergie que vous avez acquise dans ce lieu où vous avez grandi, cette énergie que votre grand-père a essayé de vous faire découvrir, vous a donné le courage de venir au Pérou. Vous êtes ici parce que cela est nécessaire pour poursuivre votre évolution. Toute votre vie n'a été qu'un long chemin pour aboutir à ce moment. »

Il sourit.

« Lorsque vous aurez parfaitement assimilé cette façon de voir votre vie, vous posséderez ce que le Manuscrit appelle une conscience claire de votre cheminement spirituel. Le Manuscrit dit que nous devons tous consacrer le temps nécessaire à éclaircir notre passé. Nous avons presque tous un mécanisme de domination à dépasser, mais, une fois cela fait, nous pourrons comprendre la véritable signification de notre filiation, et à quoi nous ont préparés tous les carrefours et toutes les avenues de notre vie. Nous avons tous une mission spirituelle que nous avons entamée sans la conscience claire de son contenu, et, lorsque nous parvenons à cette conscience, notre vie prend tout son sens.

« Maintenant que vous avez découvert votre but vous devez aller de l'avant, en laissant les coïncidences vous conduire vers une vision de plus en plus nette du chemin à suivre. Depuis votre arrivée au Pérou, vous avez emprunté de l'énergie à Wil et au père Sanchez. Maintenant c'est à vous d'avancer par vous-même. »

Il allait poursuivre, mais notre attention fut attirée par l'arrivée du camion de Sanchez qui fonçait vers nous. Il s'arrêta et ouvrit la vitre.

« Qu'est-ce qui se passe ?

— Je dois revenir à la Mission le plus vite possible. Les troupes gouvernementales sont là-bas... et aussi le cardinal Sebastian. »

Nous avons tous deux sauté dans le camion, et Sanchez a roulé vers la maison du père Carl, en nous expliquant que les soldats étaient venus pour confisquer toutes les copies du Manuscrit et peut-être pour fermer la Mission.

Une fois dans la maison, Sanchez rangea rapidement ses affaires ; je restais immobile, réfléchissant à ma ligne de conduite. Carl s'approcha de Sanchez et lui assura :

« Je crois qu'il faut que je vous accompagne. »

Sanchez se retourna et répondit :

« Vous croyez ?

— Oui, je le crois.

— Pour quoi faire ?

— Je ne le sais pas encore. »

Sanchez le regarda fixement et finit par ajouter :

« Si c'est ce que vous pensez... »

Appuyé contre le chambranle de la porte, je demandai :

« Et moi, que faut-il que je fasse ? »

Ils me regardèrent.

« Ça dépend de vous », dit le père Carl.

Je restai silencieux.

« C'est à vous de décider », reprit Sanchez.

Je ne pouvais croire qu'ils seraient aussi indifférents à mon choix. Les accompagner signifiait une capture certaine par les soldats. Et pourtant, comment rester seul ici ?

« Écoutez, je ne sais pas quoi faire. Aidez-moi. Quelqu'un d'autre peut-il me cacher ? »

Ils se consultèrent.

« Je ne crois pas », avoua Carl.

L'angoisse me serrait l'estomac.

Carl sourit et m'encouragea :

« Restez concentré. N'oubliez pas qui vous êtes. »

Sanchez alla chercher un porte-documents dans un grand sac.

« Voici une copie de la sixième révélation. Peut-être que cela va vous aider à prendre une décision. »

Pendant que je prenais le document, Sanchez demanda à Carl :

« Dans combien de temps pourrez-vous partir ?

— J'ai des personnes à prévenir. Disons une heure. »

Sanchez me regarda et proposa alors :

« Lisez cela et réfléchissez un peu. Ensuite nous parlerons vous et moi. »

Ils se remirent à leurs préparatifs et j'allai m'asseoir dehors sur un gros rocher. J'ouvris le Manuscrit. Il faisait un écho parfait aux paroles des deux prêtres. Éclaircir le passé consistait bien à prendre conscience de notre mécanisme de domination, celui que nous avions élaboré dans notre enfance. Et, si nous y parvenions, nous trouvions, disait le texte, notre identité évolutive, notre moi profond.

Je lus tout le texte en moins de trente minutes et je compris finalement la révélation fondamentale qu'il contenait : avant de pouvoir atteindre cet état d'esprit très spécial que la plupart des gens ne faisaient qu'entrevoir — et qui consiste à se voir avancer dans la vie sous la conduite de coïncidences mystérieuses —, il fallait savoir qui nous étions.

Le père Carl apparut au coin de la maison. Il me vit et me rejoignit.

« Avez-vous terminé ? s'enquit-il d'une voix chaude et amicale.

— Oui.

« — Puis-je m'asseoir près de vous un moment ?

— Bien sûr. »

Il s'assit à ma droite, resta un moment silencieux et commença :

« Comprenez-vous que vous suivez un chemin qui mène à la découverte ?

— Oui, mais qu'est-ce que je dois faire maintenant ?

— Y croire vraiment.

— Comment ? J'ai tellement peur !

— Il faut que vous compreniez l'enjeu de tout cela. La vérité que vous recherchez est aussi importante que l'évolution de l'univers elle-même, car elle permet à l'évolution de se poursuivre. Ne comprenez-vous donc pas ? Sanchez m'a raconté la vision que vous avez eue sur le pic. Vous y avez vu la matière évoluer, de la vibration de l'hydrogène jusqu'à l'apparition de l'homme. Vous vouliez savoir comment les hommes poursuivaient cette évolution. Vous avez votre réponse : les hommes naissent dans un certain contexte et trouvent une raison de vivre. Ils s'unissent à un autre être humain qui a lui aussi son but.

« Les enfants nés de cette union cherchent à réconcilier les deux attitudes dans une synthèse plus élevée, en se laissant guider par les coïncidences. Dans la cinquième révélation, vous avez appris qu'à chaque fois que nous nous emplissons d'énergie et qu'une coïncidence se produit nous établissons en nous un nouveau niveau d'énergie et existons à un degré de vibration supérieur. Nos enfants prennent à leur tour notre niveau de vibration et l'élèvent. C'est ainsi que nous, les hommes, poursuivons l'évolution.

« La différence, dans le cas de notre génération, est que nous sommes prêts à le faire consciemment et à accélérer le processus. Aussi effrayé que vous soyez, vous n'avez pas le choix. Une fois que vous entrevoyez le but de votre vie, vous ne pouvez plus l'ignorer. Si vous essayez d'y échapper, vous éprouverez toujours un manque.

— Mais que dois-je faire maintenant ?

— Je ne peux pas vous le dire. Vous seul pouvez le décider. Mais je vous suggère d'acquérir d'abord de l'énergie. »

Le père Sanchez apparut et nous rejoignit, sans chercher à croiser nos regards ni à nous parler afin de ne pas nous troubler. Je tentai de me concentrer et de regarder les pics environnants. Je pris une inspiration, et me rendis compte à quel point j'avais été tourné vers moi-même depuis que j'avais quitté la maison. Je m'étais coupé de la beauté et de la majesté des montagnes.

En regardant les environs, je cherchai à apprécier consciemment le spectacle, et j'expérimentai de nouveau ce sentiment étrange de proximité. Tout semblait soudain plus présent, tout émettait une sorte de lueur. Je me sentis plus léger.

Je regardai Sanchez et Carl tour à tour. Ils m'observaient attentivement, et je compris qu'ils étudiaient mon champ d'énergie.

« Alors, à quoi ressemble-t-il ? demandai-je.

— On voit que vous vous sentez mieux, dit Sanchez. Restez ici, augmentez votre énergie au maximum. Nous en avons encore pour vingt minutes à faire les bagages. »

Il sourit comme à contrecœur.

« Ensuite, vous serez prêt à commencer. »

7

DÉCLENCHER L'ÉVOLUTION

Les deux prêtres repartirent vers la maison, et je restai là pendant plusieurs minutes à admirer la beauté des montagnes en essayant de me remplir d'énergie. Puis mon regard se perdit et je dérivai lentement dans une sorte de rêverie à propos de Wil. Où se trouvait-il ? Était-il près de découvrir la neuvième révélation ?

Je l'imaginais courant dans la jungle, la neuvième révélation à la main, poursuivi par de nombreux soldats. Je voyais Sebastian diriger la poursuite. Pourtant, même dans ce songe éveillé, il me semblait évident que Sebastian, malgré son autorité, avait tort, qu'il ne comprenait pas l'impact que les révélations auraient sur les gens. Je pensais que quelqu'un pourrait le persuader de changer d'avis, si seulement nous pouvions découvrir ce qui, dans le Manuscrit, constituait une telle menace pour lui.

Je rêvais ainsi lorsque l'image de Marjorie me traversa l'esprit. Où se trouvait-elle ? Je m'imaginai la revoyant. Comment cela pourrait-il arriver ?

Le bruit de la porte d'entrée qui se fermait me tira de mon rêve. Je me sentis de nouveau angoissé et faible. Sanchez fit le tour de la maison pour venir dans ma direction. Il marchait d'un pas rapide et décidé.

Il s'assit près de moi et demanda :

« Avez-vous pris une décision ? »

Je secouai la tête.

« Vous ne paraissez pas très solide.

— En effet, je ne me sens pas très solide.

— Peut-être n'avez-vous pas assez de méthode dans votre manière d'emmagasiner de l'énergie ?

— Que voulez-vous me dire ?

— Laissez-moi vous expliquer comment je procède. Vous pourrez peut-être vous en inspirer. »

J'approuvai d'un geste.

« La première chose que je fais, c'est de regarder attentivement l'environnement immédiat, comme vous le faites vous-même. Puis j'essaie de me rappeler à quoi tout ressemble quand je me sens fort. Je le fais en me rappelant la présence particulière de chaque chose, sa beauté, sa forme unique, surtout pour les plantes. J'essaye de me rappeler aussi les couleurs, leur chaleur, leur brillance. Vous me suivez ?

— J'essaie de faire tout cela moi-même.

— Puis je tente d'éprouver ce sentiment de proximité qui fait que, aussi loin que soient les choses, je peux les toucher, me relier à elles... Et j'inspire l'énergie.

— Vous inspirez ?

— Le père Juan ne vous a pas expliqué ça ?

— Pas du tout. »

Sanchez sembla étonné.

« Sans doute voulait-il revenir vous en parler plus tard. Il est assez souvent un peu théâtral. Il laisse son élève méditer sur ce qu'il vient de lui apprendre, puis il revient au bon moment pour ajouter un détail qui améliore la leçon. Il avait sans doute l'intention de le faire avec vous, mais nous sommes partis trop vite.

— De quoi s'agit-il ?

— Vous souvenez-vous du sentiment de légèreté que vous avez éprouvé sur le pic ?

— Oui.

— Pour le retrouver, j'essaie d'inspirer l'énergie avec laquelle je me suis relié. »

J'avais suivi avec attention. Rien qu'à écouter, je me sentais mieux relié. Tout autour de moi avait plus de présence et de beauté. Même les rochers s'entouraient d'une sorte de halo blanchâtre, et le champ d'énergie de Sanchez était vaste et de teinte bleue. Il respirait profondément, avec application, retenant son souffle au moins cinq secondes avant chaque expiration. Je l'imitai.

« Lorsque nous arrivons à voir que chaque inspiration attire de l'énergie en nous et nous remplit comme un ballon, nous devenons réellement plus forts, plus légers. »

Après quelques inspirations, ce fut le sentiment que j'éprouvai.

« Une fois que j'ai inspiré l'énergie, poursuivit Sanchez, je vérifie si je ressens bien la bonne émotion. Comme je vous l'ai déjà dit, je pense que c'est la meilleure façon de se rendre compte si l'on est bien relié.

— Parlez-vous de l'amour ?

— Oui. Comme je vous l'ai dit à la Mission, l'amour n'est pas un concept intellectuel ni un impératif moral. C'est une émotion qui apparaît quand on est relié à l'énergie qui existe dans l'univers, c'est-à-dire, bien entendu, l'énergie de Dieu. »

Le père Sanchez posait sur moi un regard un peu vague.

« Voilà, vous y êtes arrivé. C'est le niveau d'énergie que vous devez chercher à atteindre. Je vous aide un peu, mais vous êtes capable d'y arriver tout seul.

— Vous m'aidez ? Mais comment ? »

Il hocha la tête.

« Ne vous occupez pas de ça pour le moment. Vous apprendrez ces détails plus tard, dans la huitième révélation. »

Le père Carl apparut au coin de la maison, et nous regarda, l'air satisfait. De plus près, il me dit :

« Alors ? »

La question m'irrita. Je luttai contre la perte d'énergie qu'elle entraînait.

« Ne retombez pas dans votre mécanisme d'indifférence, intervint-il, vous ne pouvez pas éviter de prendre une décision. Que pensez-vous devoir faire ?

— Je ne pense rien du tout, c'est bien là le problème.

— Vraiment ? Les pensées sont pourtant modifiées quand on est relié à l'énergie. »

Je le regardai avec surprise.

« Les mots que vous faites habituellement surgir de votre esprit pour contrôler les événements avec l'aide de la logique, s'évanouissent quand vous cessez d'obéir à votre mécanisme. Quand vous vous remplissez d'énergie intérieure, un autre style de pensées gagne votre esprit. Elles proviennent d'une partie plus élevée de vous-même. Ce sont vos intuitions. Elles apparaissent tout au fond de votre esprit, souvent dans une sorte de rêverie, de minivision, et elles se manifestent pour vous guider. »

Je ne comprenais toujours pas.

« Dites-nous à quoi vous pensiez quand nous vous avons laissé seul hier, proposa le père Carl.

— Je crois que j'ai oublié.

— Essayez. »

Je tentai de me concentrer.

« Je pensais à Wil, je crois, s'il était proche de la découverte, et à la croisade de Sebastian contre le Manuscrit.

— Rien d'autre ?

— Je pensais à Marjorie, à ce qui pouvait lui être arrivé. Mais je ne vois pas en quoi cela va m'aider à faire un choix.

— Laissez-moi vous l'expliquer, dit Sanchez. Quand vous accumulez suffisamment d'énergie, vous êtes en mesure de déclencher consciemment l'évolution, de provoquer les coïncidences qui vous feront progresser. Vous dirigez votre évolution de manière précise. D'abord, en emmagasinant assez d'énergie, puis en repérant la véritable question de votre vie, celle que vous ont transmise vos parents, parce que cette question crée le contexte général de votre évolution. Ensuite, vous poursuivez votre chemin en découvrant les questions immédiates, secondaires, qui se posent à vous quotidiennement. Elles se rapportent toujours aux questions importantes et vous servent de repères dans votre quête.

« Au fur et à mesure que vous abordez les questions, vous déterminez intuitivement la marche à suivre. Vous pressentez quelle sera l'étape suivante. Toujours. Sauf quand vous vous posez une mauvaise question. Le problème dans la vie n'est pas de trouver les réponses, c'est de poser les bonnes questions. Si la question est bien posée, elle trouve toujours sa réponse.

« Dès que vous avez l'intuition de ce que sera la prochaine étape, il faut être sur le qui-vive, parce que tôt ou tard des coïncidences se produiront qui vous engageront dans la direction que votre intuition vous pousse à suivre. Vous me comprenez ?

— Oui, je crois.

— Alors, ne pensez-vous pas que le songe que

vous avez fait à propos de Wil et de Marjorie est important ? Demandez-vous, à la lumière de l'histoire de votre vie, pourquoi il s'est produit maintenant. Vous savez que vous avez quitté votre famille avec l'envie de vivre la spiritualité comme une sorte d'aventure ?

— Oui.

— Puis, en grandissant, vous vous êtes intéressé au mystère, vous avez étudié la sociologie sans trop savoir pourquoi. Ensuite, commençant à vous éveiller, vous avez entendu parler du Manuscrit, vous êtes arrivé au Pérou, vous avez découvert les révélations une par une, et chacune vous a appris quelque chose sur le type de spiritualité que vous recherchez. Maintenant que vous avez compris votre passé, vous êtes en mesure de prendre très précisément conscience de cette évolution en définissant les questions qui se posent à vous aujourd'hui, les réponses viendront d'elles-mêmes. »

Je me contentai de le regarder.

« Alors, quelles questions se posent à vous ?

— Je crois que j'aimerais connaître les autres révélations, surtout je voudrais savoir si Wil va découvrir la neuvième. Je veux savoir ce qui est arrivé à Marjorie. Et je veux comprendre ce qui fait courir Sebastian.

— Et qu'est-ce que votre intuition vous suggère de faire par rapport à cela ?

— Je ne sais pas. Je pensais que je revoyais Marjorie, et que Wil courait, poursuivi par des soldats. Qu'est-ce que cela signifie ?

— Où Wil courait-il ?

— Dans la jungle.

— Peut-être cela vous indique-t-il où aller ? Iquitos se trouve dans la jungle. Et Marjorie ?

— Je la revoyais.

— Et Sebastian ?

— J'imaginais qu'il s'opposait au Manuscrit parce qu'il ne l'avait pas compris... qu'on pouvait le faire changer d'avis si on découvrait ce qu'il pensait, ou plutôt en quoi le Manuscrit lui faisait peur. »

Les deux hommes se regardèrent, l'air ébahi.

« Alors, qu'est-ce que cela veut dire ? »

Le père Carl répondit par une autre question.

« Qu'en pensez-vous ? »

Pour la première fois depuis ma vision sur le pic, je me sentais plein d'énergie et de confiance en moi. Je les regardai tour à tour et confiai :

« Je crois que je dois aller dans la jungle, et essayer de découvrir quels sont les aspects du Manuscrit que l'Église désapprouve. »

Le père Carl sourit.

« Exactement. Vous pouvez prendre ma camionnette. »

J'ai acquiescé et nous avons marché vers le devant de la maison où les véhicules étaient garés. Mes affaires, avec des cartons de nourriture et de boisson, étaient déjà installées dans la camionnette du père Carl. Sanchez avait aussi préparé son propre camion.

« Je dois vous dire encore ceci avant votre départ, m'avertit Sanchez. Pensez à vous arrêter aussi souvent qu'il le faudra pour vous relier à l'énergie. Soyez-en toujours plein. Et que votre cœur soit empli d'amour. Souvenez-vous qu'une fois que vous aurez atteint cet état rien ni personne ne pourra vous prendre d'énergie que vous ne sauriez remplacer. En fait, l'énergie qui vous quitte crée un courant qui ramène de l'énergie en vous à la même vitesse. Vous ne serez jamais à sec. Mais vous devez demeurer conscient de ce phénomène pour qu'il continue de se produire. Cela vaut surtout pour les relations humaines. »

Il s'interrompit, et simultanément, comme si cela avait été concerté, le père Carl s'avança et déclara :

« Vous avez lu toutes les révélations sauf deux. La septième et la huitième. La septième concerne l'évolution personnelle, l'éveil aux coïncidences, et à toutes les réponses que l'univers vous apporte. »

Il me tendit un petit dossier.

« Voici la septième. Elle est très courte et très générale. Mais elle parle de la manière dont les choses nous sautent aux yeux, dont certaines pensées viennent nous guider. La huitième, vous la trouverez tout seul le moment venu. Elle explique comment aider les autres quand ils nous apportent les réponses que nous cherchons. Et elle décrit une éthique nouvelle qui peut faciliter l'évolution de chacun.

— Pourquoi ne pouvez-vous pas me la donner tout de suite ? »

Il sourit, me mit la main sur l'épaule et expliqua :

« Parce que nous pensons que ce n'est pas à nous de le faire. Nous aussi devons suivre nos propres intuitions. Vous recevrez la huitième révélation dès que vous saurez poser les bonnes questions. »

Je lui dis que j'avais bien compris. Ils me prirent dans leurs bras, et me souhaitèrent bonne chance. Carl déclara que nous allions nous revoir et que j'allais trouver les réponses que j'étais venu chercher.

Nous étions prêts à monter dans nos véhicules quand Sanchez se retourna et ajouta :

« Encore une chose. C'est mon intuition qui me pousse à vous dire ça. Vous comprendrez pourquoi plus tard. Laissez-vous guider par la beauté. Les gens et les choses qui ont des réponses à vous apporter vous paraîtront plus beaux et plus attirants. »

J'approuvai et montai dans la camionnette. Je les suivis sur la petite route jusqu'au premier croisement. Sanchez me fit un dernier signe par la vitre au moment de tourner vers l'est. Je les regardai s'éloigner puis m'engageai vers le nord, en direction du bassin de l'Amazone.

Après avoir bien roulé pendant presque trois heures, j'étais maintenant à un carrefour, incapable de décider laquelle de deux routes choisir. L'impatience m'envahit.

A gauche, à en croire la carte, la route se dirigeait vers le nord en suivant les montagnes pendant près de cent cinquante kilomètres avant de tourner franchement à l'est vers Iquitos. L'autre route, à droite, menait au même point, en traversant la jungle.

J'inspirai profondément et tentai de me détendre. Je regardai dans le rétroviseur. Personne en vue. En fait, je n'avais vu personne, ni piétons, ni véhicules depuis une heure. Je tentai d'oublier mon angoisse. Je savais qu'il me fallait me détendre et rester relié à l'énergie avant de prendre une bonne décision.

Je contemplai le paysage. La route de la jungle à ma droite s'enfonçait sous d'immenses arbres. Des rochers faisaient saillie parmi les arbres. Des arbustes tropicaux poussaient à leur pied. A côté, l'autre route, en direction des montagnes, me parut désolée. Un seul arbre était visible. Le reste n'était que rochers.

Je regardai à nouveau la route de droite en essayant de m'emplir d'amour. Les arbres et les buissons étaient d'un vert profond. Puis je fis la même chose à gauche. Je remarquai aussitôt une bande de gazon fleuri sur les bords de la route. Les brins d'herbe étaient pâles et maigres, mais les fleurs blanches, de loin, formaient un superbe bouquet. Je me demandai pourquoi je n'avais pas remarqué les fleurs la première fois. Elles paraissaient presque luminescentes. J'élargis ma vision pour englober tout ce qui se situait à la même hauteur. Les petits rochers et les espaces cailouteux marron autour d'eux me parurent très colorés, et bien visibles. Des taches ambrées, violettes et même rouge sombre ressortaient ici et là.

Je regardai de nouveau à droite les arbres et les arbustes. Même s'ils étaient beaux, ils semblaient plus ternes par comparaison. Pourquoi donc, me demandai je ? Au début, la route de droite m'avait paru plus attirante. Un coup d'œil à gauche et mon intuition se renforça. La richesse des formes et des couleurs m'étonna.

J'étais décidé. Je partis vers la gauche, certain que c'était le bon choix. La route était médiocre. Mais, jusque dans les cahots et les rebonds, mon corps semblait plus léger. Tout mon poids reposait sur mes fesses, tandis que mon dos et mon cou restaient bien droits. Mes bras tenaient le volant, mais sans reposer dessus.

Je conduisis ainsi pendant deux heures sans incident, en prenant de temps en temps quelque chose à manger dans le panier de nourriture préparé par le père Carl. Je ne rencontrai personne. La route montait et descendait une colline après l'autre en faisant des méandres. Au sommet d'une côte, je vis deux vieilles voitures garées. Elles étaient placées à l'écart de la route dans un bouquet d'arbres. Il n'y avait personne en vue et je pensai que les voitures avaient été abandonnées là. En face de moi, la route tournait brutalement à gauche, et descendait vers une vallée assez large. Du sommet, la vue portait très loin.

Je stoppai brutalement la camionnette. Au milieu de la vallée, trois ou quatre véhicules militaires étaient stationnés de chaque côté de la route. Quelques soldats se tenaient debout entre les camions. Un frisson me parcourut. C'était bien un barrage.

Je fis marche arrière, allai garer mon véhicule entre deux gros rochers, et sortis pour aller observer la vallée. Un véhicule s'éloignait dans la direction opposée à la mienne.

Soudain, j'entendis quelqu'un derrière moi. Je me retournai aussitôt et reconnus Phil, l'écologiste rencontré àViciente. Il paraissait aussi surpris que moi.

« Qu'est-ce que vous faites ici ? demanda-t-il en se précipitant vers moi.

— J'essaie de gagner Iquitos. »

Il avait l'air anxieux.

« Nous aussi, mais le gouvernement est devenu fou dès qu'il s'agit du Manuscrit. Nous nous demandons si nous allons prendre le risque de franchir le barrage. Nous sommes quatre. »

Il fit un geste vers la gauche, et j'aperçus les autres hommes.

« Qu'est-ce que vous allez faire à Iquitos ? demanda-t-il.

— Je veux retrouver Wil. Nous avons été séparés à Cula, mais on m'a dit qu'il allait à Iquitos pour trouver la fin du Manuscrit. »

Il parut horrifié.

« Il a tort de vouloir faire ça. L'armée a interdit toute copie. Vous n'avez pas entendu raconter ce qui s'est passé à Viciente ?

— Très peu. Que savez-vous ?

— Je n'y étais pas, mais je crois que l'armée a arrêté tous ceux qui possédaient une copie. Tous les hôtes ont été retenus pour interrogatoire. Sarah et les autres scientifiques ont été emmenés. Personne ne sait ce qu'on leur a fait.

— Vous savez pourquoi le gouvernement est si remonté contre le Manuscrit ?

— Non, mais, lorsque j'ai compris que le danger était proche, j'ai décidé de revenir à Iquitos pour rassembler mes dossiers et de quitter le pays. »

Je lui racontai ce qui nous était arrivé, à Wil et à moi, après notre départ de Viciente, surtout les tirs sur la crête.

« Mon Dieu ! lança-t-il, et malgré ça vous continuez ? »

Son attitude ébranla ma confiance. Je lui répondis : « Écoutez, si nous ne faisons rien, le gouvernement va faire disparaître complètement le Manuscrit. Le monde n'en entendra jamais parler, et je crois que les révélations sont importantes !

— Assez pour qu'on leur sacrifie sa vie ? »

Un bruit de moteur nous parvint. Les camions militaires traversaient la vallée dans notre direction.

« Oh merde ! dit-il. Les voilà ! »

Avant d'avoir pu bouger, nous avons entendu des bruits de moteur venant de la direction opposée.

« Ils nous ont encerclés ! » cria Phil, l'air paniqué.

Je courus jusqu'à la camionnette et mis le contenu du panier de nourriture dans un petit carton ; je pris les dossiers contenant le Manuscrit et les mis dans le même carton, puis changeai d'avis et les glissai sous le siège. Les bruits de moteur s'amplifiant, je courus de l'autre côté de la route sur ma droite, dans la direction où Phil avait disparu. En bas de la pente, je l'aperçus, avec les autres hommes de son groupe, caché derrière un amas de rochers. Je les rejoignis. J'espérais que les camions allaient passer sans rien voir. Mon véhicule n'était pas visible de la route. Je pensais qu'ils jugeraient que les deux voitures étaient abandonnées.

Les véhicules venant du sud arrivèrent les premiers et à notre stupeur s'arrêtèrent à la hauteur des vieilles voitures.

« Ne bougez plus ! Police ! » cria une voix.

Nous sommes restés immobiles tandis que des soldats arrivaient derrière nous. Tous étaient lourdement armés et avançaient prudemment. Ils nous fouillèrent avec soin et confisquèrent tout ce qu'ils trouvèrent, puis nous forcèrent à revenir sur la route. Là, des douzaines d'hommes fouillaient nos voitures. Phil et ses compagnons furent conduits dans un camion qui s'éloigna rapidement. Lorsqu'il passa à ma hauteur, je pus voir son visage pâle et presque cadavérique.

On me conduisit à pied de l'autre côté et on me fit asseoir sur le haut de la colline. Plusieurs soldats armés d'automatiques se tenaient près de moi. Un officier s'approcha et jeta à mes pieds les dossiers contenant le Manuscrit. Il jeta dessus les clés de la camionnette du père Carl.

« Ces papiers vous appartiennent-ils ? »

Je gardai le silence.

« Ces clés ont été trouvées sur vous. Dans le véhicule nous avons saisi ces papiers. Je vous le demande une dernière fois, sont-ils à vous ?

— Je ne répondrai rien avant d'avoir vu un avocat », dis-je en bégayant.

Ma réponse amena un sourire sarcastique sur les lèvres de l'officier. Il dit un mot aux soldats et s'éloigna. Je fus conduit à une Jeep et assis sur le siège avant près du conducteur. Deux soldats s'installèrent derrière, les armes sur les genoux. D'autres soldats montèrent dans un camion qui nous suivit.

Des pensées noires m'emplissaient l'esprit ; où m'emmenait-on ? Pourquoi m'étais-je mis dans cette situation ? Les prêtres m'avaient pourtant bien préparé à toute éventualité, je n'avais même pas tenu une journée. Au carrefour, j'étais tellement sûr d'avoir choisi la bonne route. Où avais-je commis une erreur ?

J'inspirai et cherchai à me calmer. Qu'allait-il m'arriver ? Je plaiderais l'ignorance, pensai-je. Je me présenterais comme un touriste mal dirigé qui ne cherchait pas à nuire. J'avais seulement fait de mauvaises rencontres, qu'on me laisse rentrer chez moi.

Mes mains, posées sur mes genoux, tremblaient légèrement. Un soldat assis derrière me proposa à boire. Je pris la gourde, mais fus incapable de boire. Il était jeune et, lorsque je lui rendis la gourde, il sourit sans malveillance. L'image de Phil, terrorisé, me traversa l'esprit. Qu'allait-on lui faire ?

L'idée me vint que la rencontre avec lui au sommet de la colline avait été une coïncidence. Que signifiait-elle ? Que nous serions-nous dit si nous n'avions pas été interrompus ? Je n'avais fait que souligner l'importance du Manuscrit, et de son côté il m'avait seulement informé du danger en me suggérant de filer avant d'être pris. Son avis était venu trop tard.

Nous avons roulé plusieurs heures sans échanger un mot. Le pays était moins accidenté, l'air plus chaud. Un jeune soldat me tendit une boîte de ration K, une sorte de bouillie de viande, mais je ne parvins pas à avaler quoi que ce soit. Au crépuscule, l'obscurité se fit brusquement.

Je ne pensais à rien, le regard fixé devant moi, vers la zone éclairée par les phares de la Jeep. Je m'endormis vaguement, rêvant que j'étais en avion. Je courais à toutes jambes pour échapper à un ennemi inconnu, parmi des centaines d'énormes feux de camp, persuadé que quelque part se trouvait une clé qui m'ouvrirait la route de la connaissance et de la sécurité. Au milieu d'un des feux de camp, je vis la clé et fonçai dedans pour la prendre.

Je m'éveillai brutalement, en sueur. Les soldats me regardèrent d'un air méfiant, je secouai la tête et l'appuyai sur la portière. Je regardai longtemps les formes sombres du paysage par la vitre, cherchant à ne pas succomber à la panique. J'étais seul, sous bonne escorte, et fonçant dans le noir. Personne ne s'intéressait à mes cauchemars.

Vers minuit, nous nous sommes arrêtés devant un grand bâtiment faiblement éclairé ; construit en pierre, il avait deux étages. Nous avons évité la porte principale et sommes entrés par une petite porte latérale. Un escalier descendait vers un couloir étroit. Les murs étaient de pierre et le plafond fait de grosses poutres et de planches grossières. De simples ampoules dénudées éclairaient le passage. Nous avons franchi une autre porte qui conduisait à de petites cellules. Un des soldats qui avait disparu nous rattrapa et en ouvrit une en me faisant signe d'y entrer.

Il y avait à l'intérieur de la cellule trois lits de camp, une table et un vase de fleurs. A ma surprise, la pièce était très propre. Comme j'entrais, un jeune Péruvien, qui n'avait pas plus de dix-huit ou dix-neuf ans, me regarda d'un air indécis de derrière la porte que le soldat ferma à clé en s'éloignant. Je m'assis sur un des lits tandis que le jeune homme allumait une lampe à huile : à la lumière, je vis que c'était un Indien.

« Vous parlez anglais ? demandai-je.

— Un peu.

— Où sommes-nous ?

— Près de Pullcupa.

— C'est une prison ?

— Non, ici tout le monde est interné pour répondre à des questions sur le Manuscrit.

— Vous êtes ici depuis longtemps ? »

Il me regarda d'un air timide avec ses yeux marron foncé.

« Deux mois.

— Qu'est-ce qu'on vous a fait ?

— Ils essaient de me faire renoncer au Manuscrit

213

et de me forcer à donner les noms de ceux qui en ont les copies.

— Comment font-ils ?

— En me parlant.

— Sans aucune menace ?

— Seulement en parlant.

— Ils vous ont dit quand vous seriez libre ?

— Non. »

Je me tus un instant et il me regarda d'un air interrogateur.

« Vous avez été arrêté en possession d'une copie du Manuscrit ? demanda-t-il.

— Oui. Et vous ?

— Oui. J'habite près d'ici, dans un orphelinat. Le directeur nous enseignait le Manuscrit. Il m'a autorisé à l'enseigner aux enfants. Il a pu se sauver, mais moi j'ai été pris.

— Combien de révélations avez-vous lues ? dis-je.

— Toutes celles qui ont été découvertes. Et vous ?

— Toutes, sauf la septième et la huitième. J'avais le texte de la septième, mais je n'ai pas réussi à le lire avant de me faire arrêter. »

Le jeune homme bâilla et dit :

« Nous pouvons dormir maintenant ?

— Oui, bien sûr », dis-je d'une voix distraite.

Je m'allongeai et fermai les yeux, l'esprit très alerte. Que faire désormais ? Comment m'étais-je laissé prendre ? Pourrais-je m'enfuir ? Je concoctai plusieurs scénarios avant de glisser dans le sommeil.

Je rêvai à nouveau. Je cherchais toujours la même clé, mais cette fois j'étais perdu dans une forêt profonde. J'avais marché longtemps sans but, espérant trouver un guide. Ensuite, un énorme orage survint et inonda tout. Pendant le déluge, je fus entraîné au fond d'un ravin et dans un cours d'eau qui coulait dans le mauvais sens et menaçait de m'engloutir. De toutes mes forces, je luttai contre le courant, pendant ce qui me sembla une éternité. Enfin, je pus m'en sortir en m'accrochant à un rocher. Je gravis les rochers puis les falaises abruptes qui bordaient la rivière, grimpant de plus en plus haut, dans des endroits de plus en plus dangereux. J'avais fait appel à toute mon énergie et à tout mon savoir-faire pour franchir les falaises, ce qui ne m'empêcha pas, à un moment donné, de me retrouver dans un endroit très exposé, incapable d'avancer ou de reculer. Je regardai en dessous de moi. Je m'aperçus que la rivière dont je m'étais échappé coulait de la forêt jusqu'à une merveilleuse plage bordée de prairies. Dans la prairie, entourée de fleurs, je vis la clé. Puis je tombai en hurlant jusqu'à ce que j'atteigne l'eau où je me noyai.

Je m'assis brusquement sur mon lit, en sueur. Le jeune Indien, déjà éveillé, vint jusqu'à moi.

« Qu'est-ce qui ne va pas ? » dit-il.

Je repris mon souffle et reconnus les lieux. Je vis aussi qu'il y avait une fenêtre et qu'il faisait clair dehors.

« Seulement un mauvais rêve », dis-je.

Il me sourit comme si mes paroles lui avaient fait plaisir.

« Les mauvais rêves apportent toujours des messages importants, commenta-t-il.

— Des messages ? » repris-je, me levant pour passer ma chemise.

Il parut embarrassé de devoir s'expliquer.

« La septième révélation parle des rêves.

— Qu'est-ce qu'elle en dit ?

— Elle explique comment... euh...

— Les interpréter ?

— Oui.

— Et quoi encore ?

— Elle dit qu'il faut comparer l'histoire du rêve à l'histoire de sa vie. »

Je réfléchis un instant, n'étant pas certain de bien comprendre.

« Comment cela, comparer l'histoire ? »

Le jeune Indien ne parvint pas à soutenir mon regard.

« Voulez-vous interpréter votre rêve ? »

J'acquiesçai et lui racontai mon rêve.

Il écouta avec une grande attention et suggéra :

« Comparez des passages de votre rêve avec votre vie. »

« Par où dois-je commencer ? »

— Par le début. Que faisiez-vous au début du rêve ?

— Je cherchais une clé dans une forêt.

— Comment vous sentiez-vous ?

— Perdu.

— Comparez cette situation à votre situation actuelle.

— Peut-être qu'il y a un lien, car je cherche des réponses à propos du Manuscrit et je suis réellement perdu.

— Et que se passe-t-il d'autre dans votre vie ?

— Je me suis fait prendre, dis-je. Malgré mes efforts, je me suis fait emprisonner. Tout ce que je peux espérer, c'est de pouvoir parler à quelqu'un qui me laissera rentrer chez moi.

— Vous voulez lutter contre votre emprisonnement ?

— Bien sûr.

— Qu'est-ce qui se passait ensuite dans votre rêve ?

— Je luttais contre le courant.

— Pourquoi ? »

Je suivis la direction qu'il m'indiquait.

« Parce que, sur le moment, je croyais qu'il allait me noyer.

— Et si vous n'aviez pas lutté ?

— Il m'aurait emmené jusqu'à la clé. Qu'est-ce que vous êtes en train de me dire ? Que si je ne cherche pas à échapper à ma situation présente, je trouverai peut-être les réponses que je cherche ? »

Il parut de nouveau gêné.

« Moi, je ne sous-entends rien, c'est le rêve qui parle. »

Je réfléchis. Avait-il raison ?

Il me jeta un coup d'œil et poursuivit :

« Si vous refaisiez le même rêve, quelle voie choisiriez-vous ?

— Je ne résisterais pas au courant, même s'il paraissait pouvoir me tuer. Je serais plus malin.

— Qu'est-ce qui vous menace ?

— Les soldats, je crois. La prison.

— Alors, quel est le message de votre rêve ?

— Vous croyez que le message, c'est que je dois considérer ma capture comme une chose positive ? »

Il se contenta de sourire. Assis sur mon lit de camp, je m'appuyai contre le mur. Son interprétation me captivait au plus haut point. S'il avait raison, cela voulait dire que je n'avais pas commis d'erreur en choisissant cette route plutôt que l'autre au carrefour, parce que cela devait arriver.

« Quel est votre nom ? demandai-je.

— Pablo. »

Je me présentai en souriant, lui racontai brièvement pourquoi je séjournais au Pérou et ce qui m'était arrivé. Il était assis sur son lit, les coudes sur les genoux. Très mince, il avait les cheveux noirs et très courts.

« Pourquoi êtes-vous ici exactement ? demanda-t-il.

— Pour découvrir tout ce que je peux sur le Manuscrit.

— Mais pourquoi ?

— Pour découvrir la septième révélation, pour retrouver quelques amis comme Marjorie, Wil... et aussi pour comprendre pourquoi l'Église est tellement opposée au Manuscrit.

— Il y a ici beaucoup de prêtres à qui vous pourrez parler. »

Je réfléchis un instant et repris :

« Qu'est-ce que la septième révélation raconte encore sur les rêves ? »

Pablo expliqua que les rêves nous apprennent des choses qui nous échappent dans notre vie. Puis il parla d'autre chose, mais, au lieu de l'écouter, je pensai à Marjorie, dont je voyais le visage apparaître clairement devant moi ; je me demandais où elle était, puis je la vis courir jusqu'à moi en souriant.

Je m'aperçus que Pablo ne parlait plus. Je sursautai :

« Excusez-moi, mon esprit battait la campagne. Que disiez-vous ?

— Ça ne fait rien. A quoi pensiez-vous ?

— A une amie. »

Il parut sur le point d'en demander davantage, mais quelqu'un s'approchait de notre porte. A travers les barreaux, je vis un soldat débloquer la serrure.

« C'est l'heure du petit déjeuner », m'informa Pablo.

Le soldat nous fit signe d'avancer dans le couloir. Pablo passa le premier dans le passage dallé de pierre. Un escalier nous fit grimper jusqu'à une petite salle à manger. Quatre ou cinq soldats se tenaient aux coins de la salle, et des civils, deux hommes et une femme, attendaient, debout, qu'on les serve.

Je m'arrêtai net, incrédule. La femme était Marjorie. Elle me vit au même instant et porta la main à ses lèvres, ses yeux s'agrandissant sous l'effet de la surprise. Je regardai le soldat derrière moi. Il se dirigeait vers les autres militaires, souriant avec nonchalance et leur parlant en espagnol. Je suivis Pablo à travers la pièce pour prendre la queue.

On servait Marjorie. Les deux autres hommes emportèrent leur plateau à une table en discutant. Marjorie tourna son regard plusieurs fois dans ma direction, rencontrant le mien, et luttant pour ne pas parler. La seconde fois, Pablo comprit que nous nous connaissions, et me regarda d'un air interrogateur. Marjorie emporta sa nourriture à une table. Où je la rejoignis avec Pablo. Les soldats bavardaient toujours, et ne s'intéressaient pas à nos mouvements.

« Mon Dieu, je suis heureuse de vous voir. Comment vous êtes arrivé ici ?

— Je me suis caché un moment chez des prêtres, puis je les ai quittés pour rechercher Wil, et on m'a arrêté hier. Et vous, depuis quand êtes-vous ici ?

— Depuis qu'ils m'ont découverte sur la crête. »

Pablo nous regardait intensément, et je le présentai à Marjorie.

« Je suppose que vous êtes Marjorie », dit-il.

Ils parlèrent brièvement, puis je demandai :

« Qu'est-ce qui s'est passé d'autre ?

— Pas grand-chose. J'ignore pourquoi je suis détenue. Chaque jour, on me conduit devant un prêtre ou un officier, pour être interrogée. Ils veulent connaître le nom de mes contacts à Viciente, et si je sais où se trouvent des exemplaires du Manuscrit. Les mêmes questions reviennent sans cesse. »

Marjorie souriait, paraissant fragile, ce qui me la rendait encore plus désirable. Elle me jeta un coup d'œil rapide en coin, ce qui nous fit rire aussitôt. Le silence s'installa pendant que nous mangions, quand un prêtre entra, vêtu à la romaine. Il était accompagné d'un homme qui semblait être un haut gradé dans la hiérarchie militaire.

« C'est le chef des prêtres », dit Pablo.

L'officier parla aux soldats, qui s'étaient mis au garde-à-vous, et le prêtre se rendit à la cuisine, non sans me regarder longuement dans les yeux. Les deux nouveaux arrivants disparurent dans la cuisine et sortirent par une autre porte.

« C'est un des prêtres qui vous a interrogée ?

— Non, je ne l'ai jamais vu, dit-elle.

— Moi, je le connais, il est arrivé hier. C'est le cardinal Sebastian. »

Je me redressai.

« Sebastian ?

— On dirait que vous en avez entendu parler, intervint Marjorie.

— Oui, dans l'Église c'est le principal opposant au Manuscrit. Je le croyais encore à la Mission du père Sanchez.

— Qui est le père Sanchez ? » s'enquit Marjorie.

J'allais le lui apprendre quand un soldat fit signe à Pablo et à moi de le suivre.

« C'est l'heure de l'exercice », expliqua Pablo.

Marjorie et moi nous sommes regardés, ses yeux à elle étant pleins d'anxiété.

« Ne vous inquiétez pas, dis je. Nous nous reparlerons au prochain repas, tout ira bien. »

En m'éloignant, je me demandai si mon optimisme était justifié. Ces gens-là pouvaient bien faire disparaître l'un d'entre nous sans laisser aucune trace. Le soldat nous fit traverser un petit hall, puis passer une porte conduisant à un escalier extérieur. Une petite cour entourée de hauts murs nous attendait. Le soldat resta debout à la porte.

Pablo me dit de marcher avec lui en faisant le tour de la cour. Il se baissa plusieurs fois pour cueillir des fleurs qui poussaient dans les parterres.

« Qu'est-ce que la septième révélation dit encore ? »

Il se baissa pour prendre une autre fleur.

« Que ce ne sont pas seulement les rêves qui nous guident, mais aussi les rêveries et les pensées.

— Le père Carl me l'avait signalé. Mais comment ?

— En nous montrant un événement, ou un décor, qui nous indique ce qui peut arriver. Si nous y sommes attentifs, nous nous préparons au changement qui s'annonce dans notre vie. »

Je le regardai et annonçai :

« Vous savez Pablo, j'ai rêvé que j'allais revoir Marjorie. Et c'est arrivé. »

Il sourit.

Un frisson me parcourut l'échine. J'étais bien au bon endroit. J'avais eu l'intuition de quelque chose qui s'était produit. J'avais plusieurs fois pensé revoir Marjorie, et c'était arrivé. Les coïncidences se produisaient. Je me sentais plus léger.

« Je n'ai pas souvent ce genre de pensées », dis-je.

Il détourna son regard et reprit :

« La septième révélation dit que nous avons plus de pensées de ce style que nous ne le croyons. Il nous faut y faire attention pour les reconnaître. Lorsqu'une pensée vient, il faut se demander pourquoi ? Pourquoi ai-je pensé à cela juste maintenant ? Quel lien cela a-t-il avec ce que je vis ? Cette attitude nous aide à ne pas vouloir dominer toutes choses. Elle nous place dans le courant de l'évolution.

— Et les pensées négatives ? m'informai-je. Ces images effrayantes où des malheurs surviennent à ceux que nous aimons, où nous n'arrivons à rien de bon... ?

— Très simple, dit Pablo. La révélation dit que les images de peur doivent être interrompues dès qu'elles surviennent. Une autre image, positive, doit les remplacer par la volonté dans notre esprit. Alors, les images négatives disparaissent pour de bon. Vos intuitions sont désormais positives. Si des visions négatives reviennent, le Manuscrit dit qu'elles doivent être prises avec beaucoup de sérieux. Par exemple, si vous vous voyez avoir un accident de voiture et que quelqu'un survient qui vous offre de vous conduire quelque part, ne le suivez pas. »

Nous avions achevé le tour de la cour et nous nous approchions du soldat. Pablo ramassa une autre fleur, et j'inspirai profondément. Avec cet air chaud et humide la vie végétale, de l'autre côté du mur, devait être très dense. Je remarquai plusieurs moustiques.

« Venez », dit brusquement le soldat.

Il nous ramena vers la cellule. Pablo me devançait ; le soldat me barra le passage.

« Pas vous », dit-il.

Il m'entraîna dans le hall, puis dans l'escalier jusqu'à la petite porte où j'étais passé à mon arrivée. Sur le parking, le cardinal Sebastian s'installait à l'arrière d'une grosse limousine. Le chauffeur referma la portière. Sebastian me regarda avec attention un instant, puis dit un mot au chauffeur et la voiture démarra.

Le soldat me poussa vers le devant du bâtiment, jusqu'à un bureau où il me fit asseoir sur une chaise de bois, face à un bureau métallique peint en blanc. Quelques minutes plus tard, un jeune prêtre aux cheveux châtains entra dans la pièce sans me prêter la moindre attention ; il lut un dossier pendant une bonne minute puis leva les yeux vers moi. Ses lunettes rondes à monture dorée lui donnaient l'aspect d'un intellectuel.

« Vous avez été arrêté en possession de documents illégaux, dit-il d'un ton naturel. Je suis ici pour décider si vous devez être poursuivi. Votre coopération sera appréciée. »

J'acquiesçai.

« Où avez-vous obtenu cette traduction ?

— Je ne comprends pas. Pourquoi des copies d'un vieux manuscrit seraient-elles illégales ?

— Le gouvernement du Pérou a ses raisons. Répondez à mes questions.

— Pourquoi l'Église est-elle mêlée à cela ?

— Parce que ce Manuscrit contredit notre religion, il caricature la vérité de la nature spirituelle de l'homme. Où...

— Écoutez, je veux seulement comprendre. Je ne suis qu'un touriste qui s'est intéressé par hasard à ce Manuscrit. Je ne menace personne. Pourquoi ce texte est-il si inquiétant ? »

Il parut surpris, se demandant quelle tactique adopter.

« L'Église pense que ce Manuscrit trompe les gens. Il leur laisse croire qu'ils peuvent décider par eux-mêmes de leur vie, sans égard pour les Écritures.

— Quoi, dans les Écritures ?

— Le commandement d'honorer son père et sa mère, par exemple.

— Comment cela ?

— Le Manuscrit impute des torts aux parents, et sape la famille.

— Je croyais qu'il mettait un terme aux vieux conflits familiaux et leur donnait un sens positif.

— Non, tout cela est trompeur. Il n'y a aucune raison de voir quoi que ce soit de négatif au départ.

— Les parents sont-ils infaillibles ?

— Les parents font de leur mieux. Les enfants doivent leur pardonner.

— N'est-ce pas justement ce que le Manuscrit tire au clair ? Le pardon ne survient-il pas dès que nous voyons le côté positif de notre enfance ? »

Il se mit en colère.

« Sur quelle autorité s'appuie le Manuscrit pour affirmer cela ? Pourquoi lui ferait-on confiance ? »

Il fit le tour du bureau et se plaça devant moi, toujours furieux.

« Vous ne savez pas de quoi vous parlez ! Êtes-vous un spécialiste des religions ? Je ne le pense pas. Vous êtes la preuve même de la confusion mentale engendrée par ce Manuscrit. Ne comprenez-vous pas que l'ordre dans le monde ne repose que sur la loi et l'autorité ? De quel droit mettez-vous en question les autorités ? »

Je restai muet, ce qui eut le don de le rendre encore plus furieux.

« Laissez-moi vous dire ceci : le crime que vous avez commis est punissable de plusieurs années de prison. Connaissez-vous les prisons péruviennes ? Votre curiosité de Yankee vous donne-t-elle envie de les connaître ? Si vous voulez, je peux m'en charger ! Comprenez-vous ? Je peux m'en charger ! »

Il passa la main sur ses yeux, se tut, inspira une grande bouffée d'air, cherchant manifestement à se calmer, et déclara :

« Je suis ici pour découvrir qui possède des exemplaires, et d'où il les tient. D'où viennent vos traductions ? »

Son éclat m'avait terrorisé. Mes questions avaient envenimé la situation. Que ferait-il si je refusais de coopérer ? Je ne pouvais me résoudre à donner le père Sanchez et le père Carl.

« J'ai besoin de temps avant de vous répondre », dis-je.

Il parut sur le point d'exploser de nouveau. Il se détendit pourtant et parut soudain très fatigué.

« Je vous donne jusqu'à demain matin », accorda-t-il, faisant signe au soldat de m'emmener.

Je le suivis directement jusqu'à ma cellule.

Sans rien dire, j'allai m'allonger sur mon lit de camp. J'étais épuisé. Pablo regardait à travers les barreaux de la fenêtre.

« Avez-vous parlé à Sebastian ?

— Non, c'était un prêtre. Il voulait que je lui dise qui m'avait donné des copies du Manuscrit.

— Qu'est-ce que vous avez répondu ?

— Rien. J'ai demandé à réfléchir et il m'a donné jusqu'à demain matin.

— Qu'est-ce qu'il a dit du Manuscrit ? »

Je le regardai dans les yeux, et cette fois il ne baissa pas la tête.

« Il a parlé un peu de la manière dont le Manuscrit sape l'autorité traditionnelle. Puis il s'est mis en colère et m'a menacé. »

Il parut surpris.

« Avait-il les cheveux châtains et des lunettes rondes ?

— Oui.

— Son nom est le père Costous, m'apprit Pablo. Que lui avez-vous raconté d'autre ?

— Que je n'étais pas d'accord avec lui sur l'influence du Manuscrit. Il m'a menacé de prison. Croyez-vous qu'il était sincère ?

— Je ne sais pas », dit Pablo.

Il s'assit sur son lit en face de moi. Je savais qu'il avait quelque chose à me confier, mais j'étais si fatigué que je fermai les yeux. Quand je m'éveillai, il me secouait :

« C'est l'heure du déjeuner ! »

Nous avons suivi un gardien et on nous servit des pommes de terre et du bœuf racorni. Les deux hommes que nous avions vus le matin entrèrent, mais sans Marjorie.

« Où est Marjorie ? » interrogeai-je à voix basse.

Ils parurent terrifiés que je leur adresse la parole, et les soldats m'observèrent avec attention.

« Je crois qu'ils ne comprennent pas l'anglais, avança Pablo.

— Je me demande où elle est. »

Pablo répondit quelque chose, mais je n'écoutais plus. J'avais envie de m'enfuir et m'imaginais courant dans une rue, entrant dans un immeuble et retrouvant la liberté.

« A quoi pensez-vous ? demanda Pablo.

— Je rêve d'une évasion. Que disiez-vous tout à l'heure ?

— Attendez, ne perdez pas le fil. C'est peut-être important. Quelle évasion ?

— Je courais dans un passage ou une rue... puis j'entrais dans un immeuble, et je crois que je réussissais à m'évader.

— Que pensez-vous de cette image ?

— Je ne sais pas. Je ne vois pas de lien logique avec ce que nous disions.

— Vous souvenez-vous de notre conversation ?

— Oui, je parlais de Marjorie.

— Vous ne voyez pas de lien entre Marjorie et cette image ?

— Non, aucun.

— Même pas un lien caché ?

— Non. Quel lien aurait-elle avec une évasion ? Pensez-vous qu'elle s'est échappée ? »

Il prit un air pensif.

« Dans votre rêve, c'est vous qui vous échappez.

— Oui, c'est vrai. Peut-être vais-je m'enfuir sans elle. »

Je le regardais.

« Ou bien avec elle.

226

— C'est ce que je dirais.

— Mais où est-elle ?

— Je ne sais pas. »

Nous avons mangé sans parler. J'avais faim, mais cette nourriture était indigeste. Je me sentais fatigué et lourd. La faim ne dura pas.

Pablo ne mangeait pas non plus.

« Je crois que nous devrions regagner notre cellule », proposa-t-il.

Il fit signe au soldat de nous reconduire. Une fois arrivé, je m'allongeai et Pablo s'assit, le regard fixé sur moi.

« Votre énergie semble très basse, dit-il.

— Oui, je ne sais pas pourquoi.

— Essayez-vous de vous en remplir ?

— Je ne crois pas, et cette nourriture n'aide pas...

— Vous n'avez pas besoin de manger beaucoup si vous inspirez l'énergie, dit-il en faisant un moulinet du bras pour désigner tout ce qui nous environnait.

— Je sais, mais c'est difficile de m'emplir d'amour dans cette situation. »

Il me regarda d'un air de doute.

« Ne pas le faire, c'est vous faire du tort.

— Comment cela ?

— Votre corps vibre à un certain niveau. Si votre énergie tombe, votre corps souffre, comme lorsqu'on passe du stress à la maladie. C'est grâce à l'amour que l'on maintient un niveau de vibration élevé. Il nous garde en bonne santé. C'est essentiel.

— Donnez-moi quelques minutes. »

Je mis en pratique la méthode enseignée par le père Sanchez. Je me sentis immédiatement mieux. Les objets autour de moi prenaient plus d'importance. Je fermai les yeux et me concentrai sur le sentiment que je ressentais.

« C'est bien », dit-il.

J'ouvris les yeux et le vis sourire largement ; son visage et son corps paraissaient toujours aussi jeunes et immatures, mais ses yeux étaient maintenant pleins de sagesse.

« Je vois l'énergie entrer en vous », assura-t-il.

Je détectai un petit champ vert autour de son corps. Les fleurs qu'il avait placées dans le vase avaient pris une teinte nouvelle.

« Pour saisir la septième révélation et déclencher l'évolution, il faut avoir assimilé toutes les révélations précédentes, et les traduire dans sa façon d'être. »

Je restai muet.

« Pouvez-vous voir en quoi le monde a changé pour vous depuis que vous connaissez les révélations ? »

Je réfléchis.

« J'ai le sentiment de m'être éveillé et de voir dans le monde un lieu mystérieux qui nous offre tout ce dont nous avons besoin si seulement nous éclaircissons notre passé et suivons le bon cheminement.

— Et ensuite ?

— Nous sommes prêts à déclencher l'évolution.

— Comment faisons-nous ? »

Je réfléchis encore.

« En gardant présentes à l'esprit les questions de notre vie. En recherchant une directive soit dans un rêve, soit dans une intuition, soit dans une pensée, soit dans l'iridescence du monde environnant. »

Je me tus, essayant de résumer toutes les révélations en une seule et j'annonçai :

« Nous amassons de l'énergie, et nous nous concentrons sur notre situation, sur les questions qui se posent à nous, et nous recevons une sorte de directive intuitive, une idée de ce qu'il faut faire, où aller, et des coïncidences surviennent qui nous mettent dans la bonne voie.

— Oui ! oui ! s'exclama Pablo. C'est bien ça, et chaque fois que des coïncidences se produisent, elles nous font grandir, nous font exister à un niveau de vibration supérieur. »

Il se pencha vers moi, et je remarquai l'incroyable énergie qui émanait de lui. Il rayonnait, toute timidité disparue. Il était puissant.

« Pablo, qu'est-ce qui arrive ? Depuis hier, vous paraissez soudain confiant, plein de votre sujet. »

Il rit.

« A votre arrivée, j'ai laissé mon énergie se dissiper. J'ai d'abord pensé que vous pourriez m'aider, mais j'ai compris qu'on ne vous avait pas encore appris à le faire. On apprend cela dans la huitième révélation.

— Qu'est-ce que je n'ai pas su faire ?

— Vous devez savoir que les réponses nous viennent toujours des autres. Pensez à ce que vous avez appris depuis votre arrivée au Pérou. Est-ce que vous n'avez pas obtenu vos réponses à travers les actes de ces gens que vous avez rencontrés comme par hasard ? »

J'y réfléchis. Il avait raison. J'avais rencontré les gens qu'il fallait au bon moment. Charlène, Dobson, Wil, Sarah, Marjorie, Phil, Reneau, le père Sanchez, le père Carl, et maintenant Pablo.

« Le Manuscrit aussi est l'œuvre d'un individu. Cela dit, tous les gens que vous rencontrez n'ont pas suffisamment d'énergie ou de clairvoyance pour vous délivrer leur message ; vous devez les y aider en leur donnant de l'énergie. Vous me dites que vous avez appris à projeter de l'énergie sur les plantes en admirant leur beauté, n'est-ce pas ?

— Oui.

— Eh bien, on fait exactement la même chose avec les personnes. Lorsque l'énergie les pénètre, cela les aide à voir la vérité. Elles peuvent alors vous la communiquer.

« Le père Costous est un bon exemple. Il avait un important message pour vous, mais vous ne l'avez pas aidé à le révéler. Vous avez voulu l'obliger à répondre à vos questions, ce qui a créé une concurrence entre vous pour obtenir de l'énergie. Quand il a compris ce qui se passait, son mécanisme de contrôle — c'est un intimidateur — a pris le dessus.

— Qu'est-ce que j'aurais dû dire ? »

Pablo ne répondit pas. On venait.

Le père Costous entra.

Il fit un signe à Pablo, un léger sourire aux lèvres. Pablo sourit à son tour largement, comme s'il aimait vraiment le prêtre. Costous tourna son regard vers moi, le visage soudain sévère. L'angoisse m'étreignit.

« Le cardinal Sebastian veut vous voir. On vous emmènera à Iquitos cet après-midi. Je vous conseille de répondre à ses questions.

— Pourquoi veut-il me voir ?

— Parce que le véhicule dans lequel vous avez été pris appartient à un de nos prêtres ; nous pensons que c'est lui qui vous a remis des copies du Manuscrit. C'est une chose grave pour un prêtre que de mépriser la loi. »

Il me regarda d'un air décidé.

Je me tournai vers Pablo qui me fit signe de poursuivre.

« Vous pensez que le Manuscrit va contre votre religion ? » dis-je d'une voix douce.

Il me toisa avec condescendance.

« Pas seulement la nôtre, mais toutes les religions. Pensez-vous qu'il n'y ait pas de plan pour cette terre ? Dieu dirige tout. Il a décidé de notre destinée. Notre devoir est d'obéir à ses lois. L'évolution est un mythe, car Dieu seul décide de l'avenir.

Dire que les hommes peuvent diriger leur évolution, c'est oublier la volonté de Dieu. C'est permettre aux hommes de se montrer égoïstes et individualistes. S'ils croient que leur évolution personnelle compte davantage que le plan de Dieu, bientôt ils se conduiront entre eux de manière pire encore qu'aujourd'hui. »

Aucune autre question ne me vint à l'esprit. Le prêtre acheva d'une voix presque douce :

« J'espère que vous serez coopératif avec le père Sebastian. »

Il se tourna vers Pablo, visiblement fier de la manière dont il avait répondu à mes questions. Pablo se contenta de lui sourire. Le prêtre sortit tandis qu'un soldat refermait la porte derrière lui. Pablo se pencha en avant sur son lit, l'air rayonnant, transformé, confiant.

Je le regardai, étonné, puis lui souris.

« A votre avis, que vient-il de se passer ? »

Je cherchai à paraître de bonne humeur.

« J'ai découvert que mes ennuis étaient plus graves encore que je ne le pensais. »

Il rit.

« Et quoi d'autre ?

— Je ne vois pas.

— Quelles questions vous vous posiez à votre arrivée ici ?

— Où étaient Marjorie et Wil.

— Eh bien, vous avez déjà la moitié de la réponse à cette question-là. Et l'autre question ?

— Je pensais que, si les prêtres s'opposaient au Manuscrit, ce n'était pas par malveillance, mais parce qu'ils ne le comprenaient pas. Je voulais connaître leur raisonnement. Je croyais qu'on pouvait les faire changer d'avis. »

Brusquement, je compris où Pablo voulait en venir. J'avais rencontré Costous, ici et maintenant, pour découvrir ce qui le dérangeait dans le Manuscrit.

« Quel message avez-vous reçu ?

— Quel message ?

— Oui, quel message ? »

Je réfléchis.

« C'est le fait que l'homme joue un rôle dans l'évolution qui les gêne, n'est-ce pas ?

— Oui, admit-il.

— Cela se tient. La doctrine de l'évolution les dérange déjà. Étendre le concept à la vie quotidienne, aux décisions que nous prenons, à l'histoire elle-même, c'est inacceptable pour eux. Ils pensent que cette idée va conduire les hommes à la catastrophe, que les relations humaines vont dégénérer. Pas étonnant qu'ils exigent la suppression du Manuscrit.

— Est-ce que vous pourriez les persuader du contraire ?

— Non... Je... je n'en sais pas assez moi-même.

— Qu'est-ce qu'il faudrait pour les convaincre ?

— Il faudrait connaître la vérité. Il faudrait savoir comment les hommes se comporteraient entre eux si chacun suivait les révélations. »

Il sembla satisfait.

« Comment ? dis-je en répondant au sourire qu'il me faisait.

— C'est la prochaine révélation, la huitième, qui vous apprendra comment les hommes vont se comporter entre eux. La question que vous vous posiez sur l'opposition des prêtres au Manuscrit a maintenant trouvé sa réponse et cette réponse est devenue à son tour une question.

— Oui, songeai-je, perdu dans mes pensées. Il faut que je trouve la huitième révélation. Je dois partir d'ici.

— Pas trop vite, assurez-vous de bien comprendre la septième auparavant.

— Vous pensez que je la comprends ? Est-ce que je suis bien dans le courant de l'évolution ?

— Vous n'avez pas d'inquiétude à avoir, si vous gardez vos questions présentes à l'esprit. Même les gens non avertis peuvent trouver les réponses et voir des coïncidences rétrospectives. La septième révélation a lieu lorsque nous pouvons identifier les réponses. Elle élève l'expérience quotidienne.

« Nous devons nous convaincre que chaque événement a une signification, et qu'il contient un message en rapport avec les questions que nous nous posons. Surtout quand il s'agit de « mauvaises » nouvelles. La septième révélation apprend qu'il faut trouver le sens de chaque événement, même des plus négatifs. Vous avez d'abord cru que la capture était ce qui pouvait vous arriver de pire. Vous voyez maintenant qu'il fallait que vous soyez ici. C'est ici que se trouvaient vos réponses. »

Il avait raison, mais si je recevais des réponses et évoluais vers un niveau plus élevé de vibrations, alors Pablo devait en faire autant.

Des pas se firent entendre dans le couloir. Pablo fixa les yeux sur moi, soudain sérieux.

« N'oubliez pas ce que je vous ai dit. La huitième révélation vous attend. Elle parle d'une éthique des relations humaines, d'une manière de se comporter envers les autres de sorte que nous partagions plus de messages. Mais n'allez surtout pas trop vite. Restez concentré sur votre situation. Quelles questions vous posez-vous ?

— Je veux savoir où se trouve Wil. Je veux trouver la huitième révélation. Je veux retrouver Marjorie.

— Quelle intuition avez-vous eue au sujet de Marjorie ? »

Je réfléchis.

« Que je m'échapperais... que nous nous échapperions. »

Quelqu'un approchait.

« Est-ce que je vous ai délivré un message ? demandai-je à Pablo à la hâte.

— Bien sûr. Quand vous êtes arrivé, j'ignorais pourquoi j'étais là. Je savais que cela avait un lien avec la septième révélation, mais je doutais de ma capacité à la faire partager. Je croyais que je n'en savais pas assez. Grâce à vous, je sais maintenant que j'en suis capable. C'est un des messages que vous m'avez délivrés.

— Et l'autre ?

— C'est votre intuition qu'on peut faire changer d'avis les prêtres à propos du Manuscrit. Cela me convainc que je suis ici pour parler à Costous. »

Il achevait sa phrase quand un soldat ouvrit la porte et m'appela. Je considérai Pablo.

« Il faut que je vous dise encore quelque chose dont parle la prochaine révélation », lança-t-il.

Le soldat me prit le bras et me tira à l'extérieur en refermant la porte. Pablo regardait à travers les barreaux.

« La huitième révélation donne un avertissement, cria-t-il, elle vous met en garde contre une situation qui peut interrompre votre évolution... Cela arrive quand vous devenez amoureux fou d'une autre personne. »

8

UNE ÉTHIQUE DES RELATIONS

Je suivis le soldat sur les marches, en plein soleil. L'avertissement de Pablo résonnait toujours à mes oreilles. Amoureux fou d'une autre personne ? Que voulait-il dire ?

Le soldat me conduisit en bas du sentier vers le parking où deux autres soldats se tenaient près d'une Jeep de l'armée. Ils nous ont observés attentivement quand nous sommes arrivés vers eux. Lorsque je fus assez près de la Jeep, je vis qu'un passager était déjà installé à l'arrière. Marjorie ! Elle semblait pâle et inquiète. Avant que j'aie pu croiser son regard, le soldat placé derrière moi me prit le bras et me poussa sur le siège près d'elle. Deux soldats s'installèrent à l'avant. Celui qui conduisait nous jeta un bref coup d'œil, puis il démarra en direction du nord.

« Parlez-vous anglais ? » demandai-je aux soldats.

Le second soldat, un gros homme, me toisa d'un air sévère, dit quelque chose en espagnol, et se retourna aussitôt.

Je me tournai vers Marjorie. « Ça va ? murmurai-je.

— Je... euh... », et des larmes coulèrent sur son visage.

« Ça va aller », dis-je en passant un bras sur son épaule.

Elle me regarda, se força à sourire, puis laissa sa tête reposer sur mon épaule. Une vague de passion me traversa le corps...

La Jeep bondit et rebondit d'ornière en ornière pendant une bonne heure. Le paysage se faisait plus vert, et ressemblait de plus en plus à une jungle. A un carrefour, la végétation fit brusquement place à une petite ville. Des bâtiments de bois bordaient les deux côtés de la route.

Cent mètres plus loin, un gros camion barrait la route. Plusieurs soldats nous firent signe d'arrêter. Derrière le camion, d'autres véhicules, certains munis d'une alarme lumineuse jaune, étaient arrêtés. Je regardai attentivement. A l'arrêt de la Jeep, un soldat s'approcha et dit quelque chose que je ne compris pas, à l'exception d'un mot : « essence ». Nos gardiens quittèrent la Jeep et descendirent parler avec leurs homologues. Ils nous regardaient de temps en temps, les armes bien en vue.

Je remarquai une petite rue qui partait sur la gauche. Alors que je distinguais les magasins et les portes cochères, quelque chose se modifia dans ma perception. La forme et les couleurs des bâtiments devinrent soudain très nets.

Je murmurai le nom de Marjorie et sentis qu'elle levait les yeux, mais elle n'avait pas ouvert la bouche qu'une énorme explosion secoua la Jeep. Une boule de feu et de lumière s'éleva de la zone qui nous faisait face, et les soldats furent jetés à terre. Notre vue fut aussitôt obscurcie par la fumée et les cendres.

« Vite ! » entraînai-je Marjorie, la tirant hors du véhicule.

Dans la confusion, nous avons couru dans la direction que j'avais aperçue. Derrière nous j'entendis des plaintes et des appels ; toujours dans la fumée nous avons couru environ trente mètres. Soudain, j'ai avisé une porte à ma gauche.

« Ici ! » ai-je crié.

La porte était entrouverte et nous avons couru vers elle. Je l'ai poussée puis refermée soigneusement. Me retournant, je vis une femme d'environ quarante ans qui nous observait. Nous étions entrés dans une maison habitée.

En la regardant et en tentant de lui sourire, je vis que son expression ne reflétait ni peur ni horreur, à la vue de deux étrangers qui entraient chez elle après une explosion. Au contraire, elle souriait d'un air amusé, un peu résigné, comme si elle nous avait attendus et qu'il fallait maintenant qu'elle fasse quelque chose. Sur une chaise était assis un petit enfant de quatre ans.

« Vite ! nous dit-elle en anglais. Ils vont vous chercher. » Elle nous poussa dans le fond de cette pièce pauvrement meublée, dans un couloir, puis dans un escalier menant à une vaste cave. L'enfant trottinait à ses côtés. Elle nous fit rapidement monter un autre escalier jusqu'à une porte extérieure qui menait à une ruelle.

Elle ouvrit la portière d'une petite voiture garée là et nous fit monter. Elle nous fit nous allonger sur le siège arrière, jeta une couverture sur nous, et démarra sans doute vers le nord. Pendant tout cet épisode, je restai muet, ébahi par l'initiative de cette femme inconnue. Une vague d'énergie me submergea quand je réalisai pleinement ce qui venait de se passer : mon intuition d'évasion s'était matérialisée !

Marjorie, allongée près de moi, gardait les yeux fermés.

« Ça va ? » m'enquis-je.

Elle me regarda, des larmes plein les yeux et fit oui de la tête.

Un quart d'heure plus tard, la femme déclara :

« Vous pouvez vous asseoir, maintenant. »

Je retirai la couverture et regardai autour de moi. Nous étions sur la même route qu'avant l'explosion, mais plus au nord.

« Qui êtes-vous ? » lui demandai-je.

Elle se retourna et eut un demi-sourire. Elle était plutôt ronde, avec des cheveux noirs tombant sur les épaules.

« Je m'appelle Karla Deez, et voici ma fille Mareta. »

L'enfant souriait et regardait par-dessus le dossier du siège avant dans notre direction avec ses grands yeux curieux. Elle aussi portait longs ses cheveux noirs.

Je lui dis qui nous étions. Puis :

« Comment saviez-vous que vous deviez nous aider ? »

Le sourire de Karla s'élargit.

« Vous fuyez les soldats à cause du Manuscrit, non ?

— Oui, mais qui vous l'a dit ?

— Moi aussi, je connais le Manuscrit.

— Où nous emmenez-vous ?

— Je n'en sais rien, il faudra que vous m'aidiez. »

Je regardai Marjorie. Elle m'observait attentivement tandis que je parlais.

« Pour l'instant, je ne sais pas où aller ; avant d'être arrêté, je cherchais à gagner Iquitos.

— Pour y faire quoi ?

— Pour y chercher un ami qui essaie de trouver la neuvième révélation.

— C'est très dangereux.

— Je sais.

— On va vous y conduire, ajouta-t-elle calmement avant de s'adresser à sa fille. N'est-ce pas, Mareta ? »

L'enfant sourit et répondit d'un ton plus assuré que son âge ne l'aurait laissé penser :

« Mais bien sûr !

— Qu'est-ce que c'était que cette explosion ?

— Je crois que c'était un camion de carburant. »

Je restai stupéfait de la vitesse avec laquelle Karla avait pris la décision de nous aider, aussi je répétai ma question autrement :

« Comment avez-vous su que nous nous échappions des mains des soldats ? »

Elle prit une profonde inspiration.

« Hier soir, beaucoup de camions militaires ont traversé le village dans la direction du nord. C'est inhabituel et ça m'a rappelé le jour où, deux mois plus tôt, mes amis ont été emmenés. Nous étudiions le Manuscrit ensemble. Nous étions les seuls du village à avoir les huit révélations. Puis les soldats sont venus et ont arrêté mes amis. Depuis, je n'ai plus de nouvelles d'eux.

« En voyant les camions hier, je savais que les soldats continuaient à chercher des copies du Manuscrit, et que certaines personnes, comme mes amis, auraient besoin d'aide. Je me suis vue en train d'aider. Bien sûr, je me suis doutée que c'était une coïncidence. Quand vous êtes entrés, je n'ai pas été surprise. »

Elle se tut un instant, puis ajouta :

« Avez-vous déjà fait ce genre d'expérience ?

— Oui », affirmai-je.

A un carrefour, Karla ralentit.

« Je pense que nous devrions prendre à droite ici, ce sera plus long mais plus sûr. »

Au virage, Mareta glissa du siège et se rattrapa en riant. Marjorie la regardait avec plaisir.

« Quel âge a-t-elle ? » demanda-t-elle.

Karla parut ennuyée et dit doucement :

« Ne parlez pas d'elle comme si elle était absente. Si elle était une adulte, vous le lui auriez demandé directement.

— Oh, excusez-moi, dit Marjorie.

— J'ai cinq ans, dit fièrement Mareta.

— Avez-vous étudié la huitième révélation ? demanda Karla.

— Non, dit Marjorie, seulement la troisième.

— J'en suis à la huitième, dis-je ; vous en avez des copies ?

— Non, elles ont toutes été emportées par les soldats.

— Est-ce qu'elle parle des relations avec les enfants ?

— Oui, elle dit que les humains vont finir par apprendre à bien se conduire entre eux, et parle de nombreuses choses, comme de la manière de projeter de l'énergie sur les autres, ou de ce qu'il faut faire pour éviter de tomber follement amoureux. »

A nouveau cet avertissement ! J'allais demander sa signification à Karla quand Marjorie intervint : « Parlez-nous de la huitième révélation.

— La huitième révélation explique comment utiliser l'énergie d'une manière nouvelle dans sa relation avec les autres, mais elle commence par le commencement, avec les enfants.

— Comment faut-il les considérer ?

— Comme ce qu'ils sont vraiment, comme le commencement d'une évolution. Mais, pour apprendre à évoluer, ils ont besoin de notre énergie en permanence, et de manière inconditionnelle. Le pire qu'on puisse leur faire, c'est de prendre leur énergie en voulant les corriger. C'est ce qui engendre les mécanismes de domination, comme vous le savez déjà. Cela peut être évité si l'adulte donne à l'enfant toute l'énergie dont il a besoin, quelle que soit la situation. C'est pourquoi les enfants doivent toujours être inclus dans nos conversations, surtout celles qui les concernent. Et il ne faut pas vouloir s'occuper de plus d'enfants qu'on ne le peut.

— Le Manuscrit dit tout cela ?

— Oui, et la question du nombre est fortement soulignée. »

J'étais surpris.

« Pourquoi le nombre est-il si important ? »

Elle me jeta un bref coup d'œil en conduisant :

« Parce qu'un seul adulte ne peut accorder son attention à plus d'un enfant à la fois. S'il y a trop d'enfants les adultes sont débordés et ne peuvent pas donner assez d'énergie. Les enfants se battent alors pour prendre l'énergie des adultes.

— Ce n'est pas une rivalité très grave...

— Le Manuscrit assure que ce problème est plus sérieux qu'on ne le croit. Les adultes voient souvent d'un bon œil les familles avec une multitude d'enfants grandissant ensemble. Mais les enfants doivent apprendre le monde de la bouche des adultes, pas de leurs homologues. Dans de trop nombreuses sociétés, les enfants forment des bandes. Selon le Manuscrit, les hommes vont apprendre progressivement à ne pas mettre au monde un enfant s'il n'y a pas en permanence au moins un adulte pour s'occuper de lui.

— Attendez ! la coupai-je. Dans bien des cas, les deux parents doivent travailler pour survivre. Est-ce que cela leur interdit d'avoir des enfants ?

— Pas nécessairement. Le Manuscrit signale que les hommes apprendront à étendre leur famille au-delà des liens de sang. De sorte qu'il y ait toujours quelqu'un qui puisse porter aux enfants une attention personnelle. Les parents ne sont pas les seuls capables de fournir de l'énergie. Il est même préférable que cela ne soit pas le cas. Quoi qu'il en soit, si l'on aime un enfant il faut lui apporter cette attention.

— Eh bien, vous avez réussi. Mareta paraît bien mûre pour son âge. »

Karla fronça les sourcils et dit :

« Ne me le dites pas à moi, mais à elle.

— Oh, pardon. Tu te conduis comme une grande, Mareta. »

Elle détourna les yeux timidement, puis murmura :

« Merci. »

Karla l'embrassa, et me regarda fièrement.

« Depuis deux ans, j'ai essayé de me conduire avec Mareta selon les principes du Manuscrit ; n'est-ce pas, Mareta ? »

L'enfant sourit et approuva.

« J'ai essayé de lui donner de l'énergie et de lui dire toujours la vérité dans un langage qu'elle pouvait comprendre. Lorsqu'elle posait les questions d'une jeune enfant, je la prenais au sérieux, évitant la tentation de lui donner une réponse légère sans autre but que d'amuser les adultes. »

Je souris.

« Vous pensez à des choses comme "les cigognes apportent les enfants" ?

— Oui, mais ces images populaires ne sont pas si mauvaises. Les enfants les comprennent vite parce qu'elles sont toujours les mêmes. Cela vaut mieux que ce que les adultes inventent quand ils veulent seulement s'amuser, ou quand ils croient que la vérité est trop compliquée pour un enfant. Ce qui n'est pas le cas, on peut toujours dire la vérité à un enfant. Ça demande seulement un peu de réflexion.

— Qu'en dit le Manuscrit ?

— Que nous devons toujours chercher un moyen de dire la vérité aux enfants. »

Une partie de moi-même n'approuvait pas. J'adorais plaisanter avec les enfants.

« Mais les gosses comprennent que les adultes aiment aussi jouer, non ? J'ai peur que vos conseils ne les fassent grandir trop vite et ne les privent des joies de l'enfance. »

Elle me considéra avec sévérité.

« Mareta est pleine de joie. Nous jouons à cache-cache, nous jouons à inventer des situations imaginaires, à tous les jeux de son âge ! Mais quand c'est imaginaire, elle le sait. »

J'approuvai. Elle avait raison.

« Mareta est bien dans sa peau, reprit Karla, parce que j'étais présente et que je lui ai donné toute mon attention quand elle en avait besoin. Lorsque je ne pouvais m'occuper d'elle, ma sœur, qui est ma voisine, était là. Il y avait toujours un adulte pour répondre à ses questions, et grâce à cette attention, elle n'a jamais éprouvé le besoin de jouer un rôle ou de se vanter. Elle a toujours eu assez d'énergie, et n'imagine pas qu'elle puisse en manquer. Ce qui lui facilitera la transition quand il lui faudra recevoir son énergie de l'univers et non plus des adultes. »

Nous traversions une jungle épaisse. Et, même si je ne pouvais le voir, je savais que le soleil était bas sur l'horizon.

« Est-ce que nous arriverons à Iquitos ce soir ?

— Non, mais nous pourrons nous arrêter chez des gens que je connais.

— Loin d'ici ?

— Non. C'est la maison d'un ami qui travaille pour la protection des animaux.

— Pour le gouvernement ?

— Une partie de l'Amazonie est zone protégée. Il est le représentant local du gouvernement, un homme très influent. Il s'appelle Juan Hinton. Bien qu'il croie au Manuscrit, on l'a toujours laissé tranquille. »

A notre arrivée, la nuit était tombée. La jungle bruissait de partout, l'air était lourd. Une grande maison de bois, bien éclairée, se dressait dans une clairière. A côté, on pouvait voir plusieurs Jeeps et deux grands bâtiments. Une autre voiture était sur cales et deux hommes y travaillaient avec des baladeuses.

Un Péruvien mince, très élégamment vêtu, répondit quand Karla frappa, et lui sourit, avant de voir Marjorie, Mareta et moi qui attendions sur les marches. Il lui dit quelque chose en espagnol. Il paraissait nerveux et mécontent. Elle répondit d'un ton suppliant, mais l'attitude de son ami indiquait qu'il ne voulait pas nous voir rester.

C'est alors qu'à travers une latte de la porte je remarquai une silhouette féminine isolée. Je m'avançai pour mieux voir son visage. C'était Julia. Comme je regardais, elle tourna la tête et me vit, et aussitôt s'avança, l'air surpris. Elle toucha l'épaule de l'homme et lui dit quelque chose à voix basse en espagnol. Il approuva d'un air résigné et ouvrit la porte. Nous nous sommes présentés tandis qu'Hinton nous conduisait dans la grande salle. Julia s'adressa à moi :

« Ainsi on se retrouve ! »

Elle portait un pantalon kaki avec de grandes poches latérales, et un T-shirt rouge vif.

« Eh oui ! »

Un domestique péruvien interrompit Hinton, et, après une minute de conversation, ils s'éloignèrent tous deux. Julia s'installa dans un fauteuil près d'une petite table et nous indiqua un grand sofa. Marjorie semblait paniquée. Elle me regardait avec intensité. Karla était très consciente de la peur de Marjorie. Elle lui prit la main.

« Prenons un thé bien chaud », proposa-t-elle.

Elles s'éloignèrent, et Marjorie me jeta un coup d'œil ; je souris et les suivis du regard jusqu'à la porte de la cuisine. Puis je me tournai vers Julia.

« Alors, qu'est-ce que ça veut dire d'après vous ? me demanda-t-elle.

— Que veut dire quoi ?

— Que nous nous soyons de nouveau rencontrés.

— Oh... je l'ignore.

— Comment avez-vous rencontré Karla, et où allez-vous ?

— Elle nous a sauvés. Marjorie et moi avons été arrêtés par l'armée. Elle s'est trouvée là au moment de notre évasion. »

Julia, l'air passionné, dit :

« Dites-moi ce qui s'est passé. »

Je lui racontai tout, commençant à l'instant où le père Carl m'avait donné son véhicule jusqu'à ma capture et notre évasion.

« Et Karla a accepté de vous conduire à Iquitos ?

— Oui.

— Pourquoi voulez-vous y aller ?

— Wil a confié à Carl que c'était là qu'il se rendait. Wil semble avoir une piste pour la neuvième révélation. Et Sebastian s'y trouve aussi. »

Julia approuva.

« Oui, Sebastian a une Mission là-bas. Il s'est fait une réputation dans la conversion des Indiens.

— Et vous ? Que faites-vous ici ? »

Julia expliqua qu'elle cherchait la neuvième révélation, mais sans aucune piste. Elle était venue là parce que l'image de son vieil ami Hinton lui venait sans cesse à l'esprit.

J'écoutais à peine. Marjorie et Karla avaient quitté la cuisine et se tenaient debout dans le salon, des tasses à la main. Marjorie aperçut mon regard mais ne dit rien.

« A-t-elle lu une grande partie du Manuscrit ? demanda Julia en indiquant Marjorie.

— Seulement la troisième révélation, fis-je.

— Nous pourrons sûrement la faire sortir du Pérou si c'est ce qu'elle veut », affirma Julia.

Je demandai :

« Mais comment ?

— Rolando part demain au Brésil. Nous avons des amis à l'ambassade américaine là-bas. Ils pourront la rapatrier. Nous avons déjà pu aider des Américains. »

Je la considérai et approuvai d'un signe de tête encore incertain.

Mes sentiments étaient confus. Partir serait sûrement le mieux pour Marjorie. Mais je voulais aussi qu'elle reste avec moi. Je me sentais plus fort, plein d'énergie lorsqu'elle était là.

« Il faut d'abord que je lui parle, dis-je enfin.

— Bien sûr, nous nous reverrons tout à l'heure. »

Je me levai et m'avançai vers elle. Karla allait vers la cuisine. Marjorie était appuyée contre le mur du salon.

Je la pris dans mes bras, le corps tremblant.

« Sentez-vous cette énergie ? murmurai-je à son oreille.

— C'est incroyable, dit-elle. Qu'est-ce que cela veut dire ?

— Je l'ignore. Nous devons avoir une sorte de lien. »

Je jetai un coup d'œil autour de moi. Personne ne pouvait nous voir. Nous nous sommes embrassés passionnément.

Lorsque je m'écartai pour la contempler, elle me parut différente, plus forte, et je repensai à notre rencontre à Viciente, à notre conversation dans le restaurant à Cula. Je n'arrivais pas à comprendre pourquoi je ressentais une telle énergie en sa présence et quand elle me touchait.

Elle s'agrippa à moi.

« Depuis ce jour-là, à Viciente, je n'ai qu'une envie, c'est d'être avec toi. Je ne savais pas quoi en penser à l'époque, mais cette énergie, c'est merveilleux ! Je n'ai jamais rien ressenti de tel ! »

Du coin de l'œil, je vis Karla s'approcher en souriant. Elle annonça que le dîner était prêt, et nous l'avons suivie jusqu'à la salle à manger où un grand buffet de fruits frais, de légumes et de pain avait été dressé. Chacun se servit et s'installa autour d'une grande table. Mareta a chanté une action de grâces et nous avons passé environ une heure et demie à manger en discutant. Hinton était plus calme et il parla avec une gaieté qui apaisa la tension que je ressentais depuis notre évasion. Marjorie parlait librement et avec enjouement. Assis près d'elle, je me sentais rempli d'amour.

Après le dîner, Hinton nous ramena au salon où un dessert sucré, accompagné d'une liqueur, fut servi. Marjorie et moi, assis sur le canapé, avons commencé une longue conversation sur notre passé et nos expériences respectives. Nous nous sentions de plus en plus proches. La seule complication semblait être qu'elle habitait la côte Ouest des États-Unis et moi le Sud. Plus tard, Marjorie déclara que ce n'était pas un problème et se mit à rire joyeusement.

« Je suis impatiente que nous soyons revenus aux États-Unis, avoua-t-elle. Nous allons tellement nous amuser. »

Je me redressai et la regardai avec sérieux.

« Julia m'a dit qu'elle pouvait te trouver le moyen de rentrer tout de suite.

— Tu veux dire tous les deux ?

— Non... je... je ne peux pas rentrer.

— Pourquoi ? Je ne peux pas partir sans toi. Mais je ne pourrais pas supporter de rester ici. Je deviendrais folle.

— Il faut que tu rentres. Je te suivrai très bientôt.

— Non ! dit-elle d'une voix forte. C'est impossible. »

Karla, qui revenait de mettre au lit la petite Mareta, nous jeta un bref coup d'œil et détourna les yeux. Hinton et Julia discutaient toujours, ignorant cet éclat de voix.

« S'il te plaît, pria Marjorie, rentre avec moi ! »

Je détournai les yeux.

« Bon, bon. Eh bien, reste ! » lança-t-elle.

Elle se leva et marcha d'un pas rapide vers les chambres.

Mon cœur battit violemment tandis que je la regardais s'éloigner. L'énergie que j'avais gagnée à son contact baissa brusquement, et je me sentis faible et plein de confusion. Je tentai de résister. Après tout, me disais-je, je la connais à peine.

Et si je me trompais ? Peut-être bien que je ferais mieux de rentrer ? En quoi ma présence ici est-elle utile ? De chez moi, je pourrais peut-être soutenir plus efficacement le Manuscrit, et rester en vie par la même occasion ! Je me levai pour la suivre, mais, sans raison claire, je me rassis, incapable de prendre une décision.

« Puis-je m'asseoir un instant près de vous ? dit alors Karla, dont je n'avais pas remarqué la présence près du canapé.

— Bien sûr. »

Elle me considéra avec amitié.

« Je ne l'ai pas fait exprès, mais j'ai entendu votre conversation. Avant de vous décider, je crois que vous devriez savoir ce que le Manuscrit dit des relations amoureuses.

— Oui, j'aimerais bien le savoir.

— Lorsqu'on a éclairci son passé, et que l'on a commencé son évolution, on peut être interrompu dans le processus, n'importe quand, par une passion amoureuse.

— Vous pensez à Marjorie et moi ?

— Laissez-moi vous expliquer comment ça se passe, vous jugerez ensuite par vous-même.

— D'accord.

— D'abord, je dois vous dire que ce passage de la huitième révélation m'a causé beaucoup de difficultés. Je ne l'aurais jamais compris si je n'avais pas rencontré le professeur Reneau.

— Reneau ? m'exclamai-je. Je le connais. Je l'ai rencontré au moment où je découvrais la quatrième révélation.

— Eh bien, nous nous sommes connus alors que nous en étions tous les deux à la huitième. Il a habité chez moi plusieurs jours. »

Je fis un signe de tête, l'air stupéfait.

« Il m'a expliqué l'origine des luttes de pouvoir qui surgissent dans les relations amoureuses. Nous nous demandons souvent pourquoi cesse le sentiment d'euphorie et d'amour fou et pourquoi des conflits apparaissent à la place ; eh bien, cela est lié aux flux d'énergie qui circulent entre les deux personnes concernées.

« Lorsque l'amour naît, les deux individus se donnent de l'énergie sans le savoir, et tous deux se sentent forts et joyeux. C'est le sentiment extraordinairement intense qu'on appelle l'amour. Malheureusement, quand une personne attend que ce sentiment lui vienne d'une autre, elle se coupe totalement de l'énergie de l'univers et s'en remet de plus en plus à l'énergie qui lui vient de l'autre personne. Mais bientôt, il n'y a plus assez d'énergie à partager, aussi retombent-ils l'un et l'autre dans leurs mécanismes de domination pour essayer de prendre à l'autre l'énergie restante. A ce stade, la lutte pour le pouvoir est inévitable. »

Elle hésita un instant comme pour vérifier si je comprenais bien, et ajouta :

« Reneau pense que le problème trouve son origine dans notre enfance. A cause de la lutte pour l'énergie, nous n'avons pas achevé un important processus psychologique : nous n'avons pas réussi à intégrer notre sexe opposé.

— Notre quoi ?

— Moi, je n'ai pas pu intégrer mon côté mâle. Vous, c'est votre côté femelle. Si nous tombons amoureux d'une personne du sexe opposé, c'est qu'il nous faut encore accéder par nous-mêmes à cette énergie sexuelle opposée. Vous voyez, l'énergie mystique que nous pouvons capter intérieurement est à la fois mâle et femelle. Nous pouvons nous ouvrir à elle, mais, au début de notre évolution consciente, nous devons être prudents. Le processus d'intégration est lent. Si nous nous relions prématurément à une source d'énergie mâle ou femelle, nous bloquons la source universelle. »

Je lui avouai que je ne comprenais pas.

« Essayez d'imaginer comment cette intégration se passe dans la famille idéale, expliqua-t-elle. Vous comprendrez plus facilement. Dans toute famille, l'enfant doit d'abord recevoir toute l'énergie que lui apportent les adultes. Normalement, il assimile facilement l'énergie que lui donne le parent du même sexe, mais celle qui vient de l'autre parent est plus difficile à assimiler.

« Prenez l'exemple d'une fille. Tout ce que la petite fille sait quand elle cherche à intégrer son côté mâle est qu'elle est très fortement attirée par son père. Elle voudrait l'avoir à elle tout le temps. Le Manuscrit explique que ce qu'elle veut réellement s'approprier, c'est l'énergie mâle parce que cette énergie complète son côté féminin. Cette énergie mâle lui procure un sentiment de plénitude et d'euphorie. Mais elle croit à tort que le seul moyen d'y arriver est de posséder sexuellement son père et de le garder tout près d'elle.

« Curieusement, parce qu'elle devine que cette énergie lui revient, et qu'elle devrait pouvoir se la procurer selon sa propre volonté, elle veut contrôler son père comme s'il était une partie d'elle-même. Elle le croit parfait, tout-puissant, capable de satisfaire tous ses caprices. Dans une famille non idéale, cela crée un conflit entre le père et la fille. Les mécanismes de domination se forment quand la fille cherche à manipuler son père pour lui prendre de l'énergie.

« Mais, dans la famille idéale, le père refuse la compétition. Il se comporte honnêtement, et donne assez d'énergie à sa fille, sans condition, même s'il ne parvient pas à remplir tous ses désirs. Ce qui compte, dans mon exemple, c'est que le père reste ouvert et communicatif. Sa fille le croit tout-puissant, mais, s'il lui explique avec sincérité qui il est, ce qu'il fait, pourquoi il le fait, etc., elle pourra intégrer ses capacités, son style, et finira par avoir une vision réaliste de son père. Elle le considérera comme un être humain ordinaire, avec ses talents et ses faiblesses. Si les choses se passent ainsi, l'enfant parviendra sans problème à troquer l'énergie reçue de son père contre celle disponible dans l'ensemble de l'univers.

« Le problème, c'est que la plupart des parents, jusqu'à présent, luttent contre leurs propres enfants pour obtenir de l'énergie, et que cela nous laisse des séquelles. A cause de cette concurrence, nous n'avons pas pu résoudre le problème de la dualité sexuelle. Nous sommes restés bloqués au stade où nous recherchons l'énergie du sexe opposé dans une personne mâle ou femelle, que nous supposons idéale, toute-puissante, et que nous pensons pouvoir posséder. Vous me suivez ?

— Oui, je crois.

— Selon la huitième révélation, dès que nous commençons à évoluer nous recevons automatiquement l'énergie du sexe opposé. Elle vient de l'ensemble de l'univers. Mais nous devons être prudents, car, si une personne vient à nous offrir cette énergie, nous pouvons nous couper de la source véritable. Alors nous régressons. »

Elle rit un peu.

« Pourquoi riez-vous ?

— A cause d'une analogie de Reneau. Selon lui, jusqu'à ce que nous apprenions à éviter cette situation, nous sommes comme une moitié de cercle. Nous ressemblons à la lettre C. Nous nous montrons très sensibles à une personne du sexe opposé, à un autre cercle incomplet, nous voulons qu'elle se joigne à notre cercle pour le compléter et nous donne l'euphorie et l'énergie que produit une liaison pleine avec l'univers. En réalité, nous n'avons rien fait d'autre que de nous relier à une personne qui cherche elle aussi à compléter son cercle.

« Selon Reneau cette dépendance réciproque contient en germe des problèmes qui surgissent immédiatement. »

Elle hésita, s'attendant à me voir réagir. Je me contentai d'acquiescer.

« Voyez-vous, le problème avec cette personne entière, cette lettre O que chacun des deux croit avoir atteinte, c'est qu'il a fallu deux personnes pour n'en faire qu'une, l'une apportant l'énergie mâle et l'autre l'énergie femelle. Cette personne nouvelle a deux egos. Chacun des deux veut diriger la personne entière qu'ils ont créée, et ainsi, comme dans leur enfance, ils veulent diriger l'autre comme si cet autre était eux-mêmes. Cette illusion d'une personne entière disparaît très vite dans une lutte de pouvoir. Chaque personne finit par sans cesse réfuter l'autre de façon à pouvoir en prendre le contrôle. Mais ça ne marche pas. Ça ne marche plus. Autrefois, peut-être, l'un des deux partenaires acceptait, ou même recherchait, la domination de l'autre, souvent la femme, parfois, plus rarement, l'homme. Mais aujourd'hui, nous nous réveillons. Personne ne veut plus être dominé. »

Je repensai à la scène à laquelle Charlène et moi avions assisté au restaurant.

« C'est la fin de l'amour, dis-je.

— Non, nous pouvons continuer d'aimer, répondit Karla, mais il nous faut d'abord achever le cercle tout seuls. Nous devons stabiliser notre liaison avec l'univers. Cela prend du temps, mais nous ne sommes plus ensuite exposés à ce problème, et nous pouvons connaître ce que le Manuscrit appelle une relation plus élevée. Si nous communions dans l'amour avec une autre personne après cela, nous créons une super-personne, un être supérieur... Et cette relation-là ne nous détourne pas de la voie à suivre.

— Vous pensez que Marjorie et moi nous détournons en ce moment de la voie à suivre ?

— Oui.

— Mais comment éviter cela ?

— En résistant au coup de foudre, au moins au début, en apprenant à entretenir des relations platoniques avec l'autre sexe. Et seulement avec des personnes qui se découvrent totalement, qui vous disent comment et pourquoi elles font ce qu'elles font, exactement comme cela aurait dû se passer entre enfants et parents durant une enfance idéale. En comprenant qui sont vraiment ces amis du sexe opposé, on se débarrasse de ses fantasmes sur l'autre sexe, et cela permet de se relier à l'univers.

« Souvenez-vous aussi, continua-t-elle, que ce n'est pas facile, surtout si l'on doit mettre fin à une dépendance amoureuse. Il faut extraire son énergie d'un seul coup. Ça fait mal. Mais c'est nécessaire. La dépendance amoureuse n'est pas une nouvelle maladie qui atteindrait certains d'entre nous, nous sommes tous dépendants de celui ou de celle que nous aimons et nous sommes tous en train d'en guérir.

« Ce qu'il faut, c'est commencer à ressentir cette euphorie, ce bien-être qu'on éprouve au début d'une relation amoureuse, dans la solitude. Il faut arriver à ressentir l'autre au-dedans de soi. Ensuite seulement, on peut découvrir la relation amoureuse qui nous convient réellement. »

Elle s'interrompit.

« Et qui sait, si Marjorie et vous évoluez dans le bon sens, vous découvrirez peut-être que vous êtes faits l'un pour l'autre. Mais soyez conscients que votre relation avec elle ne peut pas fonctionner pour le moment. »

Hinton interrompit notre conversation. Il allait se coucher, nos chambres étaient prêtes. Nous l'avons remercié pour son hospitalité, et Karla annonça :

« Je crois que je vais en faire autant. Nous continuerons une autre fois. »

J'acquiesçai et la regardai partir. Je sentis alors une main sur mon épaule. C'était Julia.

« Je vais me coucher. Vous voulez que je vous montre votre chambre ?

— S'il vous plaît, où est celle de Marjorie ? »

Elle sourit, et dans le couloir elle déclara :

« Très loin de la vôtre. M. Hinton est très à cheval sur les principes. »

Je souris et à mon tour lui souhaitai bonne nuit, pénétrai dans ma chambre et me retins de vomir jusqu'à ce que je sombrasse dans le sommeil.

Je m'éveillai en humant une bonne odeur de café. L'arôme embaumait toute la maison. Une fois habillé, je descendis, et rencontrai un vieux serviteur qui me tendit un verre de jus de pamplemousse frais.

« Bonjour, lança Julia derrière moi.

— Bonjour », dis-je en me retournant.

Elle me considéra avec attention :

« Avez-vous compris pourquoi nous nous sommes rencontrés une seconde fois ?

— Non. Je n'ai pas eu le temps d'y penser. J'ai cherché à comprendre le phénomène amoureux.

— Oui, j'ai vu.

— Comment cela ?

— J'ai vu ce qui se passait en observant votre champ d'énergie.

— De quoi avait-il l'air ?

— Votre énergie était reliée à celle de Marjorie. Quand vous étiez assis là et qu'elle était dans l'autre pièce, votre champ s'étendait jusque là-bas et se reliait au sien. »

Je secouai la tête. Elle sourit et mit la main sur mon épaule.

« Vous aviez perdu votre lien avec l'univers. A la place, vous étiez relié à l'énergie de Marjorie. C'est toujours pareil avec les coups de foudre. On se relie à quelqu'un ou quelque chose pour se relier indirectement à l'univers. Pour s'en tirer, il faut augmenter son énergie et se recentrer sur ses motivations profondes. »

J'approuvai et sortis de la pièce. Elle y resta. Pendant dix minutes, je mis en pratique la méthode du père Sanchez. La beauté réapparut autour de moi, et je me sentis léger. Je rentrai dans la maison.

« Vous avez meilleure mine, constata Julia.

— Je me sens mieux, admis-je.

— Alors, quelles sont vos questions ? »

Je réfléchis. J'avais découvert Marjorie. Cette question-là avait trouvé sa réponse. Mais il restait toujours Wil. Et je voulais comprendre comment les gens se comporteraient entre eux s'ils suivaient l'enseignement du Manuscrit. Si l'effet était positif, pourquoi Sebastian et ses prêtres se feraient-ils du souci ?

Je m'adressai à Julia :

« Je veux comprendre le reste de la huitième révélation et trouver Wil. Il a peut-être mis la main sur la neuvième.

— Je vais à Iquitos demain. Vous voulez m'accompagner ? »

J'hésitai.

« A mon avis Wil s'y trouve, ajouta-t-elle.

— Comment le savez-vous ?

— J'ai eu une intuition à ce sujet hier soir. »

Je restai muet.

« J'ai pensé à vous aussi, dit-elle. Je nous voyais aller ensemble à Iquitos. Vous êtes mêlé à tout ça.

— Mêlé à quoi ? »

Elle sourit.

« A la découverte de la neuvième révélation. »

Tandis qu'elle parlait, je nous vis, Julia et moi, arrivant ensemble à Iquitos, mais décidant d'aller chacun de notre côté pour une raison inconnue. Je voyais bien que je poursuivais un but, mais lequel ?

J'observai Julia. Elle souriait.

« Où étiez-vous ?

— Désolé, je pensais à quelque chose.

— D'important ?

— Je ne sais pas. Je pensais qu'une fois arrivés à Iquitos nous irions chacun notre chemin. »

Rolando entra.

« J'ai apporté les provisions que tu voulais », dit-il à Julia.

Il me reconnut et inclina poliment la tête.

« Bien, merci, lui répondit Julia. As-tu vu beaucoup de soldats ?

— Aucun. »

Marjorie entra dans la pièce et détourna mon attention de Julia, mais je l'entendis quand même expliquer à Rolando que Marjorie voudrait sans doute l'accompagner au Brésil, d'où il pourrait la faire rentrer aux États-Unis.

J'allai vers Marjorie.

« Tu as bien dormi ? »

Elle me regarda, se demandant si elle devait rester fâchée.

« Non, pas très bien. »

Je lui montrai Rolando.

« C'est un ami de Julia. Il part demain au Brésil. De là, il t'aidera à regagner les États-Unis. »

Elle parut terrifiée.

« Mais tout ira bien. Ils ont déjà aidé d'autres Américains. Ils connaissent des gens à l'ambassade américaine. Tu vas rentrer en un rien de temps. »

Elle approuva :

« Mais je suis inquiète pour toi.

— Ne te fais pas de souci. Tout ira bien. Dès mon retour, je t'appellerai. »

Derrière moi, Hinton annonça que le petit déjeuner était servi. Nous l'avons pris dans la salle à manger. Ensuite Julia et Rolando parurent très pressés. Julia nous expliqua qu'il était important que Marjorie et lui passent la frontière avant la nuit, et que le voyage durerait toute la journée.

Marjorie prit quelques vêtements que Hinton lui

avait donnés, et plus tard, au moment où Julia et Rolando parlaient près de la porte, j'attirai Marjorie vers moi.

« Ne t'en fais surtout pas. Garde les yeux ouverts et tu découvriras peut-être les autres révélations. »

Elle sourit sans répondre. Je la regardai pendant que Rolando installait ses affaires dans sa petite voiture. Je croisai son regard une dernière fois quand ils démarrèrent.

« Vous pensez qu'ils n'auront pas de problèmes pour traverser ? » demandai-je à Julia.

Elle me fit un clin d'œil et assura :

« Mais bien sûr. Et maintenant, c'est notre tour de partir. J'ai des vêtements pour vous. »

Elle me tendit un paquet de vêtements que nous avons chargé avec de la nourriture dans sa camionnette. Nous avons pris congé de Hinton, de Karla et de Mareta, et elle a démarré vers le nord-est en direction d'Iquitos.

Le paysage se faisait de plus en plus jungle. On voyait très peu de gens. Je pensai à la huitième révélation. C'était un nouveau moyen de se comprendre les uns les autres, mais je ne saisissais pas tout le texte. Karla m'avait expliqué la manière de traiter les enfants et le danger de l'amour. Mais elle et Pablo avaient fait allusion à un moyen de projeter de l'énergie sur les autres. De quoi s'agissait-il ?

J'interrogeai Julia :

« Je n'ai pas bien compris la huitième révélation.

— Notre manière d'être avec les autres détermine la vitesse de notre évolution, la vitesse à laquelle nos questions trouveront une réponse.

— Comment est-ce que ça fonctionne ?

— Pensez à votre propre situation, dit-elle. Comment avez-vous obtenu des réponses ?

— Je crois que c'est grâce aux gens que j'ai rencontrés.

— Étiez-vous franchement ouvert à leurs messages ?

— Pas vraiment ; je restais lointain, indifférent.

— Ceux qui vous apportaient des messages, est-ce qu'ils se sont éloignés de vous, eux aussi ?

— Non, ils étaient ouverts et amicaux. Ils... »

J'hésitai, incapable de formuler ma réponse.

« Ils vous ont aidé en vous ouvrant, en quelque sorte ? Ils vous ont apporté de l'énergie et de la chaleur, c'est ça ? »

Sa remarque fit jaillir un véritable flot de souvenirs dans ma tête. L'attitude amicale de Wil lorsque je paniquais à Lima, l'hospitalité paternelle de Sanchez, et les conseils de Carl, de Pablo, de Karla. Et maintenant Julia. Ils avaient tous le même regard.

« Oui, c'est ce que vous avez tous fait.

— Et nous l'avons fait consciemment, en suivant la huitième révélation. En vous remontant et en vous aidant à éclaircir votre passé, nous pouvions rechercher le message, la vérité, que vous déteniez pour nous. Vous comprenez ? Vous donner de l'énergie, c'était aussi ce que nous pouvions faire de mieux pour nous-mêmes.

— Que dit exactement le Manuscrit de ça ?

— Qu'à chaque fois que quelqu'un croise notre route, il porte un message pour nous. Les rencontres de pur hasard n'existent pas. C'est notre manière de répondre à ces rencontres qui détermine si nous recevrons ou non le message. Si, lorsque nous parlons avec celui qui croise notre chemin, nous ne voyons pas le message qui se rapporte à nos questions, cela ne signifie pas qu'il n'y avait pas de message. Seulement que nous ne l'avons pas découvert. »

Elle se tut, puis reprit :

« Est-ce qu'il vous est arrivé de rencontrer un vieil ami, de lui parler, de le quitter, puis de le revoir par hasard le même jour ou la même semaine ?

— Oui, bien sûr.

— Et que lui dites-vous normalement dans ce cas-là ? "Tiens, encore toi", et puis vous le quittez en riant.

— Oui.

— Le Manuscrit dit que dans une telle situation nous devons absolument nous arrêter et rechercher quel est le message que cette personne détient pour nous. Ainsi que le message que nous détenons pour elle. Il prédit que, si les êtres humains parviennent à comprendre cela, leurs relations deviendront plus faciles, plus riches.

— Mais n'est-ce pas difficile à faire, surtout avec une personne qui ne s'y attend pas ?

— Si, mais le Manuscrit explique comment procéder.

— Vous voulez dire qu'il explique avec précision comment nous devrions nous traiter les uns les autres ?

— Exactement.

— Et qu'est-ce qu'il formule ?

— Vous vous souvenez que, dans la troisième révélation, il est spécifié que les hommes ont ceci d'unique, dans un monde d'énergie, qu'ils sont les seuls à pouvoir projeter consciemment leur énergie ?

— Oui.

— Vous vous rappelez comment ils le font ? »

Je me remémorai les leçons de Juan.

« En appréciant la beauté d'un objet jusqu'à ce que l'énergie nous pénètre et que nous ressentions de l'amour. Alors nous sommes en état de renvoyer de l'énergie.

— Exactement. Le même principe vaut pour les gens. Si nous apprécions l'expression et le comportement de quelqu'un, si nous nous concentrons sur lui jusqu'à ce que ses traits et sa forme se détachent bien, aient plus de présence, nous pouvons lui envoyer de l'énergie.

« Avant tout, bien sûr, il faut maintenir élevée notre énergie, pour que le flux nous pénètre, puis aille vers l'autre personne. Plus nous apprécions sa plénitude, sa beauté intérieure, plus l'énergie ira vers elle, et naturellement plus nous en recevrons nous-mêmes. »

Elle rit.

« C'est plutôt hédoniste, non ? Plus nous aimons et apprécions les autres, plus nous gagnons d'énergie. C'est pourquoi aimer et donner de l'énergie est aussi ce que nous pouvons faire de mieux pour nous-mêmes.

— J'ai déjà entendu ça quelque part. Le père Sanchez le dit souvent. »

Je regardai Julia de près. J'avais l'impression de voir sa personnalité réelle pour la première fois. Elle me regarda une seconde puis se concentra sur la route.

« L'effet de cette projection d'énergie est considérable, dit-elle. Par exemple, en cet instant, vous me remplissez d'énergie, je le sens. Je me sens plus légère et j'ai l'esprit plus clair pendant que je parle.

« Parce que vous augmentez mon énergie, je vois mieux ma vérité, et je vous la transmets mieux. Et vous avez une sorte de révélation de ma parole. Cela vous aide à mieux voir mon moi profond et à l'apprécier pour vous concentrer plus profondément sur lui. Et ainsi de suite. De cette façon, deux personnes, ou plus encore, peuvent atteindre à des hauteurs incroyables, en s'enrichissant réciproquement. Ce style de rapport est à l'opposé de la relation de dépendance amoureuse. Cette dernière commence de la même manière, mais verse vite dans la domination parce que l'amour fou coupe de la réelle source d'énergie. Une vraie projection d'énergie n'a pas de lien avec l'amour, ni avec aucune sorte d'intention. Chacun attend simplement le message. »

Je pensai à une question.

« Pablo m'a dit que je ne recevais pas le message de Costous parce que j'avais mis en route son mécanisme de domination.

« Que doit-on faire si la personne à qui on parle est déjà en train d'essayer de nous soumettre à son mécanisme de domination ? Comment passer au travers ? »

Elle répondit aussitôt.

« Le Manuscrit affirme que, si nous ne rentrons pas dans son jeu, le mécanisme de l'autre va se désintégrer.

— Je ne comprends pas. »

Elle regardait la route. Elle réfléchissait visiblement.

« Il y a une maison tout près d'ici où nous pourrons acheter de l'essence. »

Je regardai la jauge. Le réservoir était à moitié plein.

« Nous en avons encore beaucoup.

— Je sais. Mais j'ai l'intuition qu'il faut s'arrêter pour faire le plein.

— D'accord.

— Voici la route », dit-elle en montrant un tournant à droite.

Nous avons tourné, et à huit cents mètres dans la jungle, nous sommes tombés sur une sorte de magasin pour pêcheurs et chasseurs. La maison était bâtie au bord d'une rivière et plusieurs bateaux de pêche étaient amarrés près d'elle. Nous nous sommes arrêtés devant une vieille pompe, et Julia s'est mise en quête du propriétaire.

Je descendis et m'étirai en allant faire le tour du magasin jusqu'au bord de l'eau. L'air était chargé d'humidité. Le rideau des arbres voilait le soleil, mais on sentait sa chaleur. Bientôt il ferait affreusement chaud.

Soudain, derrière moi, un homme m'adressa la parole en espagnol d'une voix furieuse. Je me tournai pour faire face à un petit Péruvien très courtaud. Il avait l'air menaçant et répéta sa phrase.

« Je ne comprends pas. »

Il parla alors anglais :

« Qui êtes-vous, que faites-vous ici ? »

Je tentai de biaiser :

« Nous voulons juste de l'essence. Nous serons partis dans une minute. »

Je me retournai vers l'eau, espérant qu'il allait s'en aller.

Il vint près de moi.

« Vous feriez mieux de me dire qui vous êtes, espèce de Yankee. »

Je le regardai. Il ne plaisantait pas.

« Je suis américain. J'ignore où nous allons, je suis avec une amie.

— Un Américain perdu ? dit-il d'un ton hostile.

— Exact.

— Qu'est-ce que vous fichez par ici, Yankee ?

— Je ne cherche rien de spécial, fis-je en essayant de revenir vers la voiture. Et je ne vous ai rien fait, laissez-moi tranquille. »

Je vis soudain Julia debout contre la voiture. Le Péruvien l'aperçut en même temps...

« Il faut partir, prévint Julia. C'est fermé.

— Qui êtes-vous ? lui demanda-t-il avec hostilité.

— Pourquoi êtes-vous si furieux ? »

Son attitude se modifia.

« Parce que je suis payé pour surveiller cet endroit.

— Vous le faites sûrement très bien. Mais on ne peut pas vous répondre si vous nous menacez comme ça. »

Il la fixa, n'ayant pas bien compris.

« Nous allons à Iquitos. Nous travaillons avec le père Sanchez et le père Carl. Vous les connaissez ? »

Il secoua la tête, mais le nom des deux prêtres le calma. Il s'éloigna.

« Allons-y », dit Julia.

Nous avons démarré et je me rendis compte que cet épisode m'avait angoissé. Je tentai de me remettre.

« Est-ce qu'il s'est passé quelque chose à l'intérieur ? » demandai-je.

Elle me regarda.

« Que voulez-vous dire ?

— Je vous demande s'il s'est passé quelque chose en vous qui explique votre intuition ? »

Elle rit, puis dit :

« Non, toute l'action s'est passée à l'extérieur. »

Je la regardai.

« Vous avez compris ? me demanda-t-elle.

— Non.

— A quoi pensiez-vous avant notre arrivée ?

— J'avais envie de me dégourdir les jambes.

— Non, encore avant. Qu'est-ce que vous m'avez demandé ? »

Je réfléchis. Nous avions parlé des problèmes de l'enfance... Je me souvins brusquement.

« Vous avez mentionné quelque chose qui m'a surpris. Vous avez dit qu'une personne ne peut pas réussir à utiliser son mécanisme de contrôle si nous ne rentrons pas dans son jeu. Je n'ai pas compris.

— Et maintenant, vous comprenez mieux ?

— Toujours pas.

— La scène qui vient de se passer démontre clairement ce qui arrive si vous rentrez dans son jeu.

264

— Comment ? »

Elle me jeta un rapide coup d'œil.

« Quel mécanisme l'homme a-t-il utilisé avec vous ?

— Visiblement il était l'intimidateur.

— Et vous ?

— J'ai essayé de m'en débarrasser.

— Je sais, mais en jouant quel rôle ?

— J'ai commencé par l'indifférence, mais il ne m'a pas lâché.

— Et ensuite ? »

Cette discussion commençait à m'irriter, mais je tentai de garder mon calme. Je regardai Julia et dis :

« Je crois que j'ai joué le plaintif. »

Elle sourit et approuva :

« C'est exact.

— J'ai remarqué que vous vous en êtes très bien sortie avec lui, commentai-je.

— Uniquement parce que je ne me suis pas prêtée à son jeu. N'oubliez pas que le mécanisme de domination de chacun a été formé dans l'enfance en réponse à un autre mécanisme. Chaque mécanisme ne peut donc fonctionner que face à un autre mécanisme. L'intimidateur a besoin d'avoir en face de lui un autre intimidateur ou une victime.

— Et vous, qu'avez-vous fait ? demandai-je, toujours dans le vague.

— J'aurais dû répondre, si j'avais suivi mon mécanisme, par l'intimidation, ce qui eût sans doute fini par de la violence. Mais j'ai choisi de suivre les conseils du Manuscrit. J'ai donné un nom à son mécanisme. Tous les mécanismes sont des stratégies cachées pour obtenir de l'énergie. Il cherchait à vous intimider pour vous voler la vôtre. Quand il a essayé la même chose avec moi, j'ai mis un nom sur son attitude.

— C'est pour cela que vous lui avez demandé pourquoi il était aussi furieux ?

— Oui, le Manuscrit dit que des manipulations cachées pour obtenir de l'énergie ne peuvent pas fonctionner si on les met en évidence en les dénommant. Elles cessent d'être cachées. C'est une méthode très simple. Ensuite, l'interlocuteur est obligé de se montrer plus réaliste et plus honnête.

— Cela me paraît être frappé au coin du bon sens, notai-je. Je pense que j'ai déjà moi-même mis des noms sur des mécanismes utilisés par d'autres, même si je ne m'en suis pas aperçu sur le moment.

— J'en suis certaine. Tout le monde fait ça. Ainsi nous voyons plus clairement les vrais enjeux. Pour que ça marche, il faut regarder, au-delà du mécanisme, la véritable nature de la personne qu'on a en face de soi, et lui envoyer le maximum d'énergie. Si elle sent que de l'énergie lui arrive, de toute façon, elle arrêtera d'elle-même son mécanisme.

— Qu'avez-vous donc retiré de ce type ?

— Qu'il était un pauvre type, mal dans sa peau, ayant désespérément besoin d'énergie. Et il vous a en plus délivré un message très bien venu, non ? »

Je la regardai. Elle était sur le point de rire.

« Vous ne pensez tout de même pas que nous nous sommes arrêtés là juste pour que je puisse apprendre comment se comporter face à une personne qui utilise un mécanisme de domination ?

— C'était bien la question que vous vous posiez, non ? »

Je souris, sentant la bonne humeur revenir en moi.

« Oui, je crois que c'était ça. »

Un moustique qui tournait autour de moi m'éveilla. Julia souriait comme si elle se rappelait une histoire drôle. Pendant plusieurs heures, nous avions roulé en silence, tout en mâchonnant la nourriture que Julia avait emportée pour le trajet.

« Vous êtes réveillé, dit-elle.

— Oui. Est-ce qu'on est encore loin d'Iquitos ?

— A environ cinquante kilomètres, mais l'auberge Stewart n'est plus qu'à quelques minutes. C'est une petite auberge avec un campement pour les chasseurs. Le propriétaire, un Anglais, approuve le Manuscrit. »

Elle sourit encore.

« Nous avons passé des moments formidables ensemble. A moins que quelque chose ne soit arrivé, il devrait être chez lui. J'espère que nous aurons des renseignements sur Wil. »

Elle s'arrêta sur le bord de la route et proposa :

« Il vaudrait mieux faire le point une seconde. Avant de vous rencontrer pour la deuxième fois, j'avais tourné en rond à la recherche de la neuvième révélation, mais sans savoir où aller. J'ai réalisé un jour que je pensais souvent à Hinton. Je me rends chez lui et c'est vous que je trouve. Vous me dites que vous êtes à la recherche de Wil et qu'on vous a dit qu'il se trouvait à Iquitos. J'ai alors l'intuition que nous allons être impliqués ensemble dans la recherche de la neuvième révélation, puis vous avez l'intuition que nous allons nous séparer et aller chacun notre chemin. Est-ce bien ça ?

— Exactement.

— Eh bien, il faut que vous sachiez qu'ensuite j'ai pensé à Willie Stewart et à son auberge. Quelque chose va s'y passer. »

J'acquiesçai.

Elle reprit la route. Au tournant suivant, elle nota :

« Voici l'auberge. »

A deux cents mètres, après un virage prononcé sur la droite, se dressait une maison victorienne à deux étages. Nous nous sommes arrêtés sur le parking gravillonné ; plusieurs hommes discutaient sur la terrasse couverte. J'ouvris la portière et j'allais descendre quand Julia me toucha l'épaule et me rappela :

« N'oubliez pas ! personne n'est ici par hasard. Soyez ouvert aux messages ! »

Je la suivis sur la terrasse. Les hommes, des Péruviens bien habillés, nous firent un signe de tête distrait.

Une fois dans le vaste salon, Julia m'indiqua une salle à manger, me demanda de choisir une table et s'en alla à la recherche du propriétaire.

J'observai la salle. Elle contenait une douzaine de tables alignées sur deux rangs. J'en choisis une vers le milieu, et m'installai, le dos appuyé contre le mur. Trois hommes, des Péruviens inconnus, entrèrent après moi et s'installèrent à quelques mètres devant ma table. Un homme seul arriva ensuite et prit une table tout près, sur ma droite. Il me tournait légèrement le dos. C'était un étranger, peut-être un Européen.

Julia entra, me repéra et vint s'asseoir en face de moi.

« Il n'est pas là, dit-elle, et son employé n'a pas entendu parler de Wil.

— Alors, qu'est-ce qu'on fait ? »

Elle me regarda en haussant les épaules.

« Je ne sais pas. Nous devons faire comme si quelqu'un ici avait un message pour nous.

— Qui est-ce, à votre avis ?

— Je l'ignore.

— Comment savez-vous que cela va arriver ? » demandai-je, soudain sceptique.

Malgré toutes les coïncidences qui avaient marqué mon séjour au Pérou, je ne parvenais pas à croire qu'une coïncidence de plus allait se produire uniquement parce que nous en avions envie.

« N'oubliez pas la troisième révélation, dit Julia. L'univers est énergie, une énergie qui répond à nos attentes. Les hommes font partie de cet univers d'énergie ; alors, quand nous posons une question, les gens qui ont la réponse se montrent. »

Elle observa les gens dans la salle.

« Je ne les connais pas, mais, si nous pouvions leur parler assez longtemps, nous trouverions chez chacun d'entre eux une vérité qui s'adresse à nous, une partie de la réponse à nos questions. »

Je la regardai en coin. Elle se pencha vers la table.

« Mettez-vous bien ça dans la tête. Toute personne qui croise notre route a un message pour nous. Sinon, elle aurait choisi un autre chemin, ou serait partie plus tôt ou plus tard. La présence de ces gens indique qu'ils ont une raison d'être là. »

Je la regardai, encore incertain. Tout était-il aussi simple ?

« La difficulté, reprit-elle, est de savoir à qui il faut parler puisqu'il est impossible de s'adresser à tout le monde.

— Comment se décide-t-on ?

— Le Manuscrit dit qu'il y a des signes. »

Je l'écoutai attentivement, mais, sans savoir pourquoi, je jetai un coup d'œil à l'homme assis à ma droite. Il tourna la tête en même temps, et me regarda à son tour. Quand nos regards se croisèrent, il baissa les yeux vers son assiette. J'en fis autant.

« Quels signes ?

— Des signes comme celui-là.

— Comme quoi ?

— Comme celui que vous venez de recevoir. »

Elle indiqua l'homme d'un geste.

« Que voulez-vous dire ? »

Elle se pencha à nouveau dans ma direction.

« Le Manuscrit dit que le contact visuel soudain et spontané est le signe que deux personnes doivent se parler.

— Mais cela arrive tout le temps !

— Oui, et aussitôt les gens l'oublient et reprennent leurs activités. »

J'acquiesçai.

« Quels autres signes le Manuscrit mentionne-t-il ?

— Un sentiment de familiarité. L'impression de voir quelqu'un de vaguement familier, même si c'est une personne inconnue. »

Je pensai aussitôt à Dobson et à Reneau, qui m'avaient l'un et l'autre paru familiers la première fois.

« Le Manuscrit explique-t-il pourquoi ces gens paraissent familiers ?

— Non. Il dit seulement que nous faisons partie du même groupe de pensée que d'autres gens. Ces groupes de pensée évoluent suivant les mêmes intérêts. Ils pensent de la même façon et cela leur donne un air commun et leur fait parfois partager des expériences similaires. Nous reconnaissons intuitivement les membres de notre groupe, et très souvent ils ont des messages à nous délivrer. »

Je regardai une fois de plus l'homme sur ma droite. Il me paraissait vaguement familier. Chose incroyable, il me jeta un nouveau coup d'œil. Je détournai les yeux vers Julia.

« Vous devez absolument parler à cet homme », conseilla-t-elle.

Je ne dis rien, me sentant incapable de lui parler sans motif. Je voulais partir, arriver à Iquitos.

J'étais sur le point de l'avouer quand Julia intervint :

« C'est ici que les choses se passent, pas à Iquitos. Il faut aller au bout. Le problème c'est que vous refusez l'idée de lui adresser la parole.

— Qui vous l'a dit ?

— Dit quoi ?

— Ce que je pense.

— Il n'y a aucun mystère... Il suffit de vous regarder attentivement.

— Comment cela ?

— Quand on comprend profondément quelqu'un, on entrevoit la vérité de son être derrière la façade. Quand on l'observe très attentivement, un simple mouvement fugitif sur son visage révèle sa pensée. C'est tout à fait naturel.

— On dirait de la télépathie, dis-je.

— Mais la télépathie n'a rien d'extraordinaire. »

Je regardai encore l'homme ; cette fois, il ne bougea pas.

« Allez, rassemblez votre énergie et allez lui parler, avant qu'il ne soit trop tard », incita Julia.

Je me forçai à augmenter mon énergie jusqu'à ce que je me sente assez fort, et lui demandai :

« Mais qu'est-ce que je vais bien pouvoir lui dire ?

— La vérité. Présentez la vérité d'une façon qu'il saura reconnaître.

— Je vais essayer. »

Je repoussai ma chaise et me dirigeai vers l'homme. Il semblait timide et inquiet, un peu comme Pablo le soir où je l'avais rencontré. Je tentai de regarder au-delà de l'apparence. Cela m'aida à lire une autre expression sur son visage, montrant plus d'énergie.

« Bonjour, dis-je. Vous ne semblez pas péruvien. J'espère que vous pourrez me rendre un petit service. Je recherche un ami, Wil James.

« — Asseyez-vous, je vous prie, dit-il avec un accent scandinave. Je suis le professeur Edmund Connor. »

Il me tendit la main, puis continua :

« Mais je regrette, je ne connais pas votre ami Wil. »

Je me présentai et expliquai — en espérant soudain qu'il comprendrait — que Wil recherchait la neuvième révélation.

« Je connais bien le Manuscrit, dit-il alors, je suis ici pour étudier son authenticité.

— Vous êtes seul ?

— Je devais rencontrer le professeur Dobson, mais il ne s'est pas encore manifesté. Je ne sais pas pourquoi. Il m'avait dit qu'il serait ici avant moi.

— Vous le connaissez bien ?

— Oui, c'est l'un des scientifiques qui ont mis sur pied cette mission.

— Et Dobson va bien ? Il va vraiment venir ? »

Le professeur me regarda d'un air interrogateur.

« C'était ce dont nous étions convenus. Pourquoi ? Lui est-il arrivé quelque chose ? »

Mon énergie tomba d'un coup. Je m'apercevais que la rencontre entre les deux professeurs avait été décidée avant l'arrestation de Dobson.

« Je l'ai rencontré dans un avion. En venant au Pérou. Il a été arrêté à Lima. Je ne sais pas ce qui lui est arrivé ensuite.

— Arrêté ! Mon Dieu !

— Quand lui avez-vous parlé pour la dernière fois ?

— Il y a plusieurs semaines, mais notre rendez-vous était précis. Il devait m'appeler au cas où ses plans changeraient.

— Savez-vous pourquoi il voulait vous voir ici plutôt qu'à Lima ?

— Parce qu'il y avait des traces archéologiques

intéressantes aux environs et qu'il devait s'y trouver pour rencontrer un autre scientifique.

— Vous a-t-il dit exactement où il devait retrouver ce scientifique ?

— Oui, il devait aller à... euh... San Luis, je crois, oui, c'est ça. Pourquoi ?

— Je ne sais pas, je me demandais... »

A l'instant même, deux choses arrivèrent en même temps. D'abord je vis Dobson en rêve. Nous nous rencontrions sur une route bordée de grands arbres. En même temps, je regardai par la fenêtre, et vis, à ma stupéfaction, le père Sanchez gravir l'escalier de la terrasse. Les vêtements sales, il avait l'air fatigué. Sur le parking, un autre prêtre attendait dans une vieille voiture.

« Qui est-ce ? demanda le professeur Connor.

— Le père Sanchez », dis-je, incapable de cacher mon excitation. Je me retournai vers Julia, mais elle avait disparu. Je me levai quand Sanchez entra dans la salle. En me voyant, il s'arrêta brusquement, l'air absolument ébahi, puis il vint vers moi et me donna une chaleureuse accolade.

« Est-ce que ça va ? me demanda-t-il.

— Oui, très bien. Et vous ? Qu'est-ce que vous fabriquez ici ? »

Malgré sa fatigue visible, il rit.

« Je n'ai pas d'autre endroit où aller. Et j'ai bien failli ne pas arriver. Des centaines de soldats approchent.

— Pourquoi des soldats ? dit Connor derrière moi en s'approchant de Sanchez.

— Je regrette, mais je ne connais pas les ordres qu'ils ont reçus. Je sais seulement qu'ils sont nombreux. »

Je présentai les deux hommes l'un à l'autre, et expliquai à Sanchez la situation où se trouvait Connor. Connor prit peur.

« Il faut que je parte, mais je n'ai personne pour me conduire.

— Le père Paul attend dehors, prévint Sanchez. Il repart à Lima tout de suite. Vous pouvez partir avec lui si vous voulez.

— Sans l'ombre d'une hésitation.

— Et s'ils rencontrent ces soldats ? demandai-je.

— Le père Paul n'est pas connu, il y a très peu de chances qu'ils l'arrêtent. »

Julia apparut et repéra Sanchez. Ils s'embrassèrent chaleureusement, et je présentai Connor à Julia. Tandis que je parlais, l'angoisse de Connor sembla croître encore, et bientôt Sanchez lui dit qu'il était temps pour le père Paul de prendre la route. Connor partit rassembler ses affaires et revint très vite. Sanchez et Julia l'accompagnèrent dehors après que je lui fis mes adieux. Je restai assis à ma table. Je voulais réfléchir. Je savais bien que cette rencontre avait une signification, je savais que l'arrivée de Sanchez en avait une aussi, mais j'étais incapable d'y voir clair.

Bientôt Julia revint dans la salle et se rassit près de moi.

« Je vous avais dit que quelque chose allait se passer ici, dit-elle. Si nous ne nous étions pas arrêtés, nous aurions manqué Sanchez et même Connor. A propos, quel message Connor vous a-t-il délivré ?

— Je ne sais pas encore. Où est Sanchez ?

— Il a pris une chambre pour se reposer un peu. Il n'a pas dormi depuis deux jours. »

Je détournai les yeux. Même si je savais que Sanchez était fatigué, le fait qu'il soit indisponible me déçut. Je voulais tellement lui parler, chercher s'il pouvait m'aider à y voir clair dans tous ces événements, en particulier l'arrivée des troupes. J'étais malheureux et j'aurais voulu partir avec Connor.

Julia remarqua mon inquiétude :

« Ne vous en faites pas, calmez-vous et dites-moi ce que vous pensez de la huitième révélation. »

Je la regardai et tentai de me concentrer.

« Je ne sais pas par où commencer.

— D'après vous, que dit la huitième révélation ? »

Je réfléchis.

« Elle parle d'une manière de se comporter avec les autres, enfants et adultes. Elle parle de la façon dont il faut identifier les mécanismes de domination, les dépasser, et se concentrer sur les autres pour leur envoyer de l'énergie.

— Et puis... ? »

Je l'observai et compris aussitôt. « Elle dit aussi que si nous choisissons bien nos interlocuteurs, nous recevons les réponses que nous recherchons. »

Elle sourit.

« Alors, j'ai bien compris la huitième révélation ?

— Presque, dit-elle. Il reste encore une chose... Vous comprenez comment une personne peut rendre force et courage à une autre. Maintenant, vous allez voir ce qui se passe dans un groupe lorsque tous les participants agissent entre eux de cette façon. »

J'allai jusqu'à la terrasse et m'installai sur une chaise en fer forgé. Julia finit par me rejoindre. Nous avions pris notre repas sans parler beaucoup, et avions décidé de nous asseoir dans la fraîcheur relative de la nuit. Il y avait trois bonnes heures que Sanchez s'était retiré dans sa chambre et j'étais à nouveau impatient. Lorsqu'il apparut soudain et s'assit près de nous, je me sentis détendu.

« Vous avez des nouvelles de Wil ? » lui demandai-je.

Il tourna sa chaise vers Julia et moi de manière à

nous faire face. Il plaça son siège avec soin pour être à distance égale de chacun de nous.

« Oui, concéda-t-il enfin, j'en ai. »

Il s'interrompit et parut réfléchir. J'ajoutai :

« Qu'avez-vous appris ?

— Je vais tout vous raconter. Quand le père Carl et moi vous avons quitté pour revenir à la Mission, nous nous attendions à y trouver le cardinal avec des soldats. Nous nous attendions à l'inquisition. Mais, à notre arrivée, nous avons appris que Sebastian et les soldats étaient partis brusquement plusieurs heures auparavant, après avoir reçu un message.

« Pendant toute une journée, nous n'avons pas su ce qui se passait. Mais hier nous avons eu la visite d'un certain père Costous que je crois que vous avez rencontré. Il avait été envoyé chez moi par Wil James. Wil semble s'être souvenu du nom de ma Mission grâce à une conversation antérieure avec le père Carl, et il savait par intuition que nous avions besoin de l'information que Costous apportait. Costous a décidé de soutenir le Manuscrit.

— Pourquoi Sebastian est-il parti aussi vite ?

— Parce qu'il voulait accélérer la mise en œuvre de son plan. Le message qu'il a reçu lui apprenait que Costous allait révéler son intention de détruire la neuvième révélation.

— Parce qu'il l'a découverte ?

— Pas encore, mais il pense y arriver. Ils ont trouvé un document qui indique où elle se trouve.

— Et où se trouve-t-elle ?

— Sur le site des ruines de Celestine.

— Qui sont ? »

Julia me regarda.

« A moins de dix kilomètres d'ici, dit-elle. C'est un site que les archéologues péruviens ont fouillé en secret et qu'ils se sont réservé. On y trouve les vesti-

276

ges de temples, mayas et incas, de plusieurs époques. Apparemment, ces deux civilisations ont chacune pensé que ce lieu recelait quelque chose de particulier. »

Je m'aperçus que Sanchez se concentrait sur notre conversation avec une intensité toute spéciale. Quand je prenais la parole, il me regardait intensément, sans ciller. Quand c'était au tour de Julia, il faisait de même avec elle. Il semblait agir ainsi délibérément. Je me demandais pourquoi quand il y eut soudain un trou dans la conversation. Ils me regardèrent tous deux avec l'air d'attendre quelque chose.

« Qu'y a-t-il ? » interrogeai-je.

Sanchez sourit.

« C'est votre tour de parler.

— Devons-nous prendre la parole à tour de rôle ?

— Non, dit Julia, nous sommes en train d'avoir une conversation consciente. Chacun parle quand l'énergie se dirige vers lui. Nous savons qu'elle s'est dirigée vers vous. »

Je restai interdit.

Sanchez me regarda avec un air chaleureux.

« Une partie importante de la huitième révélation explique comment avoir une conversation consciente dans un groupe. Quand plusieurs membres d'un groupe se parlent, s'ils sont attentifs, ils doivent sentir à chaque instant lequel d'entre eux a l'idée la plus forte ; ils sentent alors qui va parler et peuvent concentrer leur attention sur cette personne, et l'aider à s'exprimer avec une clarté supérieure.

« Puis, tandis que la conversation se déroule, ce sera au tour d'un autre d'avoir une idée forte, etc. Si vous êtes très attentif, vous saurez quand vient votre tour et l'idée vous viendra à l'esprit. »

Sanchez regarda Julia qui demanda :

« Quelle était donc cette idée que vous n'avez pas exprimée ? »

Je réfléchis.

« Je me demandais pourquoi le père Sanchez regardait aussi intensément la personne qui parlait. Je me demandais ce que cela voulait dire.

— L'essentiel, dit Sanchez, c'est de vous exprimer quand vient votre tour, et de projeter de l'énergie quand c'est au tour d'un autre.

— Bien des choses peuvent aller de travers, admit Julia. Au milieu d'un groupe, certaines personnes se mettent à avoir la grosse tête. Elles ressentent la force d'une idée, elles l'expriment, mais, parce que cet influx d'énergie est très agréable, elles ne s'arrêtent plus de parler, alors que l'énergie aurait dû se diriger vers un autre. Elles veulent monopoliser l'attention.

« D'autres au contraire sont repoussées par le groupe. Même si elles ont une idée forte, elles ne l'exprimeront pas. Dans ces cas-là, le groupe se disloque, et le bénéfice des idées est perdu pour tous. La même chose se produit quand certains membres du groupe ne sont pas acceptés par les autres. Ceux qui sont rejetés ne peuvent pas recevoir de l'énergie, et le groupe ne reçoit pas leurs messages. »

Julia s'interrompit et regarda Sanchez. Je fis de même. Enfin, il commenta :

« La manière dont les gens sont exclus est importante. Si nous n'aimons pas quelqu'un ou si nous sentons qu'il nous menace, nous avons tendance à nous concentrer sur quelque chose que nous n'aimons pas en lui, quelque chose qui nous irrite. Malheureusement, quand nous faisons cela au lieu de rechercher sa beauté intérieure et de lui donner de l'énergie, nous lui prenons de l'énergie et lui faisons du mal. Et tout d'un coup, il se sent moins beau, est moins confiant, parce que nous lui avons pris son énergie.

— C'est pourquoi, dit Julia, corriger cette façon d'être est capital. Les hommes se font vieillir les uns les autres à une vitesse terrifiante à cause de leur esprit de compétition.

— C'est le contraire, reprit Sanchez, de ce qui se passe dans un groupe vraiment fonctionnel. L'énergie et la vibration de chacun augmentent grâce à l'énergie envoyée par tous les autres. Quand cela se produit, le champ d'énergie de chacun se mélange à celui des autres pour n'en faire qu'un seul. On dirait que le groupe ne fait plus qu'un seul corps, avec plusieurs têtes. Parfois c'est une tête qui parle pour le corps. Parfois une autre. Mais, dans un groupe comme celui-ci, chacun sait quand il doit parler, et ce qu'il doit dire, parce qu'il voit la vie plus clairement. C'est l'être supérieur dont parle la huitième révélation, à propos des relations amoureuses qui unissent un homme et une femme. Mais d'autres relations peuvent engendrer cet être supérieur. »

Ces paroles me firent soudain penser au père Costous et à Pablo. Est-ce que le jeune Indien avait réussi à faire changer l'état d'esprit de Costous au point de l'amener à vouloir maintenant protéger le Manuscrit ? Pablo avait-il réussi grâce au pouvoir de la huitième révélation ?

« Où se trouve Costous à présent ? » demandai-je.

Ils parurent à peine surpris de ma question, et Sanchez répondit très vite.

« Le père Carl et lui ont décidé d'aller à Lima voir les dignitaires de l'Église pour leur parler de ce que Sebastian semble avoir préparé.

— C'est pour cela qu'il voulait tellement aller avec vous à votre Mission. Il savait qu'il était supposé faire quelque chose d'autre.

— Exactement. »

Un silence s'établit. Nous nous sommes regardés.

« La question maintenant, reprit Sanchez, est surtout celle-ci : qu'est-ce que *nous* devons faire ? »

Julia parla la première :

« J'ai eu plusieurs intuitions à propos de mon rôle dans la recherche de la neuvième révélation, je m'y vois mêlée suffisamment longtemps pour faire quelque chose... mais je n'y vois pas clair. »

Sanchez la regarda attentivement. Je l'imitai.

« Je vois cela se produire dans.... Un instant... Ah oui, c'est Celestine, les ruines. Il y a un endroit particulier entre les temples. J'avais presque oublié. »

Elle nous regarda.

« C'est là que je dois aller. Je dois aller à Celestine. »

Sanchez et elle me regardèrent.

« Je ne sais pas... dis-je. C'est vrai que j'ai cherché à comprendre pourquoi Sebastian et ses amis étaient tellement opposés au Manuscrit. J'ai découvert que c'était à cause de leur refus de la notion d'évolution... mais je ne sais pas quoi faire de cette découverte. Les soldats arrivent... et on dirait que Sebastian va trouver la neuvième révélation... Je ne sais plus. J'ai vaguement l'impression que je dois essayer de le convaincre de ne pas la détruire. »

Je m'arrêtai de parler. Mes pensées se tournèrent vers Dobson, et brutalement vers la neuvième révélation. Je compris soudain que la neuvième révélation allait nous apprendre où l'évolution nous menait, nous les hommes. Je m'étais souvent demandé comment les hommes se comporteraient entre eux une fois qu'ils connaîtraient le Manuscrit, mais la huitième révélation m'avait répondu. La question suivante était bien : où allons-nous, en quoi la société va-t-elle changer ? La réponse se trouvait forcément dans la neuvième révélation.

Je sentais que cette révélation pourrait être utilisée pour apaiser les craintes de Sebastian à propos de l'évolution consciente. S'il voulait bien m'écouter...

« Je pense toujours qu'on peut convaincre Sebastian de soutenir le Manuscrit, dis-je avec conviction.

— Vous vous voyez le convaincre ? demanda Sanchez.

— Non... non, pas vraiment. Mais je suis avec quelqu'un qui peut l'atteindre, quelqu'un qui le connaît et qui peut lui parler un langage qu'il comprendra. »

Le père Sanchez tenta de sourire et dit avec résignation :

« Le cardinal Sebastian et moi évitons cette discussion depuis très longtemps. Il a toujours été mon supérieur. Il me considérait comme son protégé, et je dois reconnaître que je l'admirais. Mais j'ai toujours su que cette heure arriverait. La première fois que vous en avez parlé, j'ai su que cette tâche me revenait. Toute ma vie m'y a préparé. »

Il nous regarda intensément et poursuivit :

« En matière religieuse, ma mère était réformatrice. Elle détestait qu'on utilise le sentiment de culpabilité et la force pour évangéliser. Elle pensait qu'on devait venir à la religion par amour, pas par crainte. Mon père, lui, était un homme de discipline, qui a fini par devenir prêtre et, comme Sebastian, a cru entièrement dans la tradition et l'autorité. Cela m'a donné l'envie de travailler au sein de l'Église, mais en recherchant toujours les moyens de la faire changer pour permettre une plus haute expérience religieuse.

« Ma prochaine mission est de m'occuper de Sebastian. J'ai refusé de le voir jusqu'ici, mais je sais que je dois me rendre à la Mission de Sebastian à Iquitos.

— Je pars avec vous », annonçai-je.

9

LA CULTURE DE DEMAIN

La route du nord traversait une jungle épaisse et plusieurs fleuves importants, des affluents de l'Amazone, me dit Sanchez. Nous nous étions levés de bonne heure et, après avoir salué Julia, avions pris la route dans un véhicule emprunté par Sanchez, un gros 4 × 4 aux pneus énormes. Nous avons commencé à monter un peu, et les arbres s'espacèrent pour devenir plus grands.

« On dirait Viciente », observai-je.

Il sourit et expliqua :

« Nous entrons dans une zone de quatre-vingts kilomètres sur cinquante environ qui est différente, davantage remplie d'énergie. Lorsqu'on en sort, on est aux ruines de Celestine. De tous les côtés, c'est la jungle. »

Loin sur la droite, au bord de la jungle, je remarquai un espace déboisé.

« Et ça, c'est quoi ?

— L'idée que le gouvernement se fait du développement rural. »

Une large bande de forêt avait été rasée par un bulldozer ; le bois était empilé, une partie partiellement brûlée. Des vaches paissaient dans les herbes hautes et sur le sol érodé. Plusieurs d'entre elles nous regardèrent, distraites par le bruit du moteur. Une autre bande déboisée me fit comprendre que le développement rural allait atteindre les grands arbres qui bordaient notre route.

« C'est affreux, dis-je.

— Oui, même Sebastian y est opposé. »

Je pensai à Phil. C'était peut-être le coin qu'il voulait protéger. Que lui était-il arrivé ? Soudain, je repensai à Dobson. Connor avait dit que Dobson devait venir à l'auberge. Pourquoi Connor s'était-il trouvé sur ma route pour m'apprendre cette nouvelle ? Où était Dobson ? Déporté ? Emprisonné ? Je remarquai que j'avais pensé à Dobson et à Phil en même temps.

« Sommes-nous loin de la Mission ?

— Une heure. Comment vous sentez-vous ?

— Comment cela ?

— Avez-vous suffisamment d'énergie ?

— Oui. Il y a beaucoup de beauté ici.

— Qu'avez-vous pensé de notre discussion à trois hier soir ?

— Je l'ai trouvée stupéfiante.

— Avez-vous compris ce qui se passait ?

— Vous parlez des idées qui surgissaient en chacun de nous tour à tour ?

— Oui, mais quelle est la vraie signification de tout cela ?

— Je ne sais pas.

— Moi, j'y ai réfléchi. Cette manière de se comporter consciemment avec les autres, d'essayer d'en faire sortir le meilleur au lieu de les dominer, va se répandre un jour dans toute l'humanité. Pensez au niveau d'énergie que chacun atteindra alors ! Et à la vitesse de l'évolution !

— Oui, je me suis souvent demandé comment notre culture allait évoluer quand chacun posséderait davantage d'énergie. »

Il me regarda comme si j'avais posé la bonne question.

« Moi aussi, je voudrais connaître la réponse. »

Nous nous sommes regardés un moment, nous attendions de savoir qui aurait l'idée suivante. Il finit par dire :

« La réponse doit se trouver dans la neuvième révélation.

— C'est aussi ce que je pense. »

Sanchez ralentit. Nous approchions d'un carrefour, et il paraissait hésiter.

« Est-ce que nous allons passer près de San Luis ? » demandai-je.

Il me regarda dans les yeux.

« Seulement si nous prenons à gauche. Pourquoi ?

— Connor m'a dit que Dobson devait passer à San Luis avant de se rendre à l'auberge. Je crois que c'était un message. »

Nous nous regardions toujours.

« Vous ralentissiez avant que je vous interroge, lui dis-je. Pourquoi ? »

Il haussa les épaules.

« Je ne sais pas. La route la plus directe est tout droit. J'ai eu une hésitation. »

Un frisson me traversa le corps.

Sanchez leva les sourcils et proposa :

« Je pense que nous ferions mieux d'aller à San Luis, hein ? »

J'approuvai et me sentis plein d'énergie. Je savais que l'arrêt à l'auberge et que la rencontre avec Connor recelaient plus d'une signification. Sanchez prit à gauche, et je regardai les bords de la route avec curiosité. Pendant trente ou quarante minutes rien ne se passa. Sanchez traversa San Luis sans que nous ne remarquions rien. Soudain, un klaxon retentit. Une Jeep argentée fonçait derrière nous.

Le chauffeur faisait de grands signes ; il avait l'air familier.

« Mais c'est Phil ! » dis-je.

Nous nous sommes arrêtés, et Phil a bondi à mes côtés. Il me prit la main et salua Sanchez.

« J'ignore ce que vous faites ici, dit-il, mais devant vous c'est plein de soldats. Vous feriez mieux de vous arrêter et d'attendre avec nous.

— Comment saviez-vous que nous allions venir ?

— Je n'en savais rien. J'ai seulement levé les yeux et je vous ai reconnus. Nous sommes à environ un kilomètre en arrière. »

Il regarda autour de lui et ajouta :

« Il vaut mieux quitter cette route immédiatement.

— Nous vous suivons », dit Sanchez.

Nous avons fait demi-tour derrière la Jeep de Phil qui tourna vers l'est sur une autre route et s'arrêta presque aussitôt.

Derrière un groupe d'arbres nous avons vu un homme se diriger vers nous. Je n'en crus pas mes yeux : c'était Dobson.

Je descendis de la voiture pour aller le saluer ; il était aussi surpris que moi.

« Quelle joie de vous revoir ! s'enthousiasma-t-il.

— Pour moi aussi, dis-je, je vous croyais mort. »

Il me donna une tape dans le dos et raconta :

« Non, ils m'ont seulement gardé en prison. Puis des personnages haut placés favorables au Manuscrit m'ont fait relâcher, et je n'ai pas arrêté de courir depuis. »

Il s'arrêta et me sourit.

« Je suis heureux que rien ne vous soit arrivé. Phil m'a dit qu'il avait fait votre connaissance à Viciente et qu'il avait été arrêté avec vous ensuite, et j'étais très inquiet. J'aurais dû me douter que nous nous rencontrerions de nouveau. Où allez-vous ?

— Voir le cardinal Sebastian. Nous sommes convaincus qu'il cherche à détruire la dernière révélation. »

Dobson acquiesça et allait répondre quand Sanchez arriva. Je le présentai.

« Je crois avoir entendu votre nom à Lima, dit Dobson, cela avait un rapport avec deux prêtres qui étaient en prison.

— Les pères Carl et Costous, précisai-je.

— Oui, je crois que c'est ça. »

Sanchez hocha légèrement la tête. Je l'observai un peu, puis Dobson et moi nous sommes raconté nos faits et gestes respectifs depuis notre séparation brutale à Lima. Il m'apprit comment il avait étudié les huit révélations et allait ajouter autre chose quand je l'interrompis pour lui parler de ma rencontre avec Connor, et lui apprendre qu'il était reparti à Lima.

« Il sera sûrement mis en prison lui aussi, dit Dobson. Je regrette de n'avoir pas pu arriver à l'auberge à l'heure prévue, mais je voulais venir ici d'abord pour rencontrer un autre scientifique. En fait, je l'ai manqué et c'est Phil que j'ai trouvé et...

— Oui... ? fit Sanchez.

— Nous ferions mieux de nous asseoir, dit Dobson. Vous allez avoir une surprise : Phil a trouvé une partie de la neuvième révélation ! »

Personne ne broncha.

« Il a trouvé une copie de la traduction ? dit Sanchez.

— Oui. »

Phil était allé à sa voiture et revenait vers nous.

« Vous avez trouvé une partie de la neuvième ?

— Trouvé, non, pas vraiment. On me l'a donnée. Après notre capture, on m'a emmené dans une autre ville. J'ignore son nom. Puis le cardinal Sebastian est arrivé. Il n'a pas cessé de me questionner sur les recherches conduites à Viciente et mes efforts pour sauver les forêts vierges. J'ignorais pourquoi, jusqu'à ce qu'un gardien m'apporte un morceau de la neuvième révélation. Le gardien l'avait volée à un des hommes de Sebastian, qui venait de la traduire. Elle parle de l'énergie des forêts anciennes.

— Que dit-elle exactement ? » demandai-je à Phil.

Il s'arrêta pour réfléchir. Et Dobson nous pria à nouveau de nous asseoir. Il nous conduisit vers un endroit où une bâche avait été déployée dans une petite clairière ; l'endroit était magnifique. Une douzaine de grands arbres formaient un cercle d'environ dix mètres de diamètre ; au milieu du cercle se trouvaient des buissons tropicaux et des fougères superbes du vert le plus brillant que j'aie jamais vu. Nous nous sommes assis face à face.

Phil regarda Dobson. Puis Dobson nous regarda, Sanchez et moi, et dit :

« La neuvième révélation explique comment notre culture va évoluer lors du prochain millénaire sous l'impulsion d'une évolution consciente. Elle décrit une vie franchement différente. Par exemple, le Manuscrit prédit que les hommes vont faire décroître volontairement la population de la terre pour que chacun ait la possibilité de vivre dans un lieu plein de puissance et de beauté. Mais il y a mieux : il y aura de plus en plus de lieux comparables à celui où nous sommes, car nous allons laisser pousser les forêts pour que puisse s'y accumuler l'énergie.

« Selon la neuvième révélation, vers le milieu du prochain millénaire, les hommes vivront en général parmi des arbres vieux de cinq cents ans, et dans des jardins superbes, et pourtant à une faible distance de grandes villes incroyablement complexes sur le plan technologique. Les moyens de survie — nourriture, transport, vêtements — seront entièrement automatisés et à la disposition de tous. Nos besoins seront satisfaits sans l'intervention de l'argent.

« Guidés par leur intuition, les hommes sauront exactement ce qu'ils doivent faire, et ceci en harmonie avec les autres. La consommation ne croîtra pas, car le besoin de domination et de sécurité aura disparu. La vie aura alors complètement changé de sens.

« Selon le Manuscrit, notre besoin de se réaliser sera satisfait par l'intérêt que nous trouverons à notre propre évolution, par le sentiment grisant d'éprouver des intuitions justes, et de découvrir pas à pas le sens de notre vie. La neuvième révélation décrit un monde où chacun aura ralenti son rythme, sera plus ouvert aux rencontres significatives qui pourront se produire n'importe où : sur un sentier forestier, sur un pont qui enjambe une rivière...

« Pouvez-vous imaginer la profondeur des rencontres qui auront lieu entre les hommes ? Imaginez comment se déroulera une rencontre entre deux personnes qui ne se connaissent pas. Chacun observera le champ d'énergie de l'autre, et pourra constater une éventuelle volonté de dominer. Une fois cela clarifié, ces deux personnes pourront prendre connaissance de leurs histoires respectives, jusqu'à ce que, dans la joie, des messages soient découverts par l'un et l'autre. Chacun reprendra ensuite son chemin, mais aura été profondément transformé par cette expérience. Ils éprouveront une plus grande vibration, et pourront ensuite toucher les autres d'une manière qui n'aurait pas été possible auparavant. »

A mesure que nous lui donnions de l'énergie,

Dobson se montrait plus éloquent et plus inspiré dans sa description d'une nouvelle culture. Je n'avais pour ma part aucun doute que ce qu'il décrivait soit un jour possible. Mais je savais aussi que si de nombreux visionnaires avaient, au fil de l'histoire, entrevu de tels mondes, ainsi Marx, personne n'avait su concrétiser ces utopies. Le communisme s'était achevé en tragédie.

Même avec ce que j'avais appris grâce aux huit premières révélations, je ne pouvais m'imaginer comment l'humanité pourrait atteindre ce que la neuvième décrivait. Je fis part de mes doutes.

« Le Manuscrit dit que c'est notre quête de la vérité qui va nous conduire là, dit Dobson, mais, pour comprendre comment cette évolution se produira, il faut envisager le prochain millénaire de la même manière que vous avez envisagé l'actuel millénaire dans l'avion, vous vous souvenez, comme si vous le viviez l'espace d'une seule vie. »

Il expliqua brièvement le processus aux autres et reprit :

« Pensez aux grandes étapes de ce millénaire ; au Moyen Âge, nous vivions dans un monde régi par le bien et le mal, tels que les définissait l'Église. A la Renaissance, nous avons brisé nos chaînes. Nous devinions que notre situation dans le monde était un peu plus complexe que ce que nous racontaient les religieux, et nous avons voulu tout savoir.

« Nous avons demandé une réponse à la science, mais elle n'a pas su nous la fournir aussi vite que nous l'espérions. Il a bien fallu s'adapter, et notre quête s'est provisoirement transformée en une préoccupation matérielle qui a eu pour effet de séculariser le réel et d'extraire le mystère du monde. Nous voyons maintenant le sens de cette préoccupation. Nous comprenons que la véritable raison pour laquelle nous avons passé cinq siècles à créer des supports matériels à la vie humaine, c'était de préparer la scène pour autre chose, un mode de vie qui restaure le mystère de l'existence.

« C'est l'information dont nous prenons connaissance aujourd'hui : l'homme est sur cette planète pour évoluer consciemment. La neuvième révélation déclare que si nous apprenons à évoluer et à suivre le bon cheminement, vérité par vérité, notre culture va se transformer d'une manière prévisible. »

Il se tut, mais personne ne prit la parole, tant nous étions curieux de la suite.

« Une fois que nous aurons atteint la masse décisive, et que les révélations agiront à l'échelle mondiale, l'humanité passera par une période d'immense introspection. Nous saisirons à quel point le monde naturel est rempli de beauté. Nous verrons que les rivières et les arbres et les montagnes sont des temples de puissance qu'il faut regarder avec crainte et révérence. Nous exigerons un terme à toute activité économique qui menace ces trésors. Les personnes les plus concernées trouveront des solutions à la pollution parce qu'elles en auront l'intuition.

« Cela fera partie de la première grande transformation, poursuivit-il, qui sera un énorme transfert d'individus d'une activité vers une autre. Chacun en effet recevra une intuition claire de ce qu'il est, et de ce qu'il doit faire, beaucoup découvriront ainsi qu'ils ne font pas le métier qui leur convient, qu'ils doivent en changer pour continuer leur évolution. Selon le Manuscrit, pendant cette période, beaucoup de gens changeront de métier à plusieurs reprises pendant leur vie.

« Le changement culturel suivant consiste en une automatisation de la production des biens. Pour ceux qui mettent en œuvre l'automatisation, les techniciens, cela sera d'abord vécu comme le souci venant des instances dirigeantes de rendre la production plus économique. A mesure cependant que leur vision s'éclaircira, ils comprendront que l'automatisation libère chacun de nous afin qu'il puisse poursuivre dans sa voie propre.

« Tous les autres, pendant ce temps, suivront leurs intuitions à l'intérieur de l'activité qu'ils auront choisie, souhaitant avoir encore plus de temps libre. Nous nous apercevrons que la vérité que nous avons à proclamer, et les choses que nous avons à faire sont trop rares pour s'exprimer à travers une activité professionnelle classique. Nous découvrirons donc un moyen de travailler moins, afin de poursuivre notre vérité. Il faudra deux ou trois personnes pour occuper ce qui était un seul emploi à plein temps. Cette tendance facilitera les choses pour ceux que l'automatisation aura déplacés ; ils trouveront des activités à temps partagé.

— Et l'argent ? questionnai-je. Je n'arrive pas à croire que les gens réduiront volontairement leurs revenus.

— Oh, ce ne sera pas nécessaire, affirma Dobson. Grâce aux dons que nous recevrons de ceux à qui nous ferons découvrir les révélations. »

Je faillis rire :

« Quoi ? »

Il me regarda dans les yeux et ajouta :

« Le Manuscrit assure qu'à mesure que nous découvrirons les secrets de la circulation de l'énergie dans l'univers, nous comprendrons ce qui se passe vraiment quand nous donnons quelque chose à quelqu'un. Pour le moment, la seule conception spirituelle élaborée à ce sujet s'est traduite à travers l'usage de la dîme, ou, plus généralement, du don aux œuvres religieuses. »

Il se tourna vers Sanchez.

« Comme vous le savez, la notion religieuse du don est interprétée communément comme une injonction de donner dix pour cent de son revenu à l'Église. L'idée qui prévaut est que ce que nous donnons nous sera rendu au centuple. Mais la neuvième révélation explique que le don n'est qu'un principe universel de soutien, qui vaut pour les Églises mais aussi pour tout un chacun. Quand nous donnons, nous recevons en retour parce que l'énergie est en interaction dans l'univers. Souvenez-vous que, si nous projetons de l'énergie vers quelqu'un, cela crée un vide en nous-mêmes et que, si nous sommes restés reliés, nous nous remplissons aussitôt d'énergie. Pour l'argent, c'est la même chose.

« La neuvième révélation explique que, si nous prenons l'habitude de donner, nous recevrons toujours plus que ce que nous pourrions donner. Elle dit aussi que nos dons doivent aller à ceux qui nous ont fait découvrir des vérités spirituelles, à ceux qui font irruption dans notre vie pour nous apporter les réponses que nous cherchons. C'est ainsi que nous nous libérerons des occupations qui nous limitent, tout en augmentant nos revenus. Plus il y aura de gens engagés dans cette économie spirituelle, plus vite nous entrerons dans la culture du nouveau millénaire. Nous aurons trouvé alors l'occupation qui nous convient, et serons prêts à être payés pour évoluer librement et offrir aux autres notre vérité. »

Je regardai Sanchez. Il écoutait attentivement et avait l'air radieux.

« Oui, dit-il à Dobson, je vois cela clairement. Si tout le monde participait, nous donnerions et recevrions sans cesse, et cette interaction, cet échange d'informations, deviendrait le nouveau travail de chacun, notre nouvelle économie. Nous serions payés par ceux que nous arriverions à toucher.

Cette situation rendrait possible l'automatisation complète des moyens de production, que nous serions trop occupés pour posséder ou faire fonctionner. Nous en serions peut-être les actionnaires, mais libres en tout cas de développer ce qui est déjà l'ère de l'information.

« Cela dit, l'important pour nous, aujourd'hui, est de comprendre où nous allons. Nous n'avons pas réussi à sauver l'environnement, à démocratiser la planète, ni à nourrir les pauvres, parce que pendant trop longtemps nous avons eu peur de manquer, et avons voulu dominer, avant de donner aux autres. Nous en étions incapables parce que nous ne connaissions pas d'autre vision de l'univers que celle qui prévalait. Maintenant, ce n'est plus le cas ! »

Il regarda Phil.

« Mais est-ce que nous n'aurions pas besoin d'une source d'énergie bon marché ?

— La fusion nucléaire, la supraconductivité, l'intelligence artificielle, dit Phil. La technologie de l'automatisation intégrale n'est sans doute pas éloignée, maintenant que nous savons pourquoi elle est nécessaire.

— C'est vrai, dit Dobson. L'essentiel est que nous voyions clairement la vérité de ce type de vie. Nous ne vivons pas pour édifier des empires personnels, mais pour évoluer. Payer les autres pour les révélations qu'ils nous font entamera cette transformation, et, à mesure que des pans entiers de l'économie s'automatiseront, l'argent disparaîtra progressivement. Nous n'en aurons plus besoin. Si nous sommes fidèles à notre intuition, nous ne prendrons pas plus que ce qu'il nous faut.

— Et nous comprendrons, intervint Phil, que les zones naturelles de la terre doivent être nourries et protégées en raison des sources incroyables de force et d'énergie qu'elles constituent. »

Notre attention s'était tournée vers lui. Il sembla surpris de l'énergie que cela lui donnait.

« Je n'ai pas étudié toutes les révélations, dit-il, en me regardant. En fait, après que le gardien m'a aidé à m'évader, je n'aurais même pas conservé ce passage de la neuvième révélation si je ne vous avais pas rencontré un peu plus tôt. Je me suis souvenu de vos paroles sur l'importance du Manuscrit. Mais même si je n'ai pas lu les autres révélations, je comprends l'importance de veiller à ce que l'automatisation se fasse en harmonie avec la dynamique énergétique de l'univers.

« Je m'intéresse aux forêts et à leur rôle dans l'écosphère, depuis ma plus tendre enfance. La neuvième révélation dit que, au fur et à mesure que l'humanité évolue spirituellement, nous ferons volontairement décroître la population jusqu'à un point qui ne compromette pas l'équilibre de la planète. Nous nous engagerons à respecter les systèmes énergétiques naturels de la terre. L'agriculture sera automatisée sauf pour les plantes auxquelles chacun aura choisi de transmettre son énergie pour sa consommation personnelle. On fera pousser les arbres nécessaires à la construction dans des zones spécialement désignées. Cela permettra aux autres de croître et de former de puissantes forêts.

« Ces forêts finiront par devenir la règle et non l'exception, et tous les hommes vivront à proximité immédiate de ces sources d'énergie. Pensez à l'incroyable énergie qu'il y aura alors sur la terre.

— Cela devrait augmenter incroyablement l'énergie de chacun, commentai-je.

— Oui, acquiesça Sanchez d'un ton distrait, comme s'il cherchait à imaginer ce que signifierait une telle augmentation. »

Chacun attendait.

« Cela accélérerait fortement le rythme de notre

évolution, dit-il enfin, car plus l'énergie nous pénètre facilement et plus nous sommes amenés à croiser sur notre route des gens qui répondent à nos questions. »

Il redevint un instant pensif.

« Chaque fois que nous suivons une intuition, chaque fois qu'une rencontre mystérieuse nous fait avancer, notre vibration personnelle augmente.

« En avant et plus haut, reprit-il comme en se parlant à lui-même. Si l'histoire continue... alors...

— Nous atteindrons une énergie et une vibration de plus en plus élevées, dit Dobson en achevant sa phrase.

— Oui, dit Sanchez. C'est cela. Excusez-moi un instant. »

Il se leva, se dirigea vers la forêt et s'y assit, seul.

« Que dit encore la neuvième révélation ? demandai-je à Dobson.

— Nous l'ignorons, répondit-il. C'est ici que se termine le passage qu'on m'a donné. Voulez-vous le voir ? »

J'acquiesçai et il alla jusqu'à sa Jeep chercher le dossier ; il contenait environ vingt pages dactylographiées. Je lus le Manuscrit, et fus impressionné par la vitesse avec laquelle Dobson et Phil avaient su y discerner l'essentiel. Parvenu à la dernière page, je compris pourquoi ils avaient découvert qu'il ne s'agissait que d'un fragment de la neuvième révélation. Il se terminait brutalement, au milieu de l'exposé d'un concept. Après avoir expliqué que la transformation de la planète signifierait l'avènement d'une culture spirituelle entièrement nouvelle, et qu'elle amènerait les hommes à des niveaux de vibration de plus en plus élevés, le texte laissait entendre que cette élévation provoquerait l'émergence de quelque chose d'autre. Mais le texte s'arrêtait là.

Au bout d'une heure, Sanchez se leva et vint jus-qu'à moi. Depuis la fin de ma lecture je m'étais contenté d'observer les plantes et leurs incroyables champs d'énergie, tandis que Phil et Dobson discu-taient debout près de la Jeep.

« Je crois que nous devrions partir à Iquitos, dit-il.

— Et les soldats ?

— Nous devons prendre le risque. J'ai l'intuition que nous réussirons si nous partons tout de suite. »

Je me fiai à son intuition. Phil et Dobson approu-vèrent notre plan.

« Nous aussi nous avons discuté de la marche à suivre, dit Dobson. Nous allons nous rendre direc-tement à Celestine. Nous aiderons peut-être à sau-ver le reste de la neuvième révélation. »

Nous les avons salués et sommes partis vers le nord.

« A quoi pensez-vous ? » demandai-je après un moment de silence.

Le père Sanchez ralentit et me regarda.

« Je pense au cardinal Sebastian, à ce que vous avez dit. Qu'il arrêterait son combat si seulement nous pouvions lui faire comprendre le Manuscrit. »

A l'instant même, mon esprit entra dans une rêve-rie éveillée dans laquelle je me trouvais confronté à Sebastian. Il était debout dans une vaste salle, et nous regardait de toute sa hauteur. Il avait le pou-voir de détruire la neuvième révélation et nous ten-tions de l'en dissuader. Lorsque mon songe s'interrompit, Sanchez me regardait en souriant.

« Qu'avez-vous vu ? dit-il.

— Je pensais à Sebastian.

— Qu'arrivait-il ?

— Je voyais Sebastian clairement. Il était sur le

point de détruire la neuvième révélation et nous essayions de l'en dissuader. »

Il prit une profonde inspiration.

« On dirait vraiment que le sort de la fin de la neuvième révélation dépend maintenant de nous. »

Mon estomac se contracta à cette idée.

« Qu'est-ce que nous allons lui dire ?

— Je ne sais pas, mais ce que je sais c'est qu'il faut lui montrer l'aspect positif, lui expliquer que le Manuscrit dans sa totalité ne nie pas, mais plutôt explique la vérité de l'Église. Je suis convaincu que la fin de la neuvième révélation parle de cela. »

Nous avons roulé en silence pendant une heure, sans rencontrer âme qui vive. Mes pensées tournaient sans cesse autour des événements nombreux qui avaient jusqu'ici marqué mon voyage au Pérou. Je savais que l'enseignement progressif des révélations formait à présent un tout dans mon esprit. J'étais conscient que ma vie évoluait de manière mystérieuse, comme la première me l'avait appris. Je savais que notre culture avait pris la dimension de ce mystère et qu'une vision nouvelle du monde était en train de s'élaborer comme l'expliquait la seconde révélation. La troisième et la quatrième m'avaient montré que le monde était un vaste système énergétique et que tous les conflits entre les hommes s'expliquaient par le besoin de manipuler et d'obtenir l'énergie des autres.

La cinquième révélation expliquait que ces conflits s'achèveraient quand nous saurions recevoir cette énergie d'une source plus élevée. Pour moi, cela était déjà devenu une habitude. La sixième, qui révélait le moyen de nous débarrasser de nos mécanismes de domination et de découvrir notre vrai moi, ne quittait pas mon esprit. La septième avait déclenché l'évolution de ce vrai moi, en me familiarisant avec les notions de question, d'intuition et de

réponse. Le secret du bonheur était bien de persévé-
rer dans cette évolution, ce courant magique. Quant
à la huitième, elle permettait aux réponses d'apparaître et au mystère de conserver tout son pouvoir
opérationnel en nous apprenant comment faire surgir le meilleur des autres, comment créer une relation nouvelle avec eux.

Toutes les révélations s'étaient muées dans mon
esprit en une conscience très aiguë que je ressentais
comme un état d'éveil extraordinaire. Restait la
neuvième, qui révélait où l'évolution nous entraînait. Nous avions découvert une partie du texte.
Mais le reste ?

Sanchez s'arrêta sur le bas-côté.

« Nous sommes à sept kilomètres de la Mission
de Sebastian. Je pense que nous devrions faire le
point.

— D'accord.

— J'ignore ce qui nous attend, mais je crois que
le mieux c'est de continuer tout droit.

— Est-ce que c'est une grande Mission ?

— Très grande. Il n'a pas cessé de l'agrandir
depuis vingt ans. Il a choisi ce lieu pour se mettre
au service des paysans indiens qu'il jugeait délais-
sés par l'Église. Aujourd'hui, des étudiants de tout
le Pérou y viennent. Il remplit des tâches adminis-
tratives à Lima, mais cette Mission est son lieu
favori. Il s'y est entièrement consacré. »

Il me regarda dans les yeux.

« Attention, restez en éveil ! Nous devrons sans
doute, à un moment ou à un autre, nous entrai-
der. »

Cela dit, il démarra. Personne ne croisa notre
chemin jusqu'à ce que nous apercevions deux Jeeps
de l'armée garées sur le côté droit de la route. Les
soldats nous observèrent attentivement.

« Voilà, remarqua Sanchez. Maintenant, ils savent que nous sommes arrivés. »

Un kilomètre plus loin, nous avons atteint l'entrée de la Mission. De grandes grilles métalliques en protégeaient l'entrée pavée. Les grilles étaient ouvertes, mais quatre hommes installés dans une Jeep bloquaient le passage et on nous fit signe d'arrêter. Un des militaires parla dans un walkie-talkie.

Sanchez sourit à un soldat qui s'approchait.

« Je suis le père Sanchez et je viens voir le cardinal Sebastian. »

Le soldat nous examina tour à tour, puis il retourna vers celui qui tenait le walkie-talkie. Ils discutèrent sans nous quitter des yeux. Puis le soldat revint et nous dit de le suivre.

La Jeep nous conduisit pendant plusieurs centaines de mètres le long de l'allée bordée d'arbres jusqu'à la Mission elle-même. L'église en pierre de taille était massive, et pouvait accueillir, me dis-je, au moins mille fidèles. De chaque côté se dressaient des bâtiments qui ressemblaient à des salles de classe. Chacun avait quatre étages.

« C'est impressionnant, notai-je.

— Oui, mais on ne voit personne », dit Sanchez.

Je remarquai alors que les allées et les sentiers étaient déserts.

« Sebastian a fondé ici un centre universitaire connu. Où sont donc les étudiants ? »

Le soldat nous emmena jusqu'à l'entrée de l'église et nous dit, poliment mais fermement, de descendre et de le suivre. En gravissant l'escalier de ciment, je vis plusieurs camions garés près d'un bâtiment adjacent. Une quarantaine de soldats étaient au garde-à-vous tout près. A l'intérieur, on nous conduisit jusqu'à une petite salle. On nous fouilla complètement. Il n'y avait plus qu'à attendre. Les soldats partirent en fermant la porte à clé.

« Où est le bureau de Sebastian ? demandai-je.

— Un peu plus loin, près du fond de l'église. »

La porte s'ouvrit brutalement. Sebastian arriva, escorté de plusieurs soldats. Il se tenait droit et presque raide.

« Que faites-vous ici ? dit-il à Sanchez.

— Je veux vous parler.

— De quoi ?

— De la neuvième révélation du Manuscrit.

— Il n'y a rien à discuter. On ne la trouvera jamais.

— Nous savons que vous l'avez déjà trouvée. »

Les yeux de Sebastian s'agrandirent.

« Je ne permettrai pas que cette révélation soit rendue publique. Elle ne dévoile pas la vérité.

— Comment le savez-vous ? demanda Sanchez. Vous pourriez vous tromper. Laissez-moi vous lire le texte. »

Le visage de Sebastian s'adoucit.

« Vous aviez pourtant confiance dans mes décisions autrefois ?

— C'est vrai, vous avez été mon guide. Mon inspiration. J'ai construit ma Mission sur le modèle de la vôtre.

— Vous me respectiez jusqu'à ce que ce Manuscrit soit découvert, dit Sebastian. Ne voyez-vous pas qu'il est un facteur de division ? J'ai essayé de vous laisser suivre votre chemin. Je ne vous ai même rien dit quand j'ai appris que vous enseigniez les révélations. Mais je ne permettrai pas que ce document provoque la destruction de tout ce que notre Église a construit. »

Un soldat s'avança vers Sebastian et demanda à lui parler. Il jeta un coup d'œil à Sanchez et repartit dans le couloir. Nous les voyions parler sans pouvoir les entendre. Sebastian en tout cas semblait inquiété par ce que l'autre lui apprenait. Il fit demi-tour pour s'éloigner, et demanda à tous les soldats sauf un de le suivre. Celui-ci devait rester avec nous ; il entra dans la salle, s'appuya contre le mur, l'air ennuyé. Il n'avait pas vingt ans.

« Qu'est-ce qui se passe ? » demanda Sanchez.

Il hocha la tête.

« Ça concerne le Manuscrit ? La neuvième révélation ? »

Son visage manifesta une grande surprise.

« Qu'est-ce que vous savez de la neuvième révélation ? demanda-t-il timidement.

— Nous sommes venus pour la sauver.

— Moi aussi, je veux qu'elle soit sauvée.

— Vous l'avez lue ? demandai-je.

— Non, mais quelqu'un m'a raconté ce qu'elle contenait. Elle rend vivante notre religion. »

Soudain, des coups de feu éclatèrent à l'extérieur de l'église.

« Qu'est-ce qui se passe ? » demanda Sanchez.

Le soldat restait immobile.

Sanchez lui prit doucement le bras :

« Aidez-nous ! »

Il alla jusqu'à la porte, regarda dans le couloir et annonça :

« Quelqu'un est entré dans l'église, et a volé une copie de la neuvième révélation. Le ou les voleurs sont encore dans l'enceinte de la Mission. »

Les tirs reprirent.

« Il faut les aider », intervint Sanchez.

Le soldat eut l'air apeuré.

« Nous devons faire ce qui est bien... Pour le monde entier », insista Sanchez.

Le soldat approuva, nous dit d'aller dans une autre partie de l'église, plus calme, et qu'il pourrait peut-être nous aider. Il nous fit grimper deux étages d'un escalier jusqu'à un vaste couloir qui dominait l'église dans sa largeur.

« Le bureau de Sebastian est juste en dessous de nous, deux étages plus bas », informa le jeune soldat.

Soudain des gens se mirent à courir le long d'un couloir adjacent, et vinrent dans notre direction. Sanchez et le soldat, devant moi, se jetèrent dans une salle sur la droite. Ne pouvant l'atteindre à temps, j'entrai dans la salle précédente et fermai la porte.

C'était une classe. Du mobilier scolaire, une estrade, un grand placard. Je le trouvai ouvert et m'y cachai de mon mieux parmi des vêtements moisis. Il suffisait que quelqu'un l'ouvre pour que je sois découvert. Je tentai de ne pas respirer ni bouger. La porte de la classe s'ouvrit et plusieurs personnes entrèrent. Quelqu'un vint vers le placard, mais changea d'avis. On parlait fort, en espagnol. Puis plus rien.

Dix minutes plus tard, j'entrouvris la porte et regardai. La salle était vide. Dehors, je n'entendais aucun bruit. Je filai prestement vers la salle où Sanchez et le soldat étaient entrés ; à ma surprise, je vis que ce n'était pas une salle, mais un couloir ; je n'entendis rien ici non plus. Je m'appuyai contre le mur, rempli d'angoisse. Je prononçai doucement le nom de Sanchez, sans réponse. J'étais seul. Un léger vertige de peur me gagna.

J'inspirai profondément et tentai de me calmer. Il fallait que je reprenne mes esprits et que j'augmente mon énergie. Je luttai jusqu'à ce que les couleurs et les formes dans le couloir prennent plus de présence ; j'essayai de projeter de l'amour. Je me sentis mieux et pensai à Sebastian. S'il était dans son bureau, Sanchez s'y rendrait. Le couloir s'achevait sur un escalier, et je descendis les deux étages. A travers la vitre de la porte du couloir, je ne vis personne. J'ouvris la porte et m'avançai sans trop savoir où aller.

La voix de Sanchez me parvint d'un bureau en face de moi. Dès que je m'approchai, un soldat ouvrit la porte brusquement et me pointa un fusil sur le cœur, me força à entrer et me poussa contre le mur. Sanchez me jeta un coup d'œil et mit la main sur son plexus. Sebastian secoua la tête de dégoût. Le jeune soldat qui nous avait aidés n'était plus là.

Je savais que le geste de Sanchez avait un sens. Il me sembla qu'il avait besoin d'énergie. Tandis qu'il parlait, je regardai intensément son visage, essayant de discerner son moi profond. Son champ d'énergie s'élargit.

« Vous n'avez pas le droit d'enterrer la vérité, disait Sanchez ; les gens ont le droit de savoir. »

Sebastian le regarda d'un air condescendant.

« Ces révélations bafouent les Écritures, elles ne peuvent pas être vraies.

— Bafouent-elles les Écritures, ou nous montrent-elles au contraire ce que les Écritures signifient ?

— Nous connaissons la signification des Écritures, dit Sebastian, nous la connaissons depuis des siècles. Auriez-vous oublié vos études, vos années de séminaire ?

— Non, mais je sais aussi que les révélations élargissent notre spiritualité. Elles...

— Qui vous l'a dit... ? tonna Sebastian. Qui a écrit ce Manuscrit ? Un Maya impie qui aurait appris l'araméen ? Que savaient ces Mayas ? Ils croyaient à la magie de certains lieux et à une énergie mystérieuse. C'étaient des primitifs. Les ruines où on a découvert la neuvième révélation s'appellent les temples de Celestine, les temples célestes.

Qu'est-ce que cette civilisation pouvait bien savoir du paradis ?

« Leur culture a-t-elle duré longtemps ? reprit-il. Même pas ! Personne ne sait ce qui est arrivé aux Mayas. Ils ont disparu sans laisser de traces. Et vous voudriez que je croie à ce Manuscrit ? Ce texte laisse imaginer que les hommes ont tout pouvoir de faire changer le monde. C'est faux. Dieu seul le peut. Il n'y a pour l'homme qu'une seule issue : croire aux Écritures et gagner son salut.

— Mais réfléchissez, dit Sanchez. Qu'est-ce que cela signifie, croire aux Écritures et gagner son salut, de quelle façon y parvient-on ? Le Manuscrit ne nous montre-t-il pas comment devenir des êtres spirituels, reliés, sauvés ? La huitième et la neuvième révélation nous montrent ce qui se passerait si tout le monde suivait cette voie. »

Sebastian hocha la tête, fit quelques pas, puis se retourna et regarda Sanchez d'un œil perçant.

« Vous n'avez même pas lu la neuvième révélation.

— Mais si, une bonne partie.

— Comment ?

— Une partie m'a été racontée avant mon arrivée ici. Je viens d'en lire un autre passage.

— Quoi ? Mais comment ? »

Sanchez s'avança tout près du cardinal. « Cardinal Sebastian, tout le monde veut que cette dernière révélation soit découverte. Elle met toutes les autres en perspective. Elle nous montre notre destinée. Et nous dit ce qu'est la conscience spirituelle.

— Nous n'avons pas besoin de la révélation pour le savoir, père Sanchez.

— Vraiment ? je ne le crois pas. Nous en parlons depuis des siècles, mais nous n'avons jamais été en mesure d'en faire autre chose qu'une abstraction intellectuelle. Nous avons toujours décrit ce lien comme le moyen pour un individu d'éviter le mal, pas d'acquérir quelque chose de neuf, de positif, de formidable. Le Manuscrit décrit ce qui se passe quand nous aimons véritablement les autres et que nous faisons évoluer notre vie.

— Évoluer ! Évoluer ! Père Sanchez, que vous arrive-t-il donc, vous qui avez toujours lutté contre l'idée d'évolution ? »

Sanchez réfléchit.

« Oui, j'ai lutté contre cette idée tant qu'on voulait qu'elle tienne lieu de Dieu, qu'elle explique l'univers sans référence à Lui. Je vois maintenant que l'évolution est la synthèse de la pensée scientifique et de la pensée religieuse. L'évolution est le mode de création de Dieu, et elle se poursuit sous nos yeux.

— Il n'y a pas d'évolution, dit Sebastian. Dieu a créé le monde, un point c'est tout. »

Sanchez me regarda, mais je ne trouvai rien à dire.

« Cardinal Sebastian, reprit-il, le Manuscrit décrit le progrès des générations successives comme une évolution de la compréhension, une évolution vers une spiritualité et une vibration plus haute. Chaque génération accumule plus d'énergie, plus de vérité, et transmet ce nouvel état à la génération suivante.

— C'est complètement idiot ! tonna Sebastian. Il n'y a qu'un moyen d'accroître la spiritualité, c'est de suivre l'exemple des Écritures.

— Exactement, répondit Sanchez. Mais regardez les exemples qu'elles nous donnent. L'histoire des Écritures n'est-elle pas l'histoire d'un peuple qui apprend à recevoir de l'énergie de Dieu ? N'est-ce pas ce que les premiers prophètes ont incité le peuple à faire dans l'Ancien Testament ? N'est-ce pas cette réceptivité à l'énergie de Dieu qui a culminé dans la venue au monde d'un fils de charpentier et qui nous fait dire que Dieu Lui-même était descendu sur la terre ?

« L'histoire du Nouveau Testament, poursuivit-il, n'est-elle pas celle d'un groupe de gens remplis d'une énergie qui les a transformés ? Jésus n'a-t-il pas dit que ce qu'il avait fait nous pouvions le faire aussi, et même plus. Nous n'avons jamais pris cette idée au sérieux jusqu'ici. Nous commençons seulement à comprendre ce qu'il a voulu dire. Le Manuscrit l'explique, dit comment le mettre en pratique ! »

Sebastian détourna les yeux, rouge de colère. Pendant cette pause dans la discussion, un officier de haut rang entra en tempête dans la pièce et dit à Sebastian que les voleurs avaient été repérés.

« Regardez, dit-il en montrant la fenêtre, les voilà ! »

A trois ou quatre cents mètres on voyait deux silhouettes courir à découvert en direction de la forêt. Des soldats, sur le bord de la clairière, paraissaient prêts à ouvrir le feu.

L'officier regarda Sebastian, son émetteur radio prêt.

« S'ils atteignent cette forêt, ils seront difficiles à retrouver. Ai-je votre permission d'ouvrir le feu ? »

Je reconnus soudain les deux silhouettes.

« C'est Wil et Julia ! » criai-je.

Sanchez s'approcha encore de Sebastian.

« Au nom de Dieu, vous n'avez pas le droit de commettre un meurtre ! »

L'officier insista.

« Cardinal, si vous voulez que ce Manuscrit ne nous échappe pas, donnez l'ordre immédiatement ! »

J'étais pétrifié.

« Père, faites-moi confiance, dit Sanchez. Le Manuscrit ne touchera à rien de ce que vous avez construit. Vous ne pouvez pas assassiner ces gens-là ! »

Sebastian secoua la tête...

« Vous croire ?... »

Puis il s'assit à son bureau et s'adressa à l'officier :

« Nous ne tirerons sur personne. Donnez l'ordre de les prendre vivants. »

L'officier quitta la pièce.

« Merci, dit Sanchez, vous avez pris la bonne décision.

— De ne pas tirer, oui, mais je n'ai pas changé d'avis. Ce Manuscrit est un fléau. Il saperait la base de notre autorité spirituelle. Il ferait croire aux gens qu'ils ont leur destinée spirituelle en main. Il empêcherait la terre entière de rejoindre l'Église faute de discipline. »

Sebastian regarda Sanchez d'un air dur.

« En cet instant, des milliers de soldats sont en train d'arriver. Ce que vous ou d'autres peuvent faire est sans importance. La neuvième révélation ne quittera jamais le Pérou. Et maintenant, sortez de ma Mission. »

Alors que nous nous échappions, on entendit le bruit de nombreux camions qui s'approchaient.

« Pourquoi nous a-t-il laissés partir ?

— Je pense qu'il est convaincu que ça ne changera pas le cours des choses, que nous sommes impuissants. Je ne sais plus quoi penser. »

Son regard croisa le mien.

« Nous ne l'avons pas convaincu, voyez-vous. »

J'étais rempli de pensées contradictoires moi aussi. Que signifiait tout cela ? Et si nous n'étions pas venus pour convaincre Sebastian ? Mais seulement pour le retarder ?

Je regardai Sanchez. Il conduisait avec attention non sans fouiller du regard les bords de la route pour y chercher Julia et Wil. Nous avions décidé de partir dans la direction où nous les avions vus courir, mais personne n'était en vue. Je pensai à Celestine. J'imaginai le site : des fouilles, les tentes des archéologues, les structures pyramidales au fond.

« Ils ne sont pas dans cette forêt, observa Sanchez. Ils avaient sûrement un véhicule. Il faut prendre une décision.

— Je crois qu'il faut aller à Celestine. »

Il me regarda.

« Pourquoi pas ? De toute façon nous n'avons pas d'autre endroit où aller. »

Il tourna vers l'ouest.

« Que savez-vous de ces ruines ? demandai-je.

— Deux civilisations différentes ont vécu ici ; les Mayas tout d'abord. Ils ont connu une période faste, mais la plupart de leurs temples se trouvaient dans le Yucatán, plus au nord. Toute trace de leur civilisation a disparu mystérieusement environ 600 ans avant J.-C., sans cause apparente. Plus tard, au même endroit, les Incas ont créé une autre civilisation.

— Que croyez-vous qu'il soit arrivé aux Mayas ? »

Sanchez me regarda.

« Je ne sais pas. »

Je me rappelai soudain, après un silence de quelques minutes, que Sanchez avait déclaré à Sebastian avoir lu une autre partie de la neuvième révélation.

« Comment avez-vous pu lire un autre passage du texte ?

— Le jeune soldat qui nous a aidés savait où il était caché. Quand nous vous avons perdu de vue, il m'a emmené dans une salle et me l'a montré. Le texte ajoute quelques idées à celles que Phil et Dobson nous ont exposées ; cela m'a fourni des arguments supplémentaires dans ma discussion avec Sebastian.

— Que dit exactement le texte ?

— Que le Manuscrit va clarifier beaucoup de religions. Et les aidera à remplir leurs promesses. Chaque religion veut aider l'humanité à se relier à une source suprême. Toutes parlent de la perception d'un Dieu intérieur, une perception qui nous remplit. Les religions se corrompent quand leurs chefs veulent expliquer la volonté de Dieu au peuple au lieu d'aider chacun à en trouver le chemin à l'intérieur de lui-même.

« Le Manuscrit prédit qu'un jour un individu arrivera à se relier avec la source d'énergie de Dieu et deviendra l'exemple durable de la possibilité de cette liaison. N'est-ce pas ce que Jésus a fait ? N'at-il pas augmenté sa vibration et son énergie jusqu'à ce qu'il soit assez léger pour... ? »

Il n'acheva pas sa phrase et sembla perdu dans ses pensées.

« A quoi pensez-vous ? »

Il était perplexe.

« Je ne sais pas. Le texte s'achevait comme ça. Il disait que l'individu en question allait tracer un chemin que toute l'humanité était destinée à suivre. Il ne disait pas où menait ce chemin. »

Nous sommes restés silencieux un quart d'heure ; j'ai essayé d'avoir l'intuition de ce qui allait se passer, mais rien ne vint. Mon effort était trop patent.

« Voici les ruines », montra Sanchez.

Dans la forêt à gauche de la route, je vis trois pyramides. Une fois garés nous nous sommes approchés, et je vis que les pyramides étaient en pierre taillée et toutes espacées d'environ cinquante mètres. Une zone pavée s'étendait entre elles. Plusieurs fouilles étaient visibles à la base des pyramides.

« Regardez ! » s'exclama Sanchez, en indiquant la plus éloignée des trois pyramides.

Une silhouette solitaire était assise devant elle. En avançant, je sentis mon énergie augmenter. Au centre de la zone pavée, je me sentis incroyablement fort. Je regardai Sanchez qui haussa les sourcils. Je reconnus enfin Julia, assise, les jambes croisées, avec des papiers posés sur ses genoux.

« Julia ! » cria Sanchez.

Elle se tourna et se leva d'un bond, elle semblait iridescente.

« Où est Wil ? » criai-je.

Elle fit un geste vers la droite. On le voyait, radieux dans la lumière pâlissante du coucher du soleil.

« Que fait-il ?

— La neuvième ! » dit Julia, en nous tendant les papiers.

Sanchez lui apprit que nous en avions lu une partie, celle qui annonçait la transformation du monde.

« Mais où l'évolution nous conduit-elle ? » interrogea Sanchez.

Elle ne répondit pas. Elle tenait les papiers à la main sans rien dire, comme si elle s'attendait à ce que nous lisions dans ses pensées.

« Qu'est-ce qu'il y a ? » demandai-je.

Sanchez me toucha le bras ; m'invitant ainsi à rester patient, et en éveil.

« La neuvième révélation nous apprend quelle est notre destinée ultime, dit enfin Julia. Tout est clair. Nous sommes, nous les humains, le point culminant de toute l'évolution. La matière, dit le texte, commence sous une forme faible, et accroît sa complexité élément par élément, espèce par espèce, évoluant vers des vibrations de plus en plus hautes.

« Quand sont apparus les premiers hommes,

nous avons poursuivi cette évolution inconsciemment en dominant les autres, en prenant de l'énergie, jusqu'à ce que nous soyons dominés à notre tour et la perdions. Ce conflit a duré jusqu'à ce que la démocratie soit inventée, qui de l'état physique l'a fait passer à l'état mental.

« A présent, nous dévoilons ce processus. Toute notre histoire nous a préparés à faire aboutir cette évolution. Nous savons augmenter notre énergie et profiter des coïncidences. Ceci accélère très fortement l'évolution. »

Elle hésita, nous regardant tour à tour puis répéta :

« Notre destin est de continuer à accroître notre énergie. A mesure, le niveau de vibration des atomes de notre corps augmente. »

Elle hésita encore.

« Qu'est-ce que cela veut dire ? lui demandai-je.

— Que nous devenons plus légers, plus spirituels. »

Je regardai Sanchez qui fixait intensément Julia.

« La neuvième révélation, continua-t-elle, explique que pendant que nous continuerons à augmenter notre vibration, une chose incroyable va se produire. Des groupes entiers de gens, ayant déjà atteint un certain niveau de vibration, deviendront soudain invisibles à ceux qui vibrent moins ; ceux-là penseront que les premiers ont disparu, pourtant le groupe, lui, se sentira toujours là, mais plus léger. »

Je remarquai que le visage de Julia changeait un peu. Son corps prenait les caractéristiques de son champ d'énergie. Ses traits étaient encore distincts, mais ce n'étaient plus des muscles et de la peau que je voyais. Elle paraissait faite de lumière pure, brillant de l'intérieur. Je dévisageai Sanchez. Lui aussi prenait les mêmes caractéristiques. A ma stupeur, tout, autour de moi, était de même. Les pyramides, les pierres sous mes pieds, la forêt, mes mains. La beauté que je savais percevoir avait augmenté de manière incroyable, au-delà de tout ce que j'avais expérimenté, même sur le pic.

« Quand les hommes augmentent leur vibration à ce point, cela indique qu'ils traversent la frontière entre cette vie et le monde d'où nous sommes venus et où nous retournons après la mort. Ce mouvement de la conscience est le chemin indiqué par le Christ. Lui-même s'est ouvert à l'énergie jusqu'à devenir assez léger pour marcher sur l'eau. Il a transcendé la mort ici sur la terre et a été le premier à traverser, à élargir le monde physique aux dimensions du monde spirituel. Sa vie a montré comment accomplir cela : si nous nous relions à la même source, nous y arriverons nous aussi. A un moment donné, chacun vibrera suffisamment pour entrer au paradis, sous la même forme. »

J'aperçus Wil qui se dirigeait lentement vers nous. Ses mouvements étaient gracieux, comme s'il glissait dans l'air.

« Les révélations disent, poursuivit Julia, que la plupart des hommes atteindront ce niveau de vibration durant ce troisième millénaire, en s'unissant aux gens avec lesquels ils sont le mieux reliés. Mais certaines cultures ont déjà atteint cette vibration. Selon la neuvième révélation, les Mayas ont tous fait la traversée ensemble. »

Julia s'interrompit. Derrière nous, des voix étouffées parlant espagnol se firent entendre. Des douzaines de soldats entraient dans les ruines pour nous arrêter. Curieusement, je n'avais pas peur. Ils s'approchèrent mais sans venir directement vers nous.

« Ils ne peuvent pas nous voir, dit Sanchez, nous vibrons trop haut. »

Je regardai les soldats. Sanchez disait vrai. A dix mètres de nous, les soldats ne nous voyaient pas.

Des cris en espagnol résonnèrent du côté de la pyramide de gauche ; les soldats coururent dans cette direction.

Un autre groupe émergeait de la forêt, tenant deux hommes prisonniers. Dobson et Phil. La vue de leur capture me saisit. Mon énergie chuta subitement. Je regardai Sanchez et Julia. Ils fixaient intensément les soldats, l'air très ennuyés.

« Attendez ! cria Wil vers nous, ne perdez pas votre énergie ! »

Je devinai ses paroles plus que je ne les entendis. Elles étaient un peu confuses. Wil avançait rapidement vers nous. Il parut dire autre chose, mais les mots étaient devenus complètement inintelligibles. J'avais du mal à me concentrer. Son image devenait trouble, vaporeuse. Peu à peu, sous mes yeux ébahis, il disparut entièrement à ma vue.

Julia me regarda puis Sanchez. Son énergie avait baissé, mais elle avait l'air intrépide, comme si cet événement lui avait soudainement fait découvrir quelque chose.

« Nous n'avons pas su maintenir la vibration, dit-elle, la peur la fait baisser. »

Elle regarda l'endroit où Wil s'était volatilisé.

« La neuvième révélation dit que, si quelques individus peuvent sporadiquement faire la traversée, la traversée générale ne se produira que lorsque nous aurons aboli la peur et saurons maintenir une vibration assez haute dans n'importe quelle situation. »

L'excitation de Julia grandissait.

« Ne voyez-vous pas ? Nous n'y arrivons pas encore, mais le rôle de la neuvième révélation est de nous y préparer. Elle nous dit où nous allons. Les autres révélations décrivent le monde comme un lieu de beauté et d'énergie, et elles nous demandent de nous y relier.

« Plus nous voyons la beauté, plus nous évoluons.

Plus nous vibrons. La neuvième révélation nous apprend qu'une perception et une vibration plus hautes nous ouvriront la porte d'un paradis qui est déjà là, devant nous, mais que nous ne savons pas voir.

« Lorsque nous douterons du chemin, lorsque nous aurons perdu de vue la marche à suivre, il faudra nous rappeler où nous mène l'évolution. Connaître le paradis sur terre est le sens de notre vie. Et nous savons maintenant comment y parvenir... Comment nous y parviendrons. »

Elle se tut.

« La neuvième révélation affirme qu'une dixième révélation existe. Elle doit révéler... »

Un chapelet de balles de mitraillette ricocha sur les marches de pierre à nos pieds. Comme les autres, je m'allongeai les mains levées en l'air. Personne ne parla quand les soldats arrivèrent et confisquèrent les papiers, nous emmenant ensuite chacun dans une direction différente.

Les premières semaines après ma capture se déroulèrent dans une peur constante.

Mon niveau d'énergie diminuait à mesure que différents officiers, les uns après les autres, me questionnaient d'un air menaçant à propos du Manuscrit.

Je jouai au touriste abruti et proclamai mon innocence. Il était vrai que j'ignorais quels prêtres possédaient des copies, ou à quel point les idées du Manuscrit s'étaient répandues. Peu à peu, ma tactique se mit à marcher. Les militaires se fatiguèrent de moi et me remirent à des civils qui changèrent de méthode.

Ceux-ci cherchèrent à me convaincre que mon voyage au Pérou était une folie depuis le début parce que, selon eux, le Manuscrit n'avait jamais existé. Les révélations avaient été inventées par un petit groupe de prêtres qui voulaient fomenter une rébellion. J'avais été trompé, me dit-on. Je laissai dire.

Les conversations prirent un tour cordial. On me traita comme une victime non coupable, un Yankee crédule qui avait lu trop de romans d'aventures et s'était perdu en pays étranger.

Mon énergie était si basse que j'aurais pu ne pas résister à ce lavage de cerveau si un événement ne s'était produit. On me transféra vers une base militaire où je fus emprisonné dans une zone proche de l'aéroport de Lima, où le père Carl était aussi détenu. Cette coïncidence restaura ma confiance.

Je marchais dans la cour quand je le vis assis sur un banc, en train de lire. Je m'avançai, retenant ma joie, et espérant ne pas attirer la curiosité des autorités. Il me sourit quand je m'assis près de lui.

« Je vous attendais, dit-il.

— Vraiment ? »

Il posa son livre, les yeux pleins de joie.

« Costous et moi avons été immédiatement séparés après notre transfert à Lima, et je suis en prison depuis. J'ignorais pourquoi, rien ne se produisait. Puis j'ai pensé souvent à vous. »

Il fit un geste de la main et dit :

« Donc je savais que vous alliez arriver.

— Je suis heureux de vous voir. On vous a raconté ce qui s'est passé aux ruines de Celestine ?

— Oui, dit le père Carl, j'ai pu parler brièvement avec Sanchez. Il a été détenu ici une journée avant d'être emmené.

— Il va bien ? Est-ce qu'il savait ce qui est arrivé aux autres ? Et lui ? Ils voulaient l'emprisonner ?

— Il ne savait rien des autres. De lui, je n'ai rien appris depuis. La stratégie du gouvernement est de tout fouiller systématiquement et de détruire toutes les copies du Manuscrit. Puis de traiter toute l'affaire comme une gigantesque supercherie. Nous serons tous complètement discrédités, je pense, mais j'ignore ce qu'ils feront de nous à la fin.

— Et les copies de Dobson ? Il a la première et la deuxième aux États-Unis.

— Non, ils les ont récupérées, répondit Carl. Le père Sanchez m'a dit que des agents secrets les ont découvertes et les ont volées. Le Pérou a envoyé des agents partout. Ils étaient au courant de tout ; ils savaient tout sur Dobson comme sur votre amie Charlène depuis le début.

— Quand ils auront fini, vous pensez qu'il ne restera plus de copies en circulation ?

— Ce sera un miracle s'il en reste. »

Je me détournai, mon énergie baissait déjà.

— Vous comprenez ce que cela veut dire ? » formula le père Carl.

Je le regardai sans répondre.

« Cela veut dire que chacun de nous doit se rappeler exactement ce que le manuscrit exprime. Sanchez et vous n'avez pas pu convaincre le cardinal Sebastian d'abandonner son combat, mais vous lui avez fait perdre suffisamment de temps pour que la neuvième révélation soit découverte et comprise... Maintenant il faut la faire connaître. Et il faut que vous participiez à cette mission. »

Je me sentis bousculé, et mon mécanisme d'indifférence s'activa. Je m'appuyai sur le banc et détournai les yeux. Ce qui fit rire le père Carl. A cet instant, il me signala plusieurs personnalités de l'ambassade qui nous regardaient par une fenêtre.

« Écoutez, dit très vite le père Carl. Dès maintenant, les révélations doivent être mises à la portée de tous. Chaque personne qui aura entendu le message et compris que les révélations sont authentiques devra passer le message à une autre, prête à le comprendre. Se relier à l'énergie est une chose que tous les hommes doivent faire et espérer, si l'on ne veut pas retomber dans cette vieille idée que l'humanité n'est qu'un champ de lutte entre les hommes et d'exploitation de la planète. Si nous retombons dans cette erreur, nous ne survivrons pas. Chacun de nous doit porter ce message. »

Deux personnes s'avançaient vers nous.

« Une chose encore, dit le père lentement.

— Oui ?

— Le père Sanchez m'a dit que Julia avait parlé d'une dixième révélation. On ne l'a pas encore trouvée, et personne ne sait où elle se trouve. »

Les deux hommes arrivaient.

« J'ai eu l'intuition qu'ils allaient vous relâcher. Vous êtes sûrement celui qui peut la découvrir. »

Les hommes nous interrompirent et m'escortèrent vers le bâtiment. Le père sourit et me fit un geste, mais je n'étais déjà plus attentif. Dès qu'il avait mentionné une dixième révélation, j'avais été hanté par l'image de Charlène. Pourquoi elle ? Qu'avait-elle à voir avec la dixième révélation ?

Les deux hommes insistèrent pour que je rassemble mes maigres affaires personnelles, et je les suivis jusque devant l'ambassade où un véhicule officiel me prit à son bord. On me conduisit directement à l'aéroport. Un homme me fit un vague sourire en me regardant à travers d'épaisses lunettes.

Son sourire disparut quand il me tendit mon passeport avec un billet pour les États-Unis... et me dit avec un fort accent péruvien de ne plus jamais remettre les pieds dans son pays.

Remerciements

L'écriture de ce livre a subi tant d'influences qu'il serait vain de vouloir les citer toutes. Je dois néanmoins remercier chaleureusement Alan Shields, Jim Gamble, Mark Lafountain, Marc et Debra McElhaney, Dan Questenberry, B.J. Jones, Bobby Hudson, Joy et Bob Kwapien, qui ont, chacun à leur manière, été mes guides dans cette entreprise.

Nord Compo
Achevé d'imprimer en Europe (France)
par Brodard et Taupin à La Flèche (Sarthe)
le 5 février 1996. 1425N
Dépôt légal février 1996. ISBN 2-277-24113-X

Éditions J'ai lu
27, rue Cassette, 75006 Paris
Diffusion France et étranger : Flammarion

4113